Endstation Salzhaff

Ulrich Hammer

ENDSTATION SALZHAFF

HINSTORFF

Prolog

Wir könnten den Roman mit den Zeichen der Corona-Pandemie versehen und die Menschen mit Masken und Abstandsregeln agieren lassen. Da wir diese Zeit aber überwunden haben wollen, lassen wir es. Die Geschichte soll in einer »ganz normalen« Zeit spielen, mit all dem, was unseren Alltag ausmacht.

Es war einmal … so könnten wir beginnen … ein heißer Sommer. In welchem Jahr? Ach, das ist nicht so wichtig. In dieser Zeit so etwa. In der Gegenwart. Als schon alles so war wie jetzt. Sagen wir Anfang Juli. Das Land litt unter Trockenheit, wie in den früheren Sommern auch. Es ist der Klimawandel, wussten viele ganz genau. Im Grundlosen Moor zwischen Hohenfelde und Retschow war kein freier Wasserspiegel mehr zu sehen. Es verlandete Jahr für Jahr mehr. So hatte jeder seine Zeichen für oder gegen irgendwelche Katastrophen. Aber das änderte doch nichts am Täglichen. Die Molli dampfte wie immer durch Bad Doberan. Reisebusse drängten sich vor dem Münster und schickten Besucher und Besucherinnen zu den Führungen in das altehrwürdige Backsteingemäuer. Der Backenzahn stand wuchtig wie immer mit versteinerter Miene auf dem Buchenberg. Am Doberaner Wasserfall, den kaum jemand kannte, stürzten sich wie immer die Wasser des Bollhäger Fließes, befüttert durch den Althöfer Bach, in die Conventer Niederung. Im Cepelin und im Kellerswald gaben die wuchtigen, alten Baumbestände auf den Doberaner Bergen Schatten und Kühle. Eine Geschichte wie diese passiert so mittendrin und manch einer wird fragen: »Wie konnte es so weit kommen?« Aber bis dahin ist noch etwas Zeit …

Kapitel 1

Kamptheater Bad Doberan

Das Bad Doberaner Kino arbeitet nach dem Motto: »Filme können Sie überall sehen, aber Kino, das gibt's nur hier bei uns im Kamptheater.« Es war ein Mittwoch. Der alte Kinosaal mit Parkett und Rang, 244 roten Polstersitzen und einem Verkauf für Wein, Bier und Popcorn verströmt Kinogeschichte. Der originale UFA-Gong markiert vor jeder Vorstellung den Beginn einer Reise in andere Welten, wie sie eben nur im Kino und nicht zu Hause im Sessel erlebt werden kann. Es lief »Systemsprenger« von Nora Fingscheidt. Eine wuchtige Psychopathologie schrie sich zwei Stunden durch den Saal. Beim Abspann sang Nina Simone »Ain't got no, I got life …« und entkernte die Zuschauer endgültig, die noch im Eindruck vom finalen Sprung der Benni sitzen blieben und erst einmal tief durchatmeten, bevor sie nach ihren Mänteln und Jacken griffen. Langsam erhob man sich, winkte ein Tschüss zu den Diensthabenden des Kinovereins und schob sich langsam aus dem Saal in den kalten Flur. Das Bistro hatte noch auf. Dr. Karsten Brandenburg und sein Begleiter nahmen schnell einen Tisch in Besitz.

»Und? Wie fandest du den Film?«, fragte Dr. Brandenburg.

»Ging so. Nicht unbedingt mein Thema. Ist mir zu schwer«, entgegnete sein alter Freund Torsten Tengler.

»Ist eben Programmkino hier in Doberan und nicht irgendein Mainstream, den sie überall spielen«, erklärte Dr. Brandenburg.

»Ja, sicher, ist ja auch gut so. Trotzdem, dem einen liegt so ein Film zum Feierabend, der andere will oberflächlich unterhalten werden. Ich brauche nicht immer so eine furchtbare Seelentiefe, auch wenn es ja ein starkes und wichtiges Thema ist. Wenn hier jetzt Fips Asmussen selig oder Markus Krebs auftreten würde, dann würde ich mich schlapp lachen und hätte den richtigen Ausgleich zu dem, was mich letzte Tage auf der Arbeit genervt hat. Meine Frau sagt dann, dass ich ein primitives, dumpfes Männerhirn habe und mit mir kulturell nichts los sei und hätte sie das früher gewusst … Und warum kann ich mir nicht mehr Mühe geben und auf sie eingehen? Dabei würde ich dann allerdings eingehen, wenn du verstehst, was ich meine.«

»Ach Torte«, entgegnete Dr. Brandenburg, »ich kann mir nicht vorstellen, dass du so kulturlos bist. Jetzt verordne ich dir als Arzt ein Spätbier und du wirst sehen, dass es wirkt.«
»Dr. Brandenburg!?«, rief es laut durch das Bistro. »Telefon!«

»Oh, was ist das denn? Ist ja wie früher«, meinte Dr. Brandenburg, den seine Freunde und engsten Mitarbeiter in der Rostocker Rechtsmedizin nur BRB nannten. Er stemmte sich hoch, winkelte sich aus dem schmalen Spalt zwischen Tisch und Stuhl und ging schnell zum Tresen.

»Brandenburg. Wann ich nach Hause komme? Ach je, hör mal, der Film hatte Überlänge, ist gerade zu Ende und ich will mit Torsten Tengler noch ein Bier trinken. Drück mal bitte nicht. Allzu lange wird's nicht dauern. Ich komme dann schon, ok? Bis dann. Ja, sicher. Nein, ich pass auf. Wer kommt morgen? Weiß ich doch. Warum sagst du das jetzt? Nein, ich trinke zwei Bier und das war's und dann bin ich morgen fit. Du, der Torsten trommelt schon nervös mit den Fingern auf der Tischplatte … Nein, das ist kein Problem, ich … ja, du kannst dich auf mich verlassen. Auf jeden Fall. Ok, Tschüss!«

Die Besatzung am Tresen feixte und wechselte vieldeutige Blicke, als BRB mit verspannter Miene zum Tisch zurückkehrte.

»Dir scheint es richtig gut zu gehen, mein Lieber.«

»Ja«, erwiderte BRB. »Da kann ich wirklich nicht klagen!«

»Hast du dich denn beruflich gut eingelebt?«, fragte BRB sein Gegenüber.

»Bin ganz zufrieden. Wir haben es ja noch richtig gelernt. Einmal Fuß gefasst, kommst du überall klar.«

Torsten Tengler, der in seinen Kreisen Torte genannt wurde, stammte aus der Nachbarschaft, früher in Brandenburg/Havel. Die Kinder spielten und rauften zusammen. Es gab da einen Spielplatz neben der Franz-Ziegler-Straße, wo Bäcker Suchalski sein Geschäft hatte, mit Wippe und Klettergerüst, am Rande eine riesige Trauerweide, die nach stürmischem Wetter ihr zerzaustes Haar wieder glättete. Sie überragte alles und ihre gewaltige Größe wirkte wie ein Garantieversprechen: Euren Kindern passiert nichts. Lasst sie nur bei mir spielen. Ich passe auf. Das war in den 50er- und 60er-Jahren. Aus dieser Zeit kannten sich BRB und Torte schon. Sie hatten sich dann aus den Augen verloren. Das Medizinstudium des einen in Rostock und die Polizeilaufbahn des anderen passten nicht mehr zusammen. Doch jetzt schien sich ein Kreis zu schließen.

»Hab es nicht bereut, nach Rostock gekommen zu sein, obwohl es ein tiefer Einschnitt war. Einen alten Baum soll man ja nicht verpflanzen!«

»Der alte Baum darf aber gegossen werden«, fiel ihm BRB ins Wort. »Noch zwei Bier bitte«, rief er zum Tresen und die Kellnerin nickte kurz.

»Ich wollte vor allem die Ostseenähe haben«, begann Torsten Tengler zu schwärmen und sein Blick verlor sich kurz in einer seligen Fantasie.

»Kann ich gut verstehen«, sagte Brandenburg. »Du oder ihr seid ja mit dem Kajak viel auf dem Wasser, oder habt ihr zwei? Jeder in seinem? Ich sehe öfter mal ältere Ehepaare, die mit zwei Booten fahren. Meine Frau und ich kajaken auch.«

»Sag bloß. Wir sind bestimmt schon 15 Jahre fast jeden Sommerurlaub irgendwo mit dem Kajak unterwegs«, schwärmte Torsten Tengler weiter. »Wir haben einen Zweier und einen Einer. Mit dem Einer fahre ich auch gern mal allein los. Ich-Zeiten sind wichtig, sollte man sich in einer Beziehung gegenseitig gönnen.«

»Da sagst du was. Ich gehe Geocachen, am liebsten die T5er, hoch auf die Bäume.«

»Was bedeutet T5?«

»Das ist der technisch höchste Schwierigkeitsgrad für das Terrain, nicht um einen Cache zu orten, sondern um ihn zu erreichen. Eine Klettertour bekommt dann immer die höchste T-Wertung.«

»So hat jeder seins«, entgegnete ihm Torte lächelnd.

»Du bist ja gleich im Rostocker Fachkommissariat 1 der Kriminalpolizeiinspektion gelandet«, stellte BRB fest. »Warst du vorher in Potsdam auch im FK 1?«

»Ja, erst zwei Jahre Arbeitsunfälle und dann zu den schweren Körperverletzungen und Tötungsdelikten. Das war immer meins. Und was wurde deins?«

»Ich habe in Rostock studiert und bin da hängen geblieben. Zur Wende hatte ich einen unbefristeten Arbeitsvertrag und da ich politisch nicht belastet war, hat mir die Ehrenkommission der Uni einen Persilschein ausgestellt.«

»Wenn du nicht belastet warst, brauchte es wohl kein Persil, oder?«

»Ja, hast recht. Mir fiel der Begriff eben nur ein, weil mein Großvater nach dem Krieg auch so einen Zettel bekam. Damals sagte man so. Der sieht meinem recht ähnlich.« »Geschichte wiederholt sich eben.«

Mit diesem Satz in Wort und Sinn belächelten beide ihr Jetzt und waren so vertieft, dass sie nicht bemerkten, wie zwei Tische weiter ein einzelner Mann aufstand, dem Kellner einen Betrag zusteckte, sich seinen Mantel überwarf und betont langsam zunächst an ihrem Tisch und dann am Tresen vorbei zur großen Glastür ging, die den Gastraum vom Eingangsbereich und Flur abtrennte. Die Klinke in der Hand drehte er sich nochmal zu den beiden Freunden, verharrte einen Moment und ging dann. Dabei schlug er sich den Kragen hoch, ruckelte sich die Ärmel zurecht, klopfte auf die Seitentaschen, um den Inhalt zu prüfen und trat vor die Tür. Er überquerte die Straße mit dem alten Kopfsteinpflaster. Seine Kontur verlor sich im Dunkel der Bäume des Bad Doberaner Kamps. All das geschah von BRB und seinem alten Freund völlig unbeachtet.

»Dann hattest du ja eine geradlinige, typische Ossi-Karriere. 40 Jahre auf einer Arbeitsstelle. Respekt«, sagte Torsten Tengler. »Übrigens – mir kam es damals nie komisch vor, dass du so heißt wie unsere Heimatstadt«, stellte er fest. »Nach all den Jahren fällt es mir jetzt erst auf.«

Beide lachten.

»Nun, bei mir lief es etwas holpriger«, erzählte Torsten Tengler weiter. »Da gab es einige Dienststellen mehr, noch vor der Potsdamer Zeit. Hing auch mit der Familie zusammen. Bin einmal geschieden und jetzt das zweite Mal verheiratet. Kind aus erster Ehe. Ging alles nicht so glatt.« Tenglers Blick bohrte sich dabei schwer zu beschreiben in den von Brandenburg, der das registrierte.

»Ja … Du … Is wie is. Mein Weg war glatt und vorgezeichnet. Es ergab sich eben alles so. Gerichtsmedizin oder Rechtsmedizin, wie es nach der Wende hieß, war und ist im Wesentlichen an Universitäten gebunden. Eine ärztliche Niederlassung wie beim Allgemeinmediziner war nicht möglich. Ich bin aber ganz froh. Als Gehaltsempfänger ging und geht es mir nicht so schlecht. Du hattest doch als Beamter eigentlich auch immer deine Sicherheiten, oder?«, gab Brandenburg zurück.

Tengler schwieg einen Moment. »Sicher, ich hatte Sicherheiten. Finanzielle Sicherheiten. Mit einem Gefühl von Sicherheit hat meine tägliche Arbeit aber nichts zu tun. Da geht manchmal nicht alles so glatt, wie ich vorhin schon sagte.«

Brandenburg hakte nicht nach, weil er den Eindruck bekam, dass sein alter Freund so einiges in sich trug, was jetzt nicht unbedingt auf den Tisch sollte. Der Abend lief dann langsam aus, sodass beide in völlig unbedenklichem Zustand dem frühen Aufstehen am nächsten Tag optimistisch entgegensehen konnten.

Kapitel 2

Das Fachkommissariat 1

Kommissar Tengler hatte das Abc der Polizeiarbeit gelernt. Das merkten seine Kolleginnen und Kollegen schnell. Seine Routine, die er sich über viele Jahre im Polizeidienst erworben hatte, war tief ausgeprägt. Er brauchte keine lange Anlaufzeit. Es war auch der »Stallgeruch«, der ihm schon am ersten Tag das Gefühl gab, hierbleiben zu können. Und bald war er nicht mehr wegzudenken. Es lief. Dass er sich zuvor in Schwerin beworben hatte, wusste kaum jemand. Das musste auch nicht breitgetreten werden. Die Stelle dort war von Kommissar Berger besetzt, der mit einem Kollegen Paulsen ein gut eingespieltes Duo bildete. So hatte er gehört. Kennengelernt hatte er beide persönlich bisher nicht.

Tengler sah gerade die Akte zweier Vermisstenfälle durch, die über das Kriminalkommissariat zur Bearbeitung in das FK1 gekommen waren. Es hatten sich Verdachtsmomente auf Fremdeinwirkungen ergeben. Er vertiefte sich in die erkennungsdienstlich brauchbaren Angaben. Nur für den Fall, dass es zum Auffinden der Personen kommen sollte. Während er kurz aufsah und seinen Blick aus dem Fenster schweifen ließ, klingelte das Telefon. »Tengler.«

»Semlock. Ich grüße Sie.«

»Ist es nun die Tochter oder die Mutter?«, charmierte er in den Hörer. »Ich kann beide nicht auseinanderhalten.«

»Und wie wäre es, wenn wir Ihnen gegenüberstehen würden?«

»Dann ist es ganz aus. Keine Chance.« Beide lachten herzlich.

»Lieber Herr Tengler, wo haben Sie das nur gelernt. Sie schaffen es, mir im Handumdrehen die Stimmung aufzuhellen.«

»Reiner Reflex«, gab er zurück.

»Sie erwähnen immer noch meine Tochter«, spitzelte sie ihm zu. »Dabei hat sie doch als Medizinerin nur ein kurzes Praktikum bei uns absolviert, weil sie sich überlegt, in der Rechtsmedizin ihre Facharztausbildung zu beginnen. Sie sah wohl einen interessanten Brückenschlag zwischen der Blutspurenanalyse der Rechtsmediziner und der Kriminaltechnik. Muss mich das beunruhigen?«

»Ach, wissen Sie, wenn jemand nett über jemanden denkt, muss das nicht beunruhigen. Im Gegenteil. Nehmen Sie es mal heiter und gelassen.«

»Ok. Lassen wir das mal. Deswegen rufe ich nicht an. Wir haben ein Problem. Könnten Sie bitte mit den anderen Kollegen in einer halben Stunde für eine Lagebesprechung zu mir kommen? Und bringen Sie bitte die Akten der Vermisstenfälle mit.«

»Geht klar, Chefin. Wir schleppen uns zu Ihnen. Bis dann.«

Von der Besatzung des FK 1 betrat einer nach dem anderen das Chefinnenzimmer und nahm eine Sitzordnung ein, die keinen Zweifel am Führungsanspruch von Kommissarin Kerstin Semlock aufkommen ließ. Die Zeit, in der sie von dem einen oder anderen Kollegen belächelt wurde, war vorbei. Als attraktive Frau und Mutter in den besten Jahren hatte sie in der ersten Zeit so manche Avancen zu parieren. Doch dieses urmännliche Gebaren spielte keine Rolle mehr, weil sie zu einer Institution geworden war. Sie war eine durch und durch abgestimmte Frau. Es passte einfach alles, vom dezenten Make-up bis zum lässigen Jeans-Look. Während die Kaffeemaschine gluckste, verteilte sie bedruckte Blätter, die das besagte Problem zusammenfassen sollten.

»Meine Herren«, begann sie. »In den letzten drei Wochen arbeiten wir an zwei Vermisstenfällen, bei denen wir auf der Stelle treten.«

»Auf einer Stelle!«, redete Kommissar Kollberg dazwischen.

»Wie bitte?«

»Na, auf einer Stelle. Also drei Wochen, zwei Fälle, eine Stelle. Weiter runter geht's nicht. Wir sind also ganz unten. Fast bei null, meine ich.«

»Ich fasse es nicht, Kollberg! Was sollen denn Ihre Wortspielereien hier schon wieder?!«

Sichtlich verärgert fuhr Kommissarin Semlock fort. »Als erstes wurde ein 39 Jahre alter ehemaliger Mitarbeiter der Geschäftsstelle Strafrecht des Landgerichtes Rostock vermisst. Mirko Menzel. Jetzt im psychosozialen Dienst des Gesundheitsamtes Rostock. Unauffälliger familiärer Hintergrund. Verheiratet, zwei Kinder. Keine aufregenden Hobbies. Keine Alkohol- oder Drogenprobleme, soweit bekannt. Die Ehe nach Angaben der Frau, die die Vermisstenmeldung erstattete, ohne Hinweis auf Affären oder sonstige Skandale. Keine Vorstrafen. Wohnhaft in Blengow. Die Eltern in Kühlungsborn. Klingt alles erstmal unauffällig.«

»Fast zu unauffällig«, gab Kommissar Tengler in die Runde. »Es dürfte eher selten sein, dass Personen abgängig sind, die keinem Milieu oder keinen besonderen Risikogruppen angehören.«

»Sie sagen es«, pflichtete ihm die Chefin bei. »Ist mir auch zu glatt. Wenn wir dahinter sehen wollen, müssen wir in eine Richtung leuchten, die wir bisher nicht auf dem Schirm hatten.«

»Unklar ist für mich nur dieses Blengow. Wo liegt das? Nie gehört«, fragte Torsten Tengler nach.

»Dass Sie Blengow nicht kennen, sei Ihnen verziehen. Es ist ein Ortsteil der Stadt Rerik am Salzhaff, knapp drei Kilometer landeinwärts. Kommen wir zum zweiten Fall, der nur wenige Tage später kam. Eine 45-jährige Frau und Mutter eines Kindes. Wenke Nielsen. Wohnhaft in … halten Sie sich fest, im schönen Blengow. Der gesamte Hintergrund genauso unspektakulär wie bei Menzel, sodass wir beide Fälle nicht so richtig anfassen können.«

»Was macht Frau Nielsen beruflich?«, fragte jemand in die Runde.

»Moment, ich sehe nach. Sie war Sekretärin in einer großen Metallbaufirma und nebenher Schöffin, auch beim Rostocker Landgericht. Zuletzt aber nicht mehr, da war sie zu

Hause. Ihr ist in der Firma gekündigt worden. Wir wissen nicht warum. Da können wir ja nochmal nachhaken.«

»Wer hat die Vermisstenanzeige aufgegeben?«

»Der Ehemann. Beiden Fällen ist gemeinsam, dass das Verschwinden aus einer für die Angehörigen normalen Alltagssituation geschah. Sie kam vom Einkaufen in Rerik nicht zurück und er, Menzel, war auf dem Nachhauseweg, kam von der Arbeit aus Rostock und ist vermutlich auch über Rerik gefahren. Also, wir haben keine abgängigen Psychiatriepatienten, keine aus Lust oder Frust und Laune ausgerissenen Jugendlichen, die wiederauftauchen, wenn das Geld alle ist. Beide Fälle liegen zeitlich nah beieinander, beide wohnen im gleichen Dorf und beide waren mal beim Rostocker Landgericht. Mir ist nicht wohl bei der Konstellation und den Kollegen im Kriminalkommissariat war offenbar auch nicht wohl, sodass wir das auf dem Tisch haben. Wir haben Freitag und so möchte ich nicht ins Wochenende gehen. Deshalb ist Brainstorming angesagt. Also kommen Sie, meine Herren. Diskussion bitte!«

Zunächst schwiegen alle. Allmählich lockerte sich die Atmosphäre. Kommissarin Semlock trug dazu bei, indem sie klarmachte, dass sie keine ausgefeilten Statements erwarte, sondern das Zusammentragen von Gedanken.

»Erstmal alles in einen Topf. Dann wird durchgerührt. Mal sehen, was dann oben schwimmt. Und wenn das eine oder andere wieder rausfliegt, ist es völlig ok.«

So bekam die Lagebesprechung zunehmend Dynamik. Sie notierte stichpunktartig mit und versuchte schon, den aussichtsreichsten Ermittlungsweg abzustecken. Als die Zahl der Diskussionsbeiträge abflaute, machte Kerstin Semlock einen Cut.

»Das reicht«, sagte sie knapp. »In mir steigt die Ahnung auf, dass es keinen Sinn hat, bei den Vermissten irgendwelche spektakulären Hintergründe im Persönlichen bzw. Familiären zu suchen. Gemeinsam ist beiden die ehemalige Tätigkeit am Landgericht Rostock, wobei wir nochmal schauen müssen, ob sich diese Zeiten decken oder teilweise überlappen. Das kann Zufall sein, sollte uns aber aufhorchen lassen. Privat wussten wohl beide im Ort voneinander, sollen aber keine engeren gegenseitigen Kontakte gehabt haben. Auch wenn wir keine konkreten Anknüpfungstatsachen haben, sollten wir prüfen, ob die beiden Fälle nicht doch zusammengehören. Die Polizei ist ja schließlich eine Behörde der Gefahrenabwehr und falls das der Beginn einer richtigen Serie ist, möchte ich nicht erst bei der fünften Anzeige aufwachen. Wenn die sich privat nicht kannten ..., das heißt, ist das gesichertes Wissen?«

»Ich wollte mir gerade einen Zwischenruf erlauben«, entgegnete Kollberg, der die Stimmung der Chefin wieder aufhellen wollte. »Das sind bisher nur Vermutungen. Die Angehörigen sind noch nicht zeugenschaftlich vernommen und auch beim ersten Kontakt zu diesem Punkt nicht explizit befragt worden.«

»Ok, dann holen wir das so bald wie möglich nach. Ich möchte, dass die jeweiligen Ehepartner nach einem vorher ausgearbeiteten Fragenkatalog identisch befragt werden.

Dazu müssen unbedingt Fragen gehören, die das berufliche Umfeld ausleuchten und dazu bitte auch die komplette Sozial- und Eigenanamnese sowie die Jetztanamnese. Das gehört alles zu einem Status praesens!«

Die letzten beiden Sätze formulierte sie genüsslich mit einem zufriedenen Lächeln, weil sie die irritierten Gesichter ihrer Kollegen amüsierte. Diese Begriffe aus der Medizin, die die Erhebung der detaillierten Vorgeschichte eines Patienten meinten, hatte sie sich über die vielen Jahre gemeinsamer Arbeit mit Dr. Brandenburg gemerkt. Sie erhob sich und gab damit die Bewegungen der Kollegen frei, die genauso artig den Raum verließen, wie sie gekommen waren.

Kapitel 3

Chili con Carne

Dr. Brandenburg saß mit seiner Frau Anna im Wohnzimmer beim Abendbrot. Eine App schickte die gewünschte Musik für den Hintergrund auf das Soundsystem.

»Erstaunlich, was die kleinen Dinger so leisten«, sagte er vermischt mit Schmatzgeräuschen bei vollem Mund.

»Was für Dinger?«, entgegnete seine Frau.

»Na, die Lautsprecher da!«, mampfte er zurück.

»Woher soll ich wissen, was du meinst?«

»Wir reden die ganze Zeit nix und hören Musik. Gerade eben Leonard Cohen »You want it darker.« Die Bässe, unglaubliche Wiedergabe. Du hast eben sogar erstaunt innegehalten, als er sang »I'm ready my lord.« Da ist es doch klar, was ich meine!«

»Das hättest du wohl gern?«

»Was?«

»Dass ich immer sage ›hier my lord und da my lord und I'm ready my lord‹?«

»Quatsch, ich bin einfach begeistert.«

»Warum nicht einfach mal von mir? Oder von meinem tollen Essen, was ich meinem Lord bereitet habe?«, gab sie spitz zurück.

»Du hast recht, Anna.«

Er sah sie an und fand wie oft ganz kleine Details an ihr, die er lange nicht wahrgenommen hatte. »Meine Sensibilität ist mal wieder runtergefahren«, stellte er in sich gekehrt fest. »Ich bin in letzter Zeit zu oft einfach zu schnell und unüberlegt mit dem, was ich sage und mit dem, was ich nicht sage. Vieles muss gesagt werden! Zum Beispiel, dass ich jetzt gerade genieße, dass wir hier zusammen sind. Ich weiß bloß schon wieder nicht, ob es der richtige Zeitpunkt ist, das zu sagen.«

»Mein lieber Karsten, dafür kann es keinen falschen Zeitpunkt geben«, gab sie mit warmer Stimme zurück und beide ließen ein Glas Rotwein klingen. Dann wechselte sie das Thema mit einer Frage nach seinem Freund Torte.

»Sag mal, Torsten Torte Tengler, du sagtest neulich, dass er mit seiner Frau auch viel Kajak fährt. Vielleicht könnten wir mal gemeinsam mit ihnen etwas unternehmen?«

»Wie kommst du denn jetzt darauf?«

»Ich musste gerade so an flache und tiefe Wasser denken.«

»Die haben einen Zweier und einen Einer«, entgegnete er.

»Einen Dreier würde ich auch nicht wollen« , sagte Anna.

»Wie?«

»Keinen Dreier!«, rief ihm seine Frau zu.

»Na, sag ich doch, einen Zweier.«

»Schreibt man Kayak oder Kajak?«, fragte sie ernst.

»Was?«

»Na, mit Ypsilon oder mit Jott?«

»Weiß ich nicht, hört sich doch gleich an. Wahrscheinlich geht beides«, rief er in der Küche in den offenen Gewürzschrank, weil ihm das Angebot auf dem Tisch nicht reichte. Dann ging er zurück. Anna hatte inzwischen noch einige Teelichter verteilt und nach endlosen Knipsversuchen mit dem nie richtig funktionierenden Anzünder entflammt.

Leonard Cohen war derweil in einer unglücklich gemixten Playlist von Wincent Weiß abgelöst worden: »Ey, da müsste Musik sein« rief oder sang er einige Male. Das Soundsystem hatte nicht mehr viel zu leisten, Bässe konnte BRB in dem Titel nicht ausmachen. Ja, es müsste Musik sein, dachte BRB. Beide kamen zur Ruhe. Die letzten Happen ließen sie sich wortlos auf den Zungen zergehen. Die Kerzen schickten kleine Licht- und Schattenspiele an die Wände, weil sich ihr Licht an getönten Gläsern brach und verspielte. Die von Heinz Bochmann gemalte Silhouette des Wismarer Hafens bekam eine besondere Wärme.

»Lass uns mal den morgigen Tag besprechen«, sagte Anna.

»Morgen ist Sonntag«, antwortete er.

»Ja doch, ich meine natürlich Montag, wenn du es genau wissen willst. Ich kann nicht gut in den Sonntag gehen, wenn ich nicht weiß, wie der Montag wird!« Beide merkten in diesem Moment, wie sehr ihr Leben durchgeplant war, wie sehr man an Zeiten und Terminen hing, ja, wie sehr man von ihnen abhängig war.

»Ich muss ins Amtsgericht.«

»Nach Rostock?«

»Ja, Zochstraße. Dort einen Parkplatz zu finden, wird wieder ein Problem. Vier Angeklagte, zwei Straftaten in unterschiedlicher Beteiligung, Körperverletzung, alle wohl mehr oder weniger alkoholisiert. Berechnung der Blutalkoholwerte nach Trinkmengenangaben. Keine Laborwerte. Zehn Zeugen. Das wird ein langer Tag.«

»Musst du dich vorbereiten?«

»Nein, ich hatte die Akte nicht. Es muss ohnehin alles auf den Tisch, was für den Prozess wichtig ist. Ich werde fragen und fragen und nochmals fragen, um alle Grundlagen für mein Gutachten zusammenzubekommen.«

»Wann geht's los?«

»Um neun Uhr.«

»Ok, ich habe Sprechstunde ab acht Uhr und dann den ganzen Tag.«

So ließen beide den Abend ausklingen. Der Sonntag dazwischen war kein Thema und versprach Entspannung.

Kapitel 4

Amtsgericht Rostock

Am Montag fuhr Dr. Brandenburg zum Rostocker Amtsgericht. Die Sonne stand noch tief. Der Himmel war klar. Das Auto parkte er auf dem Kundenparkplatz eines Supermarktes. Das Risiko, die dort ausgeschilderten zwei Stunden zu überschreiten, nahm er in Kauf. Das moderne Gebäude, dicht an der Unterwarnow, hatte etwas Steriles. Nicht zu vergleichen mit dem historischen Fürstenhof in Wismar. Dort beeindruckten schwere, alte Holztüren, hölzerne Vertäfelungen und eben das Flair und der Charme eines alten Hauses. Er nahm die Treppen, denn sitzen musste er vermutlich an diesem Tag noch lange genug. Also zwei Stufen auf einmal und einmal schön durchgepustet. So kam er im zweiten Obergeschoss an. Neben den Türen zu den Verhandlungssälen hingen die Terminrollen. Er vergewisserte sich kurz, ob sein Termin eingetragen war und nahm in dem großzügigen Wartebereich Platz. Er war wie immer recht früh. Als zwanghaft pünktlicher Mensch ging das nicht anders. Er nahm sich Literatur aus dem Aktenkoffer, um die Wartezeit zu überbrücken. Endlich über Lautsprecher der dumpfe Aufruf der Strafsache, zu der er geladen war. Spätestens jetzt wurde klar, wer von den weiteren Personen im Wartebereich zu diesem Termin gehörte. Langsam bewegte man sich in den Saal. Die Sitzordnung war immer die gleiche. Angeklagte und Verteidiger nahmen den linken Flügel ein. Staatsanwalt und Sachverständige saßen rechts. Hinten quer Sitzreihen für das »Publikum.« Die Verhandlungen sind öffentlich, wenn die Öffentlichkeit nicht auf Beschluss der Kammer ausgeschlossen wird.

Die Sitzung begann pünktlich. Feststellen der Anwesenheit. Verlesen der Anklage. Die mit Spannung erwartete Frage des Richters an jeden einzelnen, ob er sich zum Tatvorwurf äußern oder von seinem Schweigerecht Gebrauch machen wird. Erleichterung, nachdem alle Angeklagten erklärten, sich äußern zu wollen. Das würde den Prozessverlauf zwar zeitlich nicht unbedingt beschleunigen, aber am Ende die Urteilsfindung und für Dr. Brandenburg die Gutachtenerstattung erleichtern, weil mehr Informationen und sogenannte Anknüpfungstatsachen zu erwarten waren. Für ihn, als vom Gericht geladenen Sachverständigen, ging es um eine Schuldfähigkeitsbegutachtung, da die Straftaten unter erheblichem Alkoholeinfluss begangen worden sein sollten.

Man lehnte sich zurück und verfolgte aufmerksam die beginnende Vernehmung durch den Richter. Danach ging das Fragerecht an die Vertreterin der Staatsanwaltschaft, an die Verteidiger und zuletzt an den Sachverständigen. Um alle Angeklagten im Grundsatz gleich zu behandeln, hatte sich ein Fragenkatalog bewährt, um bestimmte, grundsätzliche Fragerichtungen abzuarbeiten. Von dem wich Brandenburg nur ab, wenn die Individualität des Angeklagten dies erforderte. Am Ende musste jeder sein individuelles Gutachten bekommen. Man konnte natürlich nicht aus einem Gesamteindruck ein Gutachten für alle erstatten. So verging Stunde um Stunde, unterbrochen von kleinen Lüftungspausen, einer Mittagspause und gelegentlichen Ermahnungen des Richters an einzelne Zuschauer, weil sie durch Tuscheln oder Kichern störten. Nach der Mittagspause nahm eine Jugendgruppe Platz, die den Anfang des Verfahrens nicht mitbekommen hatte und denen auch niemand etwas erklärt zu haben schien. Dementsprechend hielten Aufmerksamkeit und Disziplin nicht lange. Am Rande, dicht an den Fenstern, saß eine schlanker Mann mittleren Alters. Dunkles, kurzes, offenbar frisiertes Haar, gut gekleidet. Seine Gesichtszüge verrieten unbedingte Aufmerksamkeit und eine harte Prägung. Der Blick ruhig und fest. Er hielt die gesamte Zeit des ersten Verhandlungstages durch und machte sich Notizen. Er grenzte sich durch seine Sitzposition und seine Ruhe deutlich vom übrigen Publikum ab. Er saß so, dass Dr. Brandenburg sich deutlich nach rechts hätte drehen müssen, um ihn zu sehen. Das gab ihm die Möglichkeit, Dr. Brandenburg zu beobachten, ohne, dass dieser es merkte. Nachdem die Verhandlung gegen 16:30 Uhr unterbrochen und die Fortsetzungstermine bekannt gegeben wurden, erhoben sich alle, schuffelten ihre Papiere und sonstigen Unterlagen zusammen und füllten ihre Taschen, in denen auch die zerknüllten Roben der Verteidiger landeten. Kurze Wortwechsel, Gemurmel, ein schneller Griff zum liegen gelassenen Kugelschreiber, das Klacken von Verschlüssen, ein Lachen, ein ›Tschüss‹ und ein ›Bis dann‹ und Brandenburg zog seinen Aktenkoffer vom Tisch, um zu gehen.

»Herr Dr. Brandenburg«, rief es hart und gleichzeitig fragend hinter ihm. Er drehte sich zu der Stimme.

»Ja?«

»Mein Name ist Karmann. Ich bin freier Journalist und habe den Prozess verfolgt. Darf ich Sie einiges fragen?«

»Wenn Sie den Prozesstag aufmerksam verfolgt haben, dann wissen Sie all das, was man als Öffentlichkeit bisher dazu wissen kann.«

Der Journalist lächelte und setzte nach. »Mir geht es natürlich um Ihren Eindruck. Es scheint doch so, dass die Angeklagten genau wussten, was sie taten. Was braucht es da eine Begutachtung der Schuldfähigkeit?«

Brandenburg stutzte einen Moment.

»Sie erwarten doch nicht im Ernst, dass ich Ihnen ein Vorabstatement gebe? Im Übrigen ist die Beweisaufnahme längst nicht abgeschlossen.«

»Ich erwarte natürlich gar nichts«, sprach er ihn weiter an, »aber die Verhandlung ist unterbrochen und da könnten wir doch reden. Keine Ihrer Äußerungen könnte im Prozess Verwendung finden, weil wir jetzt außerhalb des Protokolls sind.«

»Sagen Sie mir doch bitte, seit wann Sie als Journalist tätig sind«, fragte Brandenburg nach.

»Was tut das zur Sache?«

»Das tut eine Menge dazu«, nahm er die Wortwahl seiner Frage auf. Der Journalist hob erstaunt seinen Blick.

»Die Frage werden Sie mir nicht beantworten können, Herr Karmann, weil Sie sehr wahrscheinlich kein Journalist sind.«

Karmann wich zurück. Seine Überraschung konnte er nicht verbergen. Damit hatte er nicht gerechnet.

»Kein professioneller Journalist rechnet sich auch nur im Entferntesten aus, von einem Sachverständigen vor Erstattung seines Gutachtens ein Statement zu bekommen. Das würde kein Sachverständiger geben und kein Journalist versuchen. Journalisten können sich innerhalb solch grundsätzlicher Dinge bewegen. Zum Zweiten stört mich Ihre Kamera, die Sie da um den Hals tragen.«

»Also, ich bitte Sie! Was erlauben Sie sich?«

»Ich erlaube mir, Ihnen jetzt den Rücken zu kehren. Wenn Sie wieder mal überzeugend als Journalist auftreten wollen, dann lassen Sie die kleine Kompaktkamera zu Hause. Ich kenne keinen echten Journalisten, der nicht mit einer High-End-Spiegelreflex arbeitet, auf die er schwört«, rief Doktor Brandenburg dem verdutzt zurückbleibenden Herrn noch zu, als er mit wehenden Schößen den Gerichtssaal verließ. Wie zum Gruß hob er seine Hand, jedoch ohne dabei zurückzusehen. Gleichzeitig kam es BRB so vor, als wenn er diesen angeblichen Journalisten schon mal gesehen hätte. Es fiel ihm jedoch dazu nichts ein, sodass er den Gedanken verwarf.

Der Mann, der sich als Herr Karman vorgestellt hatte, bekam seine Gelassenheit langsam wieder. Ein kaum wahrnehmbares Lächeln huschte über sein Gesicht. Er nahm die Kamera, schaute sie an, verdrehte die Augen und schob sie in seine Manteltasche. Dort landeten auch Kugelschreiber und Notizblock. Als er gehen wollte, schaute eine Mitarbeiterin der Geschäftsstelle Strafrecht in den Raum. »Sie sind der letzte? Ich würde gern abschließen.« »Schon gut, bin schon weg«, entgegnete er. Mit einem leichten Kopfnicken schob er sich an der Mitarbeiterin vorbei, nahm die Treppenstufen hinab zum Ausgang, ignorierte die Blicke des Wachdienstes, drückte die Haustür auf und stand vor dem Haus. Ein Windstoß wehte den offen gelassenen Mantel auf. Er wandte sich nach links Richtung Neue Werderstraße. Dort hatte er sein Fahrrad abgestellt. Damit radelte er zur B 105 runter, überquerte sie und nahm Kurs auf den Alten Fritz. Das Braugasthaus lud mit einem Außenbereich ein. Kaum, dass er sich sortiert und gesetzt hatte, fragte eine freundliche, junge Frau mit lustigen Augen, was sie ihm bringen könne.

»Einen Kaffee bitte.«

»Wir haben Cappuccino, Caffè Latte, Caffè Crema, einfachen Filterkaffee oder einen Espresso.«

Von dieser Kaffeeflut überfordert, zeigte sein Blick die erste Verlegenheit und Unsicherheit des Tages. »Äh … einen Filterkaffee bitte.«

Kapitel 5

Die »versenkbare« Mühle von Kröpelin

Wer von Kühlungsborn oder Wismar kommend durch die eingehügelte Kleinstadt Kröpelin fährt, erlebt einige hundert Meter nach dem Markt ein wahres Wunder. Die von Ferne schon in Fahrtrichtung über den Hausdächern sichtbare alte Mühle beginnt zu sinken. Sie verschwindet und bleibt verschwunden. Wer einfach so weiterfährt, wird sie nicht wiedersehen. Damit sie nicht auch noch in Vergessenheit gerät, kümmert sich ein rühriger Verein. Er bietet nicht nur die Möglichkeit, sie zu besuchen, sondern auch Ausstellungen, Führungen und Vortragsabende. Die Chefsekretärin des Institutes für Rechtsmedizin reichte eine E-Mail an den Professor weiter. Der Förderverein Kröpeliner Mühle fragte wieder einmal, ob kurzfristig ein Vortrag über die Aufgaben der Rechtsmedizin realisiert werden könnte. Licht und Ton wären kein Problem. Handmikrofon oder Headset. Beamer, Projektionsfläche, perfekte Technik in einem zwar kleinen, aber liebevoll restaurierten Raum. Der Chef wischte den Zettel zur Seite, rief die Sekretärin an, sie solle das den Mitarbeitern anheimstellen. Er selbst möchte das nicht machen, wolle aber auch niemanden verpflichten, gegebenenfalls nur wissen, wer wann mit welcher Vorbereitung dort auftritt.

Die Anfrage landete hausintern auf den Bildschirmen der ärztlichen Mitarbeiter. Weder für die Chemiker noch die Biologin kam das Thema in Frage.

Doktor Brandenburg, der sich hin und wieder gern auf eine Bühne stellte, bekundete sein Interesse, zumal er die Mühle und ihr Team bereits von einer früheren Veranstaltung kannte. Eine jüngere Kollegin und er waren für derartige Auftritte seit Jahren eingespielt. Sie gab die flippige Moderne und er den verstaubten Traditionalisten. So battelten sie sich auf lustige Weise durch die oft dunklen Themen des Faches und das mit Erfolg, zuletzt mit dem Thema »Rechtsmedizin zwischen Klischee und Realität«.

BRB bekam den Zuschlag vom Chef. »Machen Sie das irgendwie und vielleicht können Sie ja eine Vorlesung anpassen, damit das nicht so viel Vorbereitungszeit kostet. Und sehen Sie bitte zu, dass Sie sich thematisch von dem ersten Vortrag absetzen.« Mit diesen Worten drehte sich der Chef schon weg, sodass die Bahn frei war. Seine Kollegin stand kurzfristig leider nicht zur Verfügung. So musste BRB allein zusehen, wie er das gestaltete. ›Da braucht es nicht viel Vorbereitung. Da reicht der Griff in die *Schublade.*‹ Mit diesen Gedanken machte er sich gleich an die Arbeit und tickerte sich auf seinem Rechner durch das Archiv der Vorlesungen, verschob eine PowerPoint in den Ordner *öffentliche Vorträge*, benannte sie um und überlegte sich, wie er das Thema für ein öffentliches Publikum strukturieren könnte. Rechtsmedizin im Allgemeinen. Medizinische und juristische Fachbegriffe raus, Fotos raus, die vermutlich nicht für alle Augen und alle Seelen geeignet sind. Im Besonderen müsste er einen Schwerpunkt setzen. Vielleicht »Tod im Wasser«. Die Ostseenähe und die gerade jetzt immer wieder berichteten Badetoten würden vermutlich ohnehin vom Publikum hinterfragt werden. Neben dem klassischen Ertrinken mit seinen Stadien würde er dem plötzlichen natürlichen Tod im Wasser Aufmerksamkeit schenken. Das Ganze natürlich mit einem positiven Blick auf alles Schöne im und am Wasser. In dieser Art würde er in den nächsten Tagen eine Präsentation zusammenstellen.

Es kam der Tag. Alles war perfekt vorbereitet. Kurz vor 20 Uhr parkte BRB sein Auto dicht an der Mühle, ging hinein, begrüßte die Veranstalter und sortierte sich. Der Raum füllte sich allmählich. Die meisten kamen erst fünf bis zehn Minuten vor Beginn und verteilten sich irgendwie an den Tischen, die jeweils von vier Stühlen umstellt waren. Dann war es soweit. Dr. Brandenburg wurde kurz anmoderiert, ging an das Rednerpult, bedankte sich für die Einladung und wurde schnell mit seiner Aufgabe allein gelassen. Nach einigen Minuten war er warmgelaufen. Medizinische Themen einzudeutschen war er von den vielen Gerichtsverhandlungen gewohnt. Er war im Flow, bis sich etwa zehn Minuten vor Schluss an einem der hinteren Tische, dicht am Eingang, eine Hand hob und ein dazugehöriger junger Mann mit rot gelocktem Haar aufstand. Ohne zu fragen und ohne sich vorzustellen rief er Brandenburg in einer beinahe kindlichen Tonlage zu: »Sie haben das Thema verfehlt! Es ging doch vorhin auch um Wasserleichen hier. Warum zeigen Sie die nicht. Dafür bin ich extra von weit hergekommen!«

Ein Raunen ging durch den Raum. Einige schüttelten den Kopf.

»Ich werde keine derartigen Bilder zeigen«, entgegnete Brandenburg. »Das wäre kein schöner Anblick. Ich bemühe mich, das Thema informativ zu gestalten, sodass es für niemanden unangenehm wird. Allen kann ich es offenbar nicht recht machen.«

Während einige Besucher klatschten, stieß sich der junge Mann von seinem Stuhl ab, sodass der umkippte und verließ unter lautem Geschimpfe die Mühle. Der Vortrag kam zum Ende, kurzer Beifall, einige kamen nach vorn und stellten Fragen. Andere schoben sich langsam durch den Ausgang. BRB sammelte seine Unterlagen zusammen und erzählte noch einen Moment mit den Vertretern des Mühlenvereins.

Es war spät geworden. Sein Auto konnte er gerade noch im Schein der Türbeleuchtung erkennen. Es regnete leicht. Schnell lud er alles ein und schwang sich hinter das Steuer. Die Wegbeleuchtung wurde abgeschaltet, für ihn zu schnell. Nun musste er auf seine Scheinwerfer vertrauen und zur Straße hinunterrollen.

Kapitel 6

Gesucht

Kommissar Tenglers Büro verströmte den Muff alter Dienstzimmer, den sie im Laufe der Zeit bekommen und behalten. Die Ausstattung war spärlich. Der Rechner am Arbeitsplatz wurde über verstaubte Kabel versorgt, die irgendwo hinter dem Tisch allein gelassen und lange nicht mehr gesehen worden waren. Neben dem Telefon ein Bild von ihm und seinem Sohn, der seinen pubertär getriggerten Unwillen gegenüber solcher Fotoposen deutlich machte. An der Wand gegenüber ein altes Schwarz-Weiß-Foto vom Brandenburger Dom, aufgenommen offenbar von einem Boot auf einem Arm der Havel, die sich durch die Stadt verzweigt.

Das Klingeln von Kommissar Tenglers Telefon an diesem Montag morgen blieb ungehört.

»Wo ist Tengler?«, rief Kommissarin Semlock über den Flur, hoffend, dass er selbst oder irgendjemand anders reagiert. »Er soll zu mir«, setzte sie nach. Doch es blieb stumm. Das bemerkte sie erst nach einigen Minuten, hob erstaunt ihren Kopf aus der frühmorgendlichen Geschäftigkeit und ging zu ihren Kollegen. »Hat ihn jemand gesehen?«

»Wen?«

»Na, Tengler! Ich brauche ihn!«

Vieldeutige Blicke, aber keine zweckdienlichen Hinweise.

»Habe ihn heute auch noch nicht gesehen«, entgegnete jemand.

»Ich auch nicht«, kam es aus einer anderen Ecke.

›Vielleicht ist er krank‹, dachte Kommissarin Semlock und rief im Sekretariat an. »Moin, Semlock, hat sich Kommissar Tengler krankgemeldet?«

»Wer?«

»Mein Gott!«, rief sie ungeduldig, »nuschel ich etwa? Der eine fragt WEN, der andere WER. Ich meine Herrn Oberkommissar Torsten Tengler, nicht erst seit gestern hier! Seine Freunde nennen ihn wohl Torte! Hat ihn jemand mit einem Käffchen zu sich genommen? Vielleicht noch mit Schlagsahne? Ich sehe und höre ihn nicht und kann ihn nicht finden, obwohl ich ihn suche!«

»Tut mir leid, Frau Semlock«, entgegnete die Sekretärin betont ruhig, weil sie die Ungeduld der Kommissarin spürte. »Wir können da ausnahmsweise nicht helfen. Lassen Sie doch mal den Tag erwachsen werden und dann wird er sich schon unter Angabe einer plausiblen Erklärung einfinden.«

Kerstin Semlock sackte zusammen und legte auf. ›Erstmal nichts zu machen‹, dachte sie. Diese Situation passte so gar nicht in ihren gewohnte Geradeauskurs, der am frühen Vormittag bereits festlag. Als erste Sachbearbeiterin gab es für sie nur wenige Schritte zur Seite. Sie war auf ihre Ziele orientiert und ließ sich dabei nicht gern aus dem Takt bringen. Das machte sie noch attraktiver, obwohl da nach allgemeiner Männermeinung nicht viel nachzuholen war. Sie war gut vernetzt mit Schlüsselpositionen in der Staatsanwaltschaft, der Rechtsmedizin und des Landeskriminalamtes. Ein auch bei Computerpannen funktionierendes Netzwerk, das sie sich über die Jahre erarbeitet hatte und auf das sie sich verlassen konnte. Ihre Gedanken sammelten sich langsam wieder und begaben sich nur noch einmal vorsichtig auf den Weg zu ihrer Tochter. ›Oje, oje, ich hatte versprochen, sie heute früh anzurufen.‹ Katharina Semlock hatte in Rostock Medizin studiert. Der berufliche Kontakt ihrer Mutter mit Dr. Brandenburg brachte genug Suggestion mit sich, um während des 4. Studienjahres in der Rechtsmedizin das Wahlfach »Ärztliche Leichenschau« und im Praktischen Jahr dort das Wahltertial zu absolvieren.

»Hi, Mom«, sagte Katharina.

»Entschuldige, ich wollte dich gleich früh anrufen, aber mich hat hier heute einiges aus der Bahn geworfen.«

»Alles gut«, beruhigte Katharina ihre Mutter. »Ich liege eh zu Hause rum. Mir war nicht so an der Mütz.«

»Was ist mit dir? Bist du krank?«

»Nix Schlimmes. Ich hab Hals. Geht schon.«

»Ich rufe dich an, weil du das wolltest, jedenfalls gestern noch.«

»Ja, es ist irgendwie alles doof. Ich muss immer an Papa denken, so kurz vor seinem Geburtstag. Es ist so unfair, so ungerecht. Andere fressen sich fett und saufen sich die Leber dick und trällern sich durchs Leben und er, der immer alles in Maßen hielt, hier nicht zu viel und da nicht zu doll, der kriegt seinen Herzkasper und bleibt liegen.«

»Katharina, es ist nun vier Jahre her …«

»Willst du mich damit beruhigen?«, weinte sie plötzlich in das Telefon. »Sag was!«

»Ich kann nur sagen, dass ich dich jetzt gern im Arm hätte. Erinnerst du dich an den Abend im vorigen Jahr, als du mich in Reutershagen besucht hast und wir so schön gemütlich erzählt haben? Das wünsche ich mir öfter.«

»Ja, natürlich erinnere ich mich. Das war, als ihr diesen Fall mit dem toten Geocacher hattet. Ich war gerade im Wahltertial in der Rechtsmedizin.«

»Genau, aber Gedanken an dich, mein liebes Töchterchen, bringen mir eher Gedanken an das Leben. Wie läuft es denn so mit deinem Torben? Warum ist er jetzt nicht bei dir und hilft dir wegzuschieben, was dich bedrückt?«

»Der muss arbeiten.« Kleine Pause.

»Dieser Zustandsbericht fällt ja recht kurz aus. Muss ich mir Sorgen machen?«

»Um den?«

»Nun komm schon, Katharina, dein Torben wäre ein Tor, wenn er dich nicht halten würde und ein Tor ist er nicht, auch wenn er so ähnlich heißt. Aber ich glaube, ich lasse das Thema. Kathi, ruf mich bitte, wenn du mich brauchst und überhaupt auch sonst, wenn es dir einfällt, ja?«

»Ist gut, Mom.«

»Bis bald.«

»Tschüss.«

Kerstin Semlock lehnte sich zurück und atmete tief durch. ›Es ist immer alles auf einmal. Wenn es irgendwo hakt, klemmt es woanders auch. Ich muss jetzt den Tengler klar machen.‹ »Hat jemand seine Telefonnummer?«

»Wessen?« rief es aus einer offenstehenden Zimmertür.

›WEN, WER, WESSEN‹, dachte sie mit einem jedoch nur noch innerlich hörbaren Aufbegehren.

»Die von Tengler bitte schön!«

»Ja, sicher, die steht im Dienstplan Frau Kommissär. Das ist gar nicht mal so schwer«, antwortete Kommissar Kollberg aus einer Ecke.

»Dann bitte mal her damit. Ich muss ihn anrufen und fragen, was los ist.« Sie nahm auf irgendeiner Schreibtischecke Platz, kümmerte sich nicht, zu wem die gehörte und wählte seine Nummer. Sie schwenkte ihr Haar zur Seite, um den Hörer dicht ans rechte Ohr zu halten. Nach endlos wiederholtem Ruf eine monotone Stimme: »Gesprächspartner ist zurzeit persönlich nicht erreichbar. Bitte hinterlassen Sie … « Sie legte auf. ›Shit.‹

»Wo arbeitet seine Frau?«, rief sie wieder in die Räume. Keine Antwort. »Warum weiß das keiner?«, rief sie, dabei etwas betroffen merkend, wie wenig sie selbst über ihre Kollegen wusste. Würde sie jemand anders suchen, stünde sie ähnlich hilflos da. Sie ging ins Sekretariat und verlangte Auskunft.

»Frau Semlock, jetzt beruhigen Sie sich bitte. Ich schicke eben diese E-Mail noch ab und dann sehe ich nach, was wir haben, ja?«

»Sie wissen, ich schätze Sie über alles«, höfelte Frau Semlock der Sekretärin zu, »aber ich habe ein blödes Gefühl im

Bauch und ich weiß, ich bin aufgedreht, aber ich bitte Sie, mir zu helfen.«

»Das klingt doch schon viel besser«, antwortete die Sekretärin aus ihrem gepflegten Dress hinter einem schwarzen Schreibtisch. Sie machte ihr Mousepad frei, klickte sich in ein internes Laufwerk und rief die Personaldaten der Mitarbeiter auf.

»Da haben wir ihn ja. Torsten Tengler. Ganz schönes Foto von ihm«, lächelte sie in den Bildschirm hinein. »Hier steht's. Angehörige: Frau Tamara Tengler, gleiche Wohnanschrift, erreichbar unter …«

»Ich danke Ihnen sehr.« Kerstin Semlock nahm den Zettel mit der abgeschriebenen Handynummer von Tamara Tengler und eilte zurück in ihr Dienstzimmer. Sie wählte die Nummer und hoffte, nach jedem neuen Klingelton endlich ein erlösendes »Tengler« oder »Ja, bitte« zu hören. Ersteres geschah.

»Tengler« hörte sie eine entspannte, helle Stimme sagen.

»Hier ist Frau Semlock, eine Kollegin Ihres Mannes.«

»Hallo, Frau Semlock. Ich weiß, mein Mann hat Sie oft erwähnt. Was führt Sie in die Leitung?«

»Ich vermisse Ihren Mann, Frau Tengler. Damit Sie mich nicht falsch verstehen, er ist heute nicht zum Dienst erschienen. Ich wollte mich nur erkundigen, ob er vielleicht krank ist?«

»Oh, das überrascht mich«, antwortete Tamara Tengler.

»Wie kann es Sie überraschen? Waren Sie beide heute Morgen nicht zusammen?«

»Nein, ich bin am Wochenende zu meiner Freundin nach Berlin gefahren. Mein Mann blieb in Rostock. Ich bin noch in Berlin und habe heute einen Termin auf der Museumsinsel.«

»Darf ich fragen, was Sie beruflich machen?«

»Sicher, ich konzipiere Heizungs- und Lüftungssysteme für Großbauten.«

»Toll, das hört sich interessant an. Meinen Respekt. Das hört sich auch familienfreundlich an, wahrscheinlich keine Dienste?«

»Genau, im Grunde haben Sie recht. Wir würden nur im Havariefall und wenn es wirklich pressiert mal einen außerordentlichen Lokaltermin wahrnehmen. So zum Beispiel heute.«

»Ah ja, ok, aber zurück zu Ihrem Mann. Hatte er am Wochenende etwas Besonderes vor?« »Er wollte paddeln. Er wollte mit seinem Kajak aufs Wasser. Das macht er manchmal auch allein, wenn ich nicht da bin. Dieses Wochenende hatte sich angeboten. Wir haben zuletzt Freitagabend miteinander telefoniert, aber nicht darüber gesprochen, wohin er fahren wollte.« »Wie kann ich ihn erreichen, Frau Tengler? Übers Handy habe ich es schon versucht.«

»Tja, ich weiß da auch nicht weiter. Er ist eigentlich nie krank oder so, höchstens mal ein Männerschnupfen, aber deswegen würde er nicht zu Hause bleiben. Fragen Sie doch mal Dr. Brandenburg. Vielleicht hatten die beiden Kontakt. Neulich waren sie zusammen im Kino. Kann ja sein, dass er etwas weiß. Also, ich mache mir da erstmal keine großen

Sorgen. Das wird sich bestimmt aufklären. Ich rufe nachher mal seinen Sohn an, vielleicht erfahre ich etwas, ok?«

»Alles klar, ich danke Ihnen.«

Kapitel 7

Die Rechtsmedizin

1958 löste sich in Rostock die Gerichtliche Medizin aus der Pathologie und wurde zu einer eigenen Struktureinheit, zu einem Institut, zunächst in der Gertrudenstraße. 1964 zog das Institut in die Friedrich-Engels-Straße, heute St.-Georg-Straße, in das ehemalige Internat der Arbeiter- und Bauern-Fakultät. Dort sitzt sie noch heute, seit der Wende umbenannt in Rechtsmedizin. Die alte graue Villa wirkt zwischen dem Studentenwohnheim und dem roten, wuchtigen Backsteingebäude, welches zu DDR-Zeiten die SED-Bezirksleitung beherbergte, danach das Gesundheitsamt und jetzt die Stadtkämmerei, wie ein Implantat. Das Hofgebäude bleibt verdeckt, ein hässlicher Betonbau, der Ende der 70er-Jahre in den Hof des Studentenwohnheimes gesetzt wurde, um Nachrichtentechnik aufzunehmen – man ahnt, um welche Art von Nachrichten und um welche Art von Technik es dort ging. Wer nun noch wusste, dass sich die Chemisch-Toxikologische Abteilung des Institutes in der Rungestraße neben der alten U-Haft befand, für den bestätigte sich endgültig durch diese baulichen Nachbarschaften ein Generalverdacht gegenüber allen, die in der Gerichtsmedizin arbeiteten. Mit dieser Corona aus Vorbehalten hatte sich der junge Dr. Karsten

Brandenburg auch auseinanderzusetzen, als er 1980 nach dem Medizinstudium dort die Weiterbildung zum Facharzt begann. Der Kern des Faches hielt ihn jedoch gefangen und lies ihn nicht mehr los. Der Muff des alten Gemäuers erzeugte immer irgendwie beides: Abwehr und Anziehung. Letzteres überwog fast 40 Jahre. Seine Kollegen nannten ihn BRB: Das Autokennzeichen für die Stadt und den Landkreis Brandenburg an der Havel, seine Heimatstadt und kurioser Weise auch sein Nachname. BRB hatte sich in seinen drehbaren Dienstsessel eingepasst und merkte ein ums andere Mal, dass sein Körper so nach und nach, mit dem Älterwerden die Ideallinien verließ und der Sesselform immer ähnlicher wurde. Der Sessel war so bequem, dass der Körper keinerlei Energie aufwenden musste, um sich darin zu halten. Das wiederum ließ den Zeiger der Waage zwar langsam aber dafür beständig weiter nach rechts auslenken. Einhalt gebot lediglich ein Tag, der mit Obduktionen ausgefüllt war, denn da hieß es im Stehen präparieren und diktieren, den ganzen Tag, und zuweilen nähen und schwer heben. Einsätze zu einem Tatort, ein Konsil in der Klinik oder eine Vorlesung waren weitere willkommene Abwechslungen, die jedoch für die Rekonstruktion der Ideallinie nicht ausreichten. In der Freizeit etwas Sport, aber nicht zu viel und so entwickelte sich bei ungestörtem Appetit und gelegentlich einem Fläschchen Bier der beschriebene Zustand.

Ein Tag im Institut nahm seinen Lauf. Am Nachmittag war ein Ethikkonsil auf der neurologischen Intensivstation im Zentrum für Nervenheilkunde Rostock-Gehlsdorf anberaumt worden. Es ging um eine 83-jährige, korpulente Frau, die mit einem Schlaganfall aufgenommen wurde. Auf Station trafen außerdem ein Internist und ein Chirurg ein, dazu noch der Krankenhausseelsorger und eine Juristin von der Stabsstelle Recht. Die Patientin hatte eine Patientenverfügung unterschrieben, die von den Angehörigen vorgelegt worden war. Es ging darum, ob der in der Verfügung formulierte Zustand eingetreten sei. Die Stationsärztin stellte die Patientin vor. Gegenwärtiger Status, bisherige Therapie und weitere Möglichkeiten sowie die Prognose wurden in der Runde diskutiert. Auf der Rückfahrt von Gehlsdorf zur St.-Georg-Straße meldete sich Kommissarin Semlock, die BRB im Auto über seine Freisprechanlage empfing. Sie durchbrach mit ihrem Anruf die bassigen Drums im Intro von Amy Winehouse' YOU KNOW I'M NO GOOD.

»Oh, Du bist gerade unterwegs«, tönte es plötzlich im harten Kontrast zu der Musik, von der sich BRB eigentlich zum Institut begleiten lassen wollte.

»Hört man das?«

»Irgendwie schon. Es sei denn, Dein PC hat eben den Blinker gesetzt und vom vierten in den dritten Gang geschaltet.« Beide lachten herzlich.

»Was gibt es denn Frau Kommissär?«

»Kommissär? Das habe ich doch heute schon einmal gehört.« Kerstin Semlock dachte kurz nach. »Ach ja, der Kollberg hat mich so angesprochen und einen Reim draufgesetzt. Ich glaube, der dreht langsam frei. Mannomann…«

»Nun lass mal«, fiel ihr BRB ins Wort. »Ab und an ein bisschen lustig muss doch erlaubt sein und ist nicht gleich psychopathologisch oder psychiatrisch. Da, wo ich gerade herkomme ist das schon anders.«

»Klär mich auf.«

»Ethikkonsil in Gehlsdorf.«

»Ah, ich verstehe. Der Doktor gibt sich mal wieder klinisch. Gut fürs Ego, oder?«

»Was kann ich denn Gutes für dich tun?«, fragte BRB nach.

»Für mich fällt mir da überhaupt nichts ein, aber vielleicht für deinen Freund Tengler.«

»Der kann eigentlich ganz gut für sich allein sorgen.«

»Ja, wenn ich darüber Gewissheit hätte, wäre mir wohler.«

»Was soll das denn nun heißen?«

»Er ist weg.«

»Wie weg?«

»Er ist heute nicht zum Dienst gekommen. Übers Smartphone kann ich ihn nicht erreichen. Seine Frau ist in Berlin, die habe ich angerufen, sie hat ihn am Freitagabend zuletzt gesehen und gehört. Sie will noch seinen Sohn fragen. Ansonsten wusste sie nur, dass er am Wochenende mit seinem Kajak loswollte, wahrscheinlich Sonnabend. Weißt du, was mit ihm sein könnte? Hattet ihr Kontakt?«

»Nein, ich weiß nur, dass das völlig ungewöhnlich ist. Einfach warten würde ich nicht.«

»Ok, sehe ich auch so. Dann schicke ich einen Streifenwagen zu seiner Wohnung.«

»Mach das. Ich bin nachher im Institut. Halte mich bitte auf dem Laufenden.«

Amy Winehouse verschaffte sich wieder Gehör, BRB schaltete sie jedoch weg. Zuviel ging ihm gleich durch den Kopf. Er verließ das Gelände am Osthafen und bog auf die B105, um über die Vorpommernbrücke zu fahren. Danach gleich links über die Warnowstraße und die Steintorkreuzung zum Institut. Er winkelte seinen Wagen auf dem Hof in eine Parklücke, wand sich aus dem Auto und ging hastig ins Haus. Zuerst ins Sekretariat. »Bin wieder da«, rief er in den Raum. »Hier die Parkkarte zurück.« Er protokollierte die Rückgabe und fragte, ob jemand etwas von Kommissar Tengler gehört habe.

»Nein, heute noch nicht«, gab die Sekretärin zurück. »Die suchen ihn und können ihn bisher nicht finden!«

»Ach Du meine Güte. Was soll mit dem denn sein?«

»Werden wir hoffentlich bald erfahren. Falls Frau Semlock hier anruft, bitte gleich zu mir durchstellen, ja?«

»Klar doch«, versicherte sie ihm mit einem Lächeln.

Kapitel 8

Vermisst

»Zu Hause ist er nicht, Kajak und Auto sind auch weg. Smartphoneortung negativ, muss abgeschaltet sein!« Diese kurz vorgebrachte Bilanz brach aus Kommissarin Semlock heraus, als sie BRB kurz vor Feierabend dieses ersten Tages der Woche anrief.

»Die Sonnabend-Zeitung steckt im Kasten! Sein Sohn weiß nichts, sagt seine Frau. Die ist noch in Berlin, wird langsam unruhig und kommt heute Abend nach Hause. Der Sohn hat ihn vor vier Wochen zuletzt gesprochen. Im Polizeibericht vom Wochenende nichts, was mit Tengler zu tun haben könnte. Auch die Wasserpolizei ohne Hinweise. Die Notaufnahmen blocken mal wieder. Da brauchen wir mindestens ein schriftliches Auskunftsersuchen der Staatsanwaltschaft oder einen Gerichtsbeschluss, bevor die uns etwas sagen.«

BRB reagierte nicht.

»Nun sag was, Doc! Was sollen wir machen? Mir bleibt nichts, als ihn und seinen Pkw in die Fahndung zu geben!?«

»Ja, äh, Du triffst mich so, dass ich auch nicht weiß, was ich sagen soll.«

»Du bist doch sonst um keinen Spruch verlegen«, konterte sie.

»Hör auf, das scheint hier ein Vorgang zu werden, wie ihr immer sagt. Da ist Schluss mit lustig. Torte Tengler ist mein Freund. Ich will gern alles Mögliche beitragen, um die Sache zu klären. Soweit ich weiß, ist er nicht so krank, dass er irgendwo liegen bleiben würde. Ich meine einen Zuckerschock oder andere Stoffwechselentgleisungen. Mit Herz und Lunge hatte er noch nie Probleme. Andererseits steht es nicht jedem auf die Stirn geschrieben. Betrunken haben dürfte er sich auch nicht. Passt nicht zu ihm, die Gelegenheit, in der seine Frau auf Tour ist, dafür zu nutzen. Er ist eigentlich fit. Wenn Kajak und Auto weg sind, läuten bei mir die Alarmglocken, Kerstin. Durchsucht unbedingt die Wohnung. Vielleicht gibt es Hinweise auf die Route, die er paddeln wollte. Dann fragt die potenziellen Einsatzstellen für Kajak-Touristen ab. Flussbad am Rostocker Mühlendamm, Zingst, Prerow, Bodstedt, Barhöft, Boiensdorf, Rerik usw. Das wären ja nur die nahe gelegenen Paddelreviere. Er kann natürlich sonst wohin gefahren sein. Trebel, Peene, Warnow, Mildenitz. Geht alles!«

»Wie gut, dass wir jetzt wissen, wie Polizeiarbeit funktioniert!«

»Was willst du? Du fragst mich und ich sage dir schnell und unüberlegt, was mir spontan einfällt!«

»Schon gut, Doc, weiß ich ja zu schätzen. Wir rufen uns beide an, wenn es etwas Neues gibt.« Beide legten auf und sanken zurück, beinahe synchron, als hätten sie sich abgestimmt.

BRB rief zu Hause an: »Stell dir vor, Torsten Tengler wird vermisst. Er kam heute nicht zum Dienst. Die Polizei hat bereits alle Register gezogen. Auch seine Frau findet keine Erklärung. Er ist weg und dazu sein Auto und sein Kajak.«

»Oh, Torsten, Auto und Kajak zusammen. Das hört sich nicht gut an. Wann kommst du nach Hause?«

»Pünktlich. Ich kann da ohnehin nicht helfen. Wir müssen abwarten und hoffen, dass das ein gutes Ende nimmt. Bis nachher.«

Die Fahndung lief auf Hochtouren. Torsten Tengler meldete sich nicht. In seinem Dienstzimmer ließ eine Pflanze die Blätter hängen, als wäre sie schon in Trauer. Die Reinigungskraft nahm sich ein Herz, versorgte sie mit frischem Nass und ruckelte den Topf etwas zurecht. ›Dein Herrchen wird schon bald wiederkommen‹.

Der Tag verging jedoch, ohne dass sich diese Prophezeiung erfüllte.

Es wurde Dienstag. »Meine Herren und meine Dame, das Team bitte zu mir«, rief Kerstin Semlock mal wieder über den Flur. Jeder wusste, worum es gehen würde und war schnell zur Stelle.

»Jetzt haben wir drei dabei«, beeilte sich Kollberg zu sagen.

»Kollberg, Sie haben ausnahmsweise recht. Wir haben jetzt drei Vermisstenfälle. Ich gebe zu, dass mich und Sie vermutlich auch, der letzte besonders trifft. Wir sind wohl alle etwas ratlos. Was haben die ersten Ermittlungen zu unserem Kollegen ergeben?«

»Im Grunde nichts«, antwortete die zweite weibliche Kollegin, Annika Strehlow. »In den Krankenhäusern der Umgebung ist er nicht aufgenommen worden. Sein Auto haben wir auch noch nicht. Verkehrsunfälle scheiden aus. Die möglichen Einsatzstellen für Kajaks bieten nur Momentaufnahmen. Keine Zeugen. Vor allem kein Kajak. Wir sollten die Bevölkerung über die Presse und über das Radio um Hilfe bitten. Seine Frau sagte, er hat ein rotes See-Kajak, einen Einer. Den genauen Typ konnte sie nicht nennen, irgendein amerikanisches Model, preisliche Mittelklasse. Sie wusste nur, dass es sehr schwer ist. Habe mich im Netz erkundigt. Als Material kommt am ehesten PE in Betracht. Die teureren haben Glasfasern und Carbon in der Verarbeitung und werden dadurch leichter.« »Was heißt PE?«

»PE bedeutet Polyethylen, ein sehr robustes Material.«

»Sehr gut, Annika. Ein rotes Kajak fällt doch auf. Kann das sinken?«

»PE ist etwas leichter als Wasser, aber nicht viel. Es würde vollgelaufen vielleicht gerade noch schwimmen, aber nicht mehr groß aus dem Wasser ragen, sodass es aus der Ferne schwer zu orten sein sollte.«

»Ok, wir setzen den Fokus weiter auf das Boot und auf sein Auto. Das Auto werden wir eher finden. Dehnt die Suche nach Westen aus, Richtung Poel. Wer weiß, welches Ziel er sich vorgenommen hat. Ach ja, fanden sich in der Wohnung Notizen, Seekarten oder irgendetwas Zweckdienliches?«

»Nein, keine Seekarten, keine Notizen«, kam es aus der Runde. »Was hat die Smartphone-Ortung ergeben?«

»Kein Signal, muss abgeschaltet sein.«

»Moment mal, als er losfuhr, wird er sein Ding doch angehabt haben. Ihr müsst rückwärts suchen. Jetzt geht es vielleicht nicht, weil es nass ist.«

In diesem Moment stürmte ein Mitarbeiter aus dem Bereich »Organisierte Kriminalität« herein. »Entschuldigung, ich wollte nur Bescheid sagen. Sie haben das Auto! Ein beigefarbener Skoda Octavia Scout mit seinem Kennzeichen.«

»Entschuldigung gern angenommen, raus damit, wo ist es?«

»Steht auf einem Wohnmobilparkplatz vor Boiensdorfer Werder. Ich muss zurück, nur, dass Sie Bescheid wissen.«

»Danke dafür! Na, also, es geht vorwärts. Ich will den Heli. Der soll das Salzhaff und die Umgebung der Halbinsel Wustrow und der Insel Poel absuchen. Haffseitig und seeseitig, bitte. Gleichzeitig soll der Wasserschutz die Gegend abfahren und mit denen da oben kooperieren. Den Aufruf an die Bevölkerung heben wir uns auf. Übrigens – Boiensdorfer Werder – ist das nicht die Stelle, wo Doc Brandenburg damals die alte Frau mit dem Handwagen traf, als er mit seiner Frau und seinen Enkeln dort war? Brandenburg ist damals auch Kajak gefahren. Da war doch was.«

»Ja«, sprang ihr Annika bei.

»Damals lief die Sache am Grundlosen Moor zwischen Hohenfelde und Retschow.«

»Hey, dein Gedächtnis möchte ich haben.« Mit Bewunderung und fast mütterlichem Stolz sah Kerstin Semlock zu ihrer jungen Kollegin Annika Strehlow herüber. Ihre Blicke trafen sich kurz, um sich gepaart mit einem Lächeln gleich wieder zu trennen.

Die Suchaktionen liefen an. Ein Team von Ermittlern und Kriminaltechnikern fuhr sofort über Neubukow, Rakow und Pepelow nach Boiensdorf. Die Straße senkte sich im Ort und in der Linkskurve bog das Einsatzfahrzeug rechts ab. Noch vor Boiensdorfer Werder stießen sie auf einen Wohnmobilstellplatz mit kleiner Infrastruktur: Kiosk, Toilettenhäuschen, Entsorgung von Grau- und Schwarzwasser, Parkautomaten, Schranke und einige locker verteilt stehende Camper. Der Stellplatz war durch eine hohe Baumgruppe vom Ufer des Salzhaffs abgetrennt. Von dem gesuchten Pkw keine Spur. Zwischen zwei Wohnwagen kam ihnen ein Mädchen entgegengelaufen. »Suchen Sie die Polizei? Die sind weitergefahren. Da ist noch ein Parkplatz.« Sie wies in Richtung Boiensdorfer Werder.

»Dankeschön« riefen die Beamten zurück und setzten sich wieder in Bewegung. Nach 500 Metern fand sich tatsächlich ein weiteres Parkplatzschild. Sie bogen nach rechts in eine unscheinbare Auffahrt und sahen sofort den unter Bäumen abgestellten Skoda. Daneben ein Streifenwagen, dessen Besatzung froh über die Ablösung war und sich entfernen wollte.

»Moment«, rief Kerstin Semlock. »Wann habt ihr den Wagen festgestellt? Habt ihr etwas verändert? Gab es in der Zwischenzeit Personenbewegungen? Wie können wir euch wieder erreichen? Den Bericht bitte direkt morgen auf meinen Tisch!«

Damit entließ sie die beiden Polizeiobermeister und wandte sich dem Fahrzeug zu. Ein ruhiges Bild. Die Türen und Fenster waren verschlossen. Keine Beschädigungen. Die Sichtblende des Kofferraums vorgezogen. Montierte Dachträger. Soweit man durch die Scheiben sehen konnte, auf der Rückbank eine dunkle Jacke. Davor im Fußraum ein Zurrgurt mit der Aufschrift *Paddelcenter*. Die Handbremse gelöst, offenbar eingelegter zweiter Gang. In der Mittelkonsole ein Kugelschreiber und die Karte eines Wertstoffhofes. Ein am Sonnabendabend um 22:00 Uhr abgelaufener Parkschein an der Innenseite der Frontscheibe. Kein Strafzettel. Auf den ersten Blick nichts Ungewöhnliches. Kommissarin Semlock blickte zu Kriminaltechniker Gernot Stahl. Nach Übersichtsaufnahmen und Nahaufnahmen vom Fahrzeug nahm er von den Türgriffen Fingerabdrücke. Dann öffnete er routiniert das Fahrzeug. Sie ging derweil auf die Uferzone zu und ließ ihren Blick schweifen. Vor ihr lag das Salzhaff. Das Wasser war ruhig. Am Spülsaum aufgeschwemmtes Seegras oder Tang in graubraunen, beinahe gebirgig geformten Haufen, leicht muffig riechend. Der Strandsand fein. Einige kleinere Steinpackungen ragten wie halbherzig gelegte Buhnen wenige Meter senkrecht zur Uferlinie in das Wasser hinein. Rechts in der Ferne die Konturen des Ostseebades Rerik. Gerade rüber die Halbinsel Wustrow mit ihrem hohen Baumbestand. Sie blickte etwas weiter nach links. Ein Schwanenpärchen zog in Richtung des Schilfgürtels von der Halbinsel Boiensdorfer Werder. Weit draußen eine Boje, deren Bedeutung sie nicht erkennen konnte. In der Ferne halb links der Horizont unruhig. ›Ist das Land oder Ostseewelle oder was‹, dachte sie. Alles machte einen friedlichen Eindruck. Richtung Pepelow übten einige Surfer und Kiter. Am Ufer Familien mit Kindern, die offenbar zu den wenigen Autos gehörten, die sich noch auf dem Parkplatz befanden, vielleicht auch zu den zwei Wohnmobilen. Sie ging zurück zum Auto von Torsten Tengler und wies ihre Kollegen an, die Personen im näheren Umfeld festzustellen und zu dem Skoda Octavia zu befragen. Gernot Stahl hatte inzwischen die Fahrertür geöffnet. Das Wageninnere blieb unauffällig. Im Kofferraum fand sich unter der Abdeckung eine Kunststoffkiste mit Ersatzgurten, einem kleinen Pfadfinderkompass, einer gefalteten Not-Toilette für Kajakfahrer und ein paar dünnen Arbeitshandschuhen.

»Gernot, hast du die Karte dabei? Was ist das da drüben für eine Unruhe am Horizont, links neben Halbinsel Wustrow?«

Gernot Stahl klappte sein Smartphone aus und ließ sich die Gegend anzeigen. »Wir sind hier an der Markierung. Das da drüben müsste dieser lange schmale Sandhaken sein, der von der Halbinsel ausgeht. Der verläuft fast genau in Nord-Süd-Richtung und hat am Ende so ein kleines Schwänzchen, hier als Kieler Ort bezeichnet. Zwischen dem Sandhaken und der kompakten Halbinsel liegt eine Bucht. Die Kroy. Sie hat Anschluss an das Salzhaff.«

»Schön ermittelt, Gernot. Gut, einer von euch wird das Auto kurzschließen oder sonstwie starten und zur DEKRA nach Rostock bringen. Die sollen aber noch nichts damit machen.« Sie wandte sich wieder dem weiten Blick über das Haff zu. Es blieb stumm und verriet nichts über Torsten Tengler.

Am späten Nachmittag rief Kommissarin Semlock Staatsanwältin Franziska Kernbach an, um über die bisherigen Ermittlungen zu berichten.

»Es wird Zeit, dass Sie sich melden. Ich habe Ihren Anruf früher erwartet und nicht erst, wenn ich schon im Mantel stehe.«

»Nun mal langsam, wir sind eben erst aus Boiensdorf zurück. Dort steht der Pkw von Kommissar Tengler auf einem Parkplatz am Haff. Bisher keine Hinweise, was mit ihm sein könnte. Sicher scheint nur, dass er mit dem Kajak rausgefahren ist. Wir brauchen den Heli und die Wasserschutzpolizei, um die Gegend abzusuchen, die Tengler im Rahmen einer Tagestour erreichen konnte.«

»Ok, da gehe ich mit. Veranlassen Sie das. Vergessen Sie in Ihrem Eifer bei der Tengler-Suche nicht die anderen beiden Fälle! Gibt es da schon etwas Neues?«

»Nein, noch nicht«, antwortete Kerstin Semlock. »Wir prüfen in jedem Fall eventuelle Zusammenhänge. Vordergründig tut sich da nichts auf, aber manchmal gibt es ja auch Hintergründe.«

»Sie sind ja heute so tiefgründig, Frau Semlock!«

»Nur heute?« Kerstin Semlock wusste, dass es wieder zu einem Wortscharmützel kommen könnte.

»Ich würde Ihre Neigung, mal vordergründig, mal hintergründig oder mal tiefgründig zu sein, besser nachvollziehen können«, legte die Staatsanwältin vor.

»Da müssten wir uns besser kennenlernen«, entgegnete Kerstin Semlock.

»Ich glaube, wir versteigen uns jetzt, Frau Kommissar.«
»Glaube ich auch. Dann mal einen schönen Tag noch. Melde mich morgen wieder.«

Kapitel 9

Hello again

Am gleichen Dienstagnachmittag machte sich Dr. Brandenburg auf, um die mit seiner Frau besprochenen Einkäufe zu erledigen. Gegen 18:00 Uhr bog er mit seinem Auto von Rostock kommend kurz vor Sievershagen zum Ostseepark ab. Er verließ den kleinen Kreisverkehr nach links, um möglichst dicht vor dem Eingang zu parken. Auf dem Einkaufszettel stand unter Butter, Wurst und Käse ein Speicherstick, den er sich kaufen wollte. Auf dem sollten Vorlesungen und öffentliche Vorträge als Sicherheitskopie Platz finden. Er stieg aus dem Auto. Das rechte Knie knackte wie immer, blieb jedoch schmerzlos, sodass er dieses kleine Signal nur als freundlichen Hinweis betrachtete. Dann schlenderte er zur Drehtür, folgte dem viel zu langsamen Lauf dieser Konstruktion, bis sie ihn in das Gebäude ließ. Auf dem breiten Flur angekommen, ging er sofort nach links in den Elektromarkt. Die übliche Geräuschkulisse. Die Regale waren mal wieder umgestellt worden, sodass er Mühe hatte, sich zu orientieren. ›Hier müsste es sein.‹ Er wollte einen Mann in blauer, verwaschener Jeanskleidung umgehen, als dieser sich ihm in den Weg stellte.

»Entschuldigung, dürfte ich mal bitte …«, fragte Dr. Brandenburg mit einer üblichen Floskel.

»Herr Doktor, warum so eilig?«

Dr. Brandenburg schaute ihn überrascht und fragend an. »Bitte? Kennen wir uns?«

»Wir haben schon einige Zeit miteinander verbracht«, entgegnete die Person.

Dr. Brandenburg wich verwundert zurück. Ein großer, schlanker, kräftiger Mann. Kurzes, gepflegtes Haar, feste Gesichtszüge.

Ein kleines Mädchen rief ihm zu »Papa komm jetzt!«

»Ich stehe auf dem Schlauch, wie man so sagt. Helfen Sie mir mal. Ich weiß nicht, wo ich Sie hinstecken soll.« Der Mann genoss die Unsicherheit von Dr. Brandenburg.

»Vielleicht hilft es Ihnen, wenn ich sage, dass ich mir gerade eine Spiegelreflexkamera aussuche?«

»Oh«, rief Dr. Brandenburg als Ausdruck wirklicher Überraschung. »Amtsgericht Rostock vor ein paar Tagen.«

Sein Gegenüber grinste zu breit, um es noch sympathisch zu finden.

»Ich war dort wohl etwas zu heftig in meiner Reaktion«, versuchte Dr. Brandenburg abzumildern.

»Nein, nein. Eigentlich ganz entsprechend meiner Erwartung.«

»Ich verstehe nicht. Ich sage Ihnen auf den Kopf zu, dass Sie kein Journalist sind, das auch noch ziemlich barsch, entferne mich nahezu grußlos, eher mit einer Gestik der Verachtung und Sie haben das erwartet?«

»Sicher. Ich weiß selbst, dass ich kein Journalist bin und natürlich werde ich mir nicht eine teure Spiegelreflex kaufen, nur weil unser Zusammentreffen mit Ihrer Empfehlung dazu so endete.«

Die komplizierte, aber wohl gesetzte Wortwahl ließ Dr. Brandenburg aufhorchen.

»Dann frage ich Sie jetzt direkt, wer Sie sind«, gab er mit wieder gewonnener Sicherheit zurück.

»Dann überlegen Sie mal. Es ist ein paar Jahre her und das letzte Wort ist noch nicht gesprochen.«

Mit diesen fast wie eine Drohung wirkenden und beinahe scharf gesprochenen Worten folgte der Mann dem ungeduldigen Zerren seiner kleinen Tochter, drehte sich weg, hob die Hand wie zum Gruß und ging, ohne dabei zurückzusehen, als wolle er die Szene neulich im Amtsgericht spiegeln.

BRB blieb verblüfft und irritiert zurück.

Seine Gedanken kreisten. Er sah sein inneres Eventregister durch. Die ihn umgebenden Kunden, ihr Kommen und Gehen, ihr Suchen nach einem Mitarbeiter des Marktes, ihr Fragen und Erzählen nahm er nicht mehr war.

»Kann ich Ihnen helfen?«

Er reagierte nicht gleich.

»Suchen Sie etwas Bestimmtes?«

»Ach, Entschuldigung, ich war in Gedanken. Ich suche einen Speicherstick.«

»Sie stehen davor.«

»Ja, manchmal sieht man den Wald ...«

»... vor lauter Bäumen nicht«, ergänzte der Mitarbeiter.

»Sie sagen es ... vielen Dank.«

BRB suchte sich sein Speichermedium in der gewünschten Größe. Dann glitten seine Gedanken wieder zu der Begegnung, die ihn weiter beschäftigte. Er begab sich kopfschüttelnd langsam zur Kasse, ohne aus dem Rätselmodus herauszukommen.

Kapitel 10

In der Kroy

So wie sich der Dienstag ohne das erlösende, weil harmlos erklärende Auftauchen von Torte Tengler dem Ende neigte, so schwand auch die Hoffnung, dass sein Verschwinden ein gutes Ende nehmen könnte. Die ersten Tage! Bekam ein Vorgang in dieser Zeit nicht eine klare Richtung, drohte eine lange Wegstrecke. Das waren uralte Erfahrungen, die sich wieder und wieder bestätigten. Der nächste Tag nahm die schwindende Hoffnung und die damit verbundene Depression auf und legte beide wie einen bleiernen Mantel über die Ermittler, über die Familie von Torte und seine Freunde. Es wurde schwer, die gleiche Routine zu fahren, die jeder derartige Fall erforderte.

Das Boot der Wasserschutzpolizei legte in Wismar ab und folgte der ausgetonnten Fahrrinne. Es passierte die als Naturschutzgebiet gesperrte Insel Walfisch westlich und nahm dann einen Kurs von 300° entlang der Ansteuerung Wismar, um irgendwann Richtung Timmendorf beizudrehen. Das Polizeiboot folgte in respektablem Abstand weiter der steinigen Küste von Poel und später der Vogelschutzinsel Langenwerder bei Gollwitz, um in das Salzhaff einzufahren. Langenwerder, von einem mehrere hundert Meter breiten Flachwasserbereich umgeben, der tiefer gehenden Booten keine Annäherung erlaubt, weshalb Polizeiobermeister Heiner Brand sein Boot vorsichtig zwischen dieser flachen Zone und Kieler Ort in Richtung Salzhaff steuerte. Auf Höhe der alten Dalben, die backbord in Sicht kamen, stoppte er die Maschine und ließ sich treiben. Nach backbord öffnete sich die Kroy. Eine Flachwasserbucht, die mittig um zwei Meter, überwiegend jedoch nur um einen Meter Tiefe hat. Voraus lag der bewaldete Teil der Halbinsel Wustrow. Steuerbord sah er auf die Halbinsel Boiensdorfer Werder. Somit hatte er das vorgegebene Suchgebiet erreicht. Er fühlte sich recht allein mit seinem Fernglas. Der angekündigte Hubschrauber ließ auf sich warten. Auf Kieler Ort stand jemand. Das verwunderte ihn, da das Naturschutzgebiet niemand betreten durfte. Es schien die Kontur einer kleineren Person zu sein. Er nahm das Fernglas und in dem Moment breitete das Gesehene seine Schwingen aus und erhob sich zu einem majestätischen Flug landeinwärts. Ein Seeadler. Er musste lachen. Der erste Eindruck war eine Täuschung. Ein Fahrgastschiff näherte sich aus Rerik kommend. Auf den Dalben rasteten Kormorane mit gespreizten Flügeln. Die alte und nicht mehr genutzte Holzkonstruktion aus Pfählen zum Festmachen von Schiffen wirkte dunkel, unheimlich, verlassen und verloren. Ein Lost Place. Der warme Wind briste leicht auf und kam aus Südost. Auf den großen Wasserflächen baute sich schnell Wellengang auf. Ablandiger Wind. Heiner Brand startete die Maschine, steuerte im Standgas vorsichtig die Dalben an und umkreiste sie. Sein Auftrag lautete Suchen und Finden. Von Norden kam das Geräusch eines Hubschraubers näher. Er war viel früher zu hören, als zu sehen. ›Tiefflug‹, dachte Heiner Brand. ›Das muss er sein.‹ Der Heli mit der Aufschrift *Polizei* war offenbar der Küste von Norden gefolgt und drehte über Kieler Ort, um die Kroy zu überfliegen. Heiner Brand winkte der Besatzung zu und richtete seine Aufmerksamkeit wieder auf den alten Festmacher. Nichts Besonderes. Das Fahrgastschiff hatte seine Höhe passiert. Ihm folgte ein helles Motorboot im Kielwasser. Heiner Brand schaute hinüber und schätzte dessen Abstand zum vorausfahrenden Schiff als gefährlich gering ein. Der Bootsführer stand hinter der Windschutzscheibe und wippte offenbar im Rhythmus einer Musik, die nur dünn und undeutlich zu hören war. Im Fernglas war die Kennzeichnung am Bug deutlich zu erkennen, die er sich notierte. Das Polizeiboot nahm langsam Fahrt auf, um weiter in die Bucht zu kommen. Während sich Heiner Brand auf das Fahrwasser voraus konzentrierte, drehte das helle Boot plötzlich über steuerbord ab und hielt auf ihn zu. Die Maschinengeräusche des Polizeibootes waren zu laut, sodass er die Annäherung nicht gleich bemerkte. Irgendein Instinkt brachte Heiner Brand dazu, nach hinten zu sehen. Die Distanz betrug nur noch 50 Meter. Das helle Boot näherte sich mit hoher Geschwindigkeit seinem Heck, um kurz davor einen Haken nach rechts zu schlagen. Die Heckwelle schwappte gegen die Bordwand des Polizeibootes und ließ es schwanken. Als nächstes riss der Bootsführer sein Boot scharf nach links, um vor dem verdutzten Polizisten aufzustoppen. Dieser musste nun, um eine Kollision zu vermeiden, das gleiche tun. Letztlich lagen sich beide Boote gegenüber und dümpelten langsam aufeinander zu.

»Sagen Sie mal, geht's noch!?«, schrie Heiner Brand zu ihm rüber. »Kommen Sie längsseits! Ihre Papiere bitte!«

Doch der rief zurück: »Sie dürfen hier nicht rein. Auch nicht die Polizei. Das ist verboten!« Brand sah auf einen jungen Mann mittlerer Größe: Schlank, krauses, hellblondes Haar, scheinbares Alter um die dreißig. Er war allein an Bord.

›Der hat sie doch nicht alle‹ …, dachte er bei sich. »Kommen Sie bitte längsseits, sonst werde ich es tun!«

»Fahren Sie weg hier!«, rief der junge Mann stattdessen Brand zu.

Beide Boote trieben gegen die Landzunge. Ein leichtes Knirschen vom Kiel des Polizeibootes als Signal für eine Grundberührung war dem anderen nicht entgangen und ließ ihn aufjubeln.

»Geschieht dir recht!«, rief der Angreifer, drehte und beschleunigte sein Boot. Die 100 PS-Heckmaschine ließ den Bug aufsteigen, bis sie den Rumpf bei Erreichen höherer Geschwindigkeit flach auf das Wasser legte. Der kurze Gleiter nahm dröhnend jeden Wellenschlag und spritzte weiße Gischt zu den Seiten. Mit Vollgas drehte das Boot aus der Kroy heraus Richtung Rerik und verschwand schnell aus dem Sichtbereich von Polizeiobermeister Heiner Brand. Der saß fest und versuchte mit Wippen und vorsichtigem Vor und Zurück freizukommen. Eine Verfolgung war erstmal nicht möglich, aber er hatte ja das Kennzeichen. Das ließ ihn ruhig bleiben. Nur peinlich, wenn er das den Kollegen berichten muss. Über Funk wollte er sich diese Blöße nicht geben. Letztlich stieg er aus, patschte durch das Wasser um sein Boot herum und schob es langsam von der Landzunge weg. Mit dem Bootshaken war ihm das nicht gelungen. Sorgsam hatte er die Heckleiter vorher ausgeklappt, sodass er in jedem Fall wieder an Bord konnte. Zu dumm, dass der Wind ihn immer wieder ins Flache drückte. Es dauerte zwanzig Minuten, bis er nass und aus der Puste wieder am Steuer stand und das Boot bei kleiner Fahrt unter Kontrolle hatte.

»Dem hab ich's gegeben, dem hab ich's gegeben«, sang der Motorbootfahrer mit einer improvisierten Melodie vor sich hin, während er Rerik ansteuerte, an der östlichsten der vier großen Steganlagen festmachte, das Boot notdürftig abdeckte und mit federndem Schritt in den Ort ging.

Polizeiobermeister Heiner Brand tuckerte indes, langsam wieder beruhigt, durch die Fahrrinne Richtung Rerik. Über Funk war vom Heli die Meldung eingegangen, dass er abdrehen würde. Die Sicht sei schlechter geworden und im Bereich der Kroy und der Halbinsel Wustrow habe man nichts Verdächtiges ausgemacht. Er schüttelte den Kopf. ›Schlechte Sicht. Was soll ich denn sagen. Ich sehe aus meinem Ruderhaus nicht besser.‹

Kurz vor Rerik drehte er nach Osten ab, um am östlichsten der Bootsstege festzumachen. Dort war es tief genug. Der Schwimmsteg mit seiner T-Form bot genügend Platz. Dann ging er den Steg ab, um das notierte Kennzeichen auszumachen. Das helle Boot, die Form des Rumpfes, alles hatte er sich gut gemerkt. Es dauerte nicht lang und seine Suche brachte den gewünschten Erfolg. Er legte die Hand auf den Gehäusedeckel des Motors. Er war noch warm. So konnte er wenigstens mit einem kleinen Ermittlungsergebnis aufwarten. Vom Bootsführer war zwar nichts mehr zu sehen, aber das sollte im Weiteren kein Problem sein, ihn festzustellen, wie es im Sprachgebrauch der Polizei hieß. ›Das können dann die Landratten erledigen‹, dachte er sich. Er kehrte wieder zu seinem Boot zurück, stieg auf, legte ab und nahm Kurs auf Boiensdorf. Sein Echolot ließ ihn dabei nicht sehr weit von der ausgetonnten Fahrrinne abweichen. Trotz dieser langsamen Fahrt war über die circa 10 km Rückweg bis Boiensdorf nichts zu entdecken. Er brach schließlich für diesen Tag die Suche ab und steuerte zurück nach Wismar.

Kapitel 11

Die Staatsanwaltschaft

Staatsanwältin Franziska Kernbach, die sich seit dem Fall am »Grundlosen Moor« in der Behörde eine gute Position verschafft hatte, wurde ungeduldig. Sie drang auf Ermittlungsergebnisse, nicht nur, was das Verschwinden von Kommissar Tengler anging, sondern auch der anderen Vermissten. Nervös rief sie das FK1 an.

»Semlock«, rief es gestresst aus dem Hörer.

»Kernbach«, gab sie in ähnlicher Tonlage zurück. »Wie weit sind Sie?«

»Noch immer nichts.«

»Das ist mir zu wenig, Frau Semlock!«

»Mir auch, da können Sie sicher sein!«

»Ich wäre mir gern sicher, dass Sie auf dem richtigen Weg sind!«

Kerstin Semlock fühlte sich angegriffen.

»Ich führe das Ermittlungsverfahren, Frau Semlock und ich bin es gewöhnt, dass es vorwärtsgeht!«

Kommissarin Semlock bemühte sich, ruhig zu bleiben und erklärte. »Die in Frage kommende Region wurde gestern mit dem Polizeihubschrauber und einem Boot der Wasserpolizei abgesucht. Bis auf die Ordnungswidrigkeit eines Bootsführers aus Rerik wurde nichts festgestellt.«

»Was für eine Ordnungswidrigkeit?«

»Irgend so ein Spinner, der den Wasserschutz provoziert hat. Wir haben das Kennzeichen des Bootes.«

»Spielte die Gegend nicht damals auch eine Rolle, als es um das Grundlose Moor ging?« »Schon die zweite in dieser Woche mit einem guten Gedächtnis«, konterte Kerstin Semlock. »Sie haben recht. Genau dort, wo wir das Auto von Tengler fanden, hatte Dr. Brandenburg aus der Rechtsmedizin damals diese eigenartige Begegnung mit der alten Frau, die den Wagen mit bemalten Feldsteinen zog.«

»Fragen Sie BRB doch mal. Er war damals doch auch mit dem Kajak unterwegs. Vielleicht kann er etwas mehr über Tourenziele sagen, die am ehesten in Betracht kommen, wenn man dort einsetzt.«

»Liebe Frau Kernbach, mein Gedächtnis ist auch noch ganz gut und ich erinnere mich lebhaft, dass Sie keine Cocktails mögen!«

»Was soll das denn jetzt? Ist das Ihr Ernst?«

»Sie haben Dr. Brandenburg und mir doch damals vorgeworfen, kriminalistische und rechtsmedizinische Arbeit und Freizeitinteressen zu vermischenen und damit den Untersuchungserfolg zu gefährden!«

Stille am anderen Ende der Leitung. Das saß. Frau Kernbach atmete durch und reagierte nur knapp. »Gut, dann informieren Sie mich bitte weiter!« Sie legte schnell auf und Kerstin Semlock lehnte sich in ihrem Sessel genüsslich zurück. Danach rief sie sofort Dr. Brandenburg an.

»Brandenburg.«

»Semlock.« Stille. »Karsten, hörst du mich?«

»Sicher, entschuldige, bin heute etwas kurz angebunden.«

»Schon gut, ich auch. Frau Kernbach macht Druck. Torsten ist bisher nicht gefunden worden. Dazu die anderen beiden Vermissten ... Seit fünf Wochen eine Hängepartie!«

»Ich glaube, es ist Zeit für ein Brainstorming, wie in guten alten Zeiten«, ergriff Dr. Brandenburg die Initiative.

»Willst du im Ernst vorschlagen, dass wir uns beide allein irgendwo hinsetzen?«

»Nein, natürlich nicht. Versuche doch Frau Kernbach einzureden, dass wir uns alle bei ihr an einen Tisch setzen. Dann packen wir auf den Tisch, was wir haben, und sehen weiter, ok?« Mit diesem Vorschlag für das weitere Vorgehen verabschiedeten sie sich.

Franziska Kernbach fiel es schwer, nach dem Gespräch mit Kerstin Semlock zu ihrer Routine zurückzukehren. Die Fälle nagten an ihr und ließen keine Gelassenheit aufkommen. Ihr Dienstzimmer gab mehr von ihr preis, als viele andere Zimmer in der Behörde. Sie war kinderlos geblieben. Es gab nie jemanden, mit dem sie mehr hätte haben wollen, als täglich ein Gefühl von Attraktivität. Immer wieder anders und besonders. Der Schreibtisch war zwar schlicht, aber markant mit Details bestückt, die ihre Faszination für Gothic verrieten. Ihre dunkle Kleidung und einige bizarre Accessoires zogen die Blicke ihrer männlichen Kollegen an. Nicht nur einmal war sie deshalb zum Behördenleiter gerufen worden, dessen Absicht, sie nun endlich zur Rede stellen zu wollen, jedes Mal bei ihrem Anblick dahin schmolz.

So blieb es auch dieses Mal bei dem kläglichen Rest des geplanten Vorhaltes in Form der vorsichtigen Frage, ob schon mal auf einem ihrer vielen Außentermine befremdlich auf ihr Äußeres reagiert wurde. Dann würde er das als Vorgesetzter doch gern wissen, um rechtzeitig Irritationen begegnen zu können.

Franziska Kernbach war zum Oberstaatsanwalt gebeten worden. Ein männlicher Kollege hatte sich ihm gegenüber empört und sah ihr Outfit als unvereinbar mit den Grundwerten des Berufsstandes.

Der Oberstaatsanwalt schraubte sich durch seine Sätze und rutschte als Ausdruck der Nervosität auf seinem Sessel hin und her. Auf die Frage nach der eventuellen befremdlichen Reaktion anderer auf sie antwortete sie »Nö.«

»Bitte?«

»Ich sagte nein!«

»Ah ja, verstehe«, reagierte er.

»Glaube ich nicht.«

»Bitte?«

»Ich glaube nicht, dass Sie mich verstehen, Herr Oberstaatsanwalt. Aber, da haben wir etwas gemeinsam. Ich verstehe zum Beispiel nicht, warum mein Outfit für Sie ein Thema ist? Wenn es der Stapel unerledigter Fälle wäre, ok. Mein Stil dürfte mich wohl noch nie bei der Arbeit behindert haben, was diese Aussprache aber tut.«

Verdutzt blieb er sitzen, als sie sich erhob und mit einem freundlichen Nicken den Raum verließ. Das war zu viel. Das wussten beide und er hätte reagieren müssen, mit aller Härte.

Doch da fehlte ihm das nötige Quäntchen von irgendwas, was er nicht benennen konnte, weil es eben nicht da war.

Staatsanwältin Kernbach entschloss sich, Überstunden zu machen. Sie blätterte die Akten der drei Vermisstenfälle auf und verglich die Konstellationen von Mirko Menzel und Wenke Nielsen. Offenbar keine Exzentriker. Eher blass und unauffällig. Torsten Tengler war ihr aus gelegentlichen Kontakten mit dem FK1 bekannt. Ein richtiges Bild hatte sie nicht von ihm. Sein Lebensweg war etwas winklig. Bei dem Beruf aber auch kein Wunder. Kriminalbeamte sitzen eben nicht ein ganzes Leben in einem tiefen Sessel, aus dem sie erst zur Rente wieder heraus kommen. Jeder Tag ist anders und nicht immer schön. ›Kann es einen Zusammenhang geben zwischen den Fällen? Zusammenhang bedeutet Gemeinsamkeit. Was haben die gemeinsam? Die Berufe!‹ Ihr innerer Monolog stockte, als sie das bemerkte. ›Schöffin, Geschäftsstelle eines Gerichtes, Kriminalkommissar.‹ Das ist doch ein Ansatz! Das musste nichts bedeuten, konnte es aber. Sie lehnte sich zurück und griff abermals zum Telefon.

»Frau Semlock, ich bin es noch einmal. Prüfen Sie bitte, was die beiden ersten Vermissten am Landgericht Rostock gemeinsam hatten. Ich meine nicht nur die eventuell dort gemeinsam beschäftigte Zeit, sondern auch, ob sie gemeinsam an bestimmten Fällen gearbeitet haben!« Kerstin Semlock nahm die Ergänzung auf und gab sie an die Mitarbeiter weiter. Der Nachmittag wurde immer später. Die Suche nach Tengler wollte sie in jedem Fall wiederholen lassen. Tengler bot mit dem Auffinden seines Pkw im Gegensatz zu den anderen Fällen wenigstens eine Spur. Für die Presse bereitete sie einen Aufruf vor. Die Bevölkerung sollte um Hinweise gebeten werden. Sie erhob sich, zog ihre Jacke über, griff ihre Tasche mit der linken Hand und den Zimmerschlüssel mit der rechten. Dann ging sie auf den Flur, schloss ab und übersah den Blick ihres Vorgesetzten, den sie nicht analysieren mochte. Die sich schließende Lifttür beendete den Sichtkontakt.

Kapitel 12

E-Mail für Dich

BRB fiel der gleichnamige Film mit Meg Ryan und Tom Hanks ein, als sein Smartphone ploppte und den Eingang einer E-Mail verriet.

Wir sehen uns. Es ist noch nicht zu Ende!

Der Absender war ein Fantasiename, der ihm nichts gab. Er schüttelte den Kopf und sortierte die Mail gedanklich in den Papierkorb. Eine flüchtige Assoziation rief ihm die Begegnung im Elektromarkt in die Erinnerung. Das Programm für den Rest des Tages ließ jedoch keine Zeit und keinen Raum, um sich mit dieser E-Mail ernsthaft auseinanderzusetzen.

Er steuerte die Kinderklinik an. Auf Station wurde ein 4-jähriges Mädchen behandelt. Es war mit einem schweren Atemwegsinfekt und Verdacht auf Lungenentzündung aufgenommen worden. Bei der Untersuchung waren der ärztlichen Kollegin dort blaue Flecken am Körperstamm aufgefallen, die sie der Rechtsmedizin vorstellen wollte. Verdacht auf Kindesmisshandlung.

»Schön, dass sie so schnell gekommen sind, Dr. Brandenburg.«

Hallo, Frau Schumann, ich grüße Sie. Gern doch. Was haben Sie denn für uns?«

Frau Dr. Schumann stellte ihm das Kind vor und begründete, warum sie die Befunde nicht für harmlose Blessuren hielt: »Wir haben am Gesäß und am Rücken zahlreiche Hautverfärbungen wie durch Blutergüsse in die Hautschichten und das Unterhautfettgewebe. Sie sind Folgen stumpfer Gewalt unterschiedlicher Intensität, unterschiedlicher Richtung und offenbar mehrzeitig entstanden. Zweimal finden sich parallelstreifige Konturen. Da haben die Alarmglocken bei mir geklingelt.«

»Ganz Recht, Frau Schumann, sehe ich auch so. Wenn Kinder beim Spielen fallen, verletzen sie sich eher die Knie oder Ellenbogen, aber nicht unbedingt den Rücken. Die parallelen Streifen sehen zwar nicht so bilderbuchmäßig aus, erinnern aber durchaus an Stockschlagverletzungen. Was sagen die Eltern dazu?«

»Ich habe mir den Vorhalt noch aufgespart, weil ich erst mit Ihnen reden wollte.«

Beide verabredeten das weitere Vorgehen. Gerichtsfeste Befunddokumentation, Mitteilung an das Jugendamt. BRB verabschiedete sich und verließ das alte Gemäuer der Kinderklinik in der Rostocker Rembrandtstraße. Sein Auto hatte er dicht an der Klinik zwischen zwei Straßenbäumen abstellen können. Als er einstieg entdeckte er einen Zettel, der unter den linken Scheibenwischerarm geklemmt war.

Sie haben meine E-Mail nicht beantwortet. Ich warte!

Dr. Brandenburg spürte seit Langem mal wieder eine Gänsehaut. Er drehte sich um und checkte die Umgebung, soweit er das vom Auto aus konnte. Einige Studierende gingen vorbei in Richtung Innere Medizin. Eine alte Dame schob ihren Rollator. Fahrradfahrer, ein Krankenwagen, aber keine Person, die ihn beobachten würde oder sonst irgendwie auffällig war. Er knüllte den Zettel zusammen und fuhr ins Institut. Kaum dort angekommen ploppte erneut eine E-Mail auf. *Sie sollten mich ernst nehmen!* Unterzeichnet abermals mit diesem Fantasienamen. Dr. Brandenburg setzte sich, drehte sich zum Fenster, sah auf das Hofgebäude des Institutes mit dem Forensisch-Toxikologischen und dem Forensisch-Genetischen Labor.

Über der Dachkante blauer Himmel mit dahintreibenden kleinen Schönwetterwolken. Sein Blick verlor sich, während er überlegte und versuchte, das Ganze einzuordnen. Amtsgericht Rostock, Elektromarkt, mehrere E-Mails. Offenbar handelte es sich um dieselbe Person. Davon war auszugehen. Die Live-Auftritte machten klar, dass er seine Identität nicht verbergen wollte ›Aber was will ein Familienvater mit einer kleinen Tochter von mir?‹, dachte er. ›Er habe vor längerer Zeit mit mir Kontakt gehabt?‹

Doch für BRB fügte sich nichts zusammen. Bedroht fühlte er sich nicht, andererseits schien ihm dieser Mensch auf den Fersen zu sein. Wie konnte er sonst an der Kinderklinik auftauchen? Er schien keinen geregelten Tagesablauf zu haben, vermutlich keine Arbeit, wenn er sich tagsüber an die Bewegungen von BRB anpassen konnte. Die letzte Überlegung reichte, um diesen Vorgang ein Level höher zu stufen. BRB entschied sich, auf die E-Mails zu antworten. Er hob den Blick wieder zu den treibenden Wolken, als kämen da Ideen vorbei, von denen er sich eine aussuchen könnte. Dann fuhr er seinen Rechner hoch und rief sich das Mailprogramm auf:

Sie nehmen sich nicht nur Zeit für Ihre kleine Tochter, sondern auch für mich. Wie komme ich zu der Ehre? Zu BRBs Überraschung zeigte sein E-Mailtracker an, dass die Nachricht sofort gelesen wurde.

Jung und alt gehören zusammen.

Wird das jetzt ein Chat oder ein gelegentlicher Mailkontakt, nachdem Sie mich vorher irgendwo aufgespürt haben?

Herr Doktor, nicht so ungeduldig. Jung und alt. Ich musste mit viel Geduld unter ungünstigen Bedingungen älter werden.

BRBs Gedanken kreisten wieder. Dieser Typ versteht sich aufs Wort. Das ist kein dumpfes Hirn.

Jetzt müssen Sie noch etwas älter werden, bis ich das Rätsel für Sie löse, setzte der Unbekannte nach. *Aber keine Sorge, ich schicke Sie nicht von einem toten Briefkasten zum nächsten, wo Sie dann weitere Informationen erhalten. Schauen Sie immer mal wieder in Ihren lebendigen Briefkasten. Kirk Ende.*

Brandenburg stutzte. ›Kirk Ende. Endeten so nicht immer die Logbucheinträge von James T. Kirk auf dem Raumschiff Enterprise? Einen gewissen Witz schien dieser Typ auch zu haben.‹

Dieser Gedanke nahm BRB etwas vom Gefühl der Bedrohung. ›Ist es ein Zufall, dass dieser Kontakt während der Suche nach Torsten Tengler entsteht?‹

Diese Nähe galt es jedenfalls auszuschließen. Wie lange sollte er sich allein mit dem E-Mail-Schreiber beschäftigen?

Ab wann wäre es allein der Sicherheit wegen angezeigt, die Polizei mit ins Boot zu nehmen? Einen Schritt wollte BRB noch gehen. Er wollte ihn ein zweites Mal treffen und dann weitersehen. Also, das Mailprogramm noch einmal strapazieren: *Ich möchte in Ruhe mit Ihnen reden.*

Während sich BRB einen Kaffee zurecht machte, vermischte sich das Geräusch sprudelnden Wassers mit dem Plop der eingehenden Antwort: *Kirk Ende.*

›Mist, verdammter, das war's dann wohl für heute‹, dachte er vor sich hin, als der Kaffeelöffel mit langsam kreisenden Bewegungen die unmittelbar nach dem Aufbrühen in der Tasse oben schwimmenden Kaffeekörnchen versinken ließ. Dann griff er doch zum Hörer, um mit dieser Sache nicht länger allein zu bleiben. Er musste Kommissarin Semlock verständigen. Das schien ihm das Vernünftigste.

›Vielleicht hat sie Ideen, auf die ich jetzt nicht komme.‹ Den Klingelton im Ohr lehnte er sich zurück und sah wieder den vorbeiziehenden Wolken zu.

»Semlock.«

»Brandenburg.«

»Kerstin!«

»Ja, Karsten?«

»Ich habe da ein Problem.«

»Leck im Sauerstofftank?«

»Häh? … «

»Stell dir vor«, sprudelte es aus ihr heraus. »In diesem Jahr ist es 50 Jahre her, dass Apollo 13 auf dem Flug zum Mond sein berühmtes Problem bekam.«

»Mein Problem ist hoffentlich leichter zu lösen«, gab er zurück. »Ich habe mehrere E-Mails bekommen.«

»Habe ich es doch geahnt«, konterte sie lachend. »Der Doc ist im IT-Zeitalter angekommen und kann damit nicht um.«

»Ich brauche dich, Kerstin.«

»Du willst nicht im Ernst, dass ich dir bei deinen Chat-Romanzen assistiere?«

Das Gespräch lief wie von ihm insgeheim erwartet. Seine spärlichen Ansagen gaben ihr Raum, den sie mit ihrer rhetorischen Fantasie füllte.

»Mich hat vor einigen Tagen im Amtsgericht Rostock ein offenbar falscher Journalist angesprochen. Im Elektromarkt hat mich eine Person angesprochen, offenbar dieselbe wie im Amtsgericht. Zudem empfange ich seitdem E-Mails nach dem Motto ›Wir sehen uns‹. Es ist noch nicht zu Ende. Und heute Morgen an der Kinderklinik steckte ein Zettel an meinem Scheibenwischer mit der Nachricht, ich sollte ihn ernst nehmen.«

»An der Kinderklinik?«, reagierte Kommissarin Semlock schnell. »Das finde ich besonders. Dann muss er dir gefolgt sein. Das spricht schon für einige Energie. Auch zum Amtsgericht muss er gezielt gegangen sein. Das im Elektromarkt könnte Zufall gewesen sein.«

»Ja, da hatte er seine kleine Tochter dabei, jedenfalls ein Mädchen, dass ihn Papa rief.«

»Wie kannst du sicher sein, dass es sich bei alledem um die gleiche Person handelt?«

»Beim zweiten Mal im Markt hat er sich geoutet als der aus dem Amtsgericht. Die E-Mails wurden zwar mit einem Fantasienamen unterschrieben, aber es muss derselbe sein. Auch die zeitlich enge Aufeinanderfolge spricht dafür.«

»Hast du mal versucht, ihn auf den Punkt zu bringen?«

»Na ja, er schrieb etwas kryptisch, dass ich etwas älter werden müsse, bis er das Rätsel lösen würde und ich solle Geduld haben, er sei schließlich auch mit viel Geduld unter ungünstigen Bedingungen älter geworden. Dann schloss er mit `Kirk Ende`.«

»Aha, Sprachwitz hat er.«

»Ja, dachte ich auch, aber für mich ist es nicht nur witzig.«

»Verstehe ich. Hast du eine Idee, wer das sein könnte?«

»Ich habe eher auf deine Ideen gehofft ...«

»Der meint aber dich, mein Lieber. Das kriegst du nur heraus, wenn er dich weiter mit Informationen versorgt oder du eins und eins zusammenzählst und deine vielen Millionen Neuronen im Oberstübchen etwas freigeben. Apropos Freigabe. Frau Kernbach hat diese verstorbene ältere Dame zur Feuerbestattung freigegeben, die ihr im Krematorium gesehen habt. Die Kopfverletzungen sind am ehesten entstanden, als sie aus innerer Ursache kollabierte. Es gibt keinerlei Hinweise auf strafbares Handeln.«

»Gut, Kerstin, danke. Ich gebe es weiter. Aber nochmal zurück. Er meint mich, sicher. Vielleicht meint er aber auch Torsten Tengler und die anderen Vermissten. Vielleicht sieht er mich nur als Brücke in das Thema und will sich mitteilen.«

»Schöne Idee. Dann lass ihn über die Brücke gehen.«

»Auf wie vielen Stützen muss die Brücke stehen und wie lang soll sein Weg auf der Brücke sein?«

»Doc, dein Streben nach immer sofortiger Benennung und Klärung aller Dinge passt nicht ins Leben. Lass es sich entwickeln. Du wirst schon sehen. Hat er nicht gesagt, dass du Geduld haben sollst? Ich glaube, der ist kein Spinner. Da klingt fast ein Quantum Weisheit durch.«

Kerstin Semlock schwieg.

Kapitel 13

Kroy reloaded

Rerik besticht durch seine Lage. Die Kombination aus See- und Haffseite und der schöne Haffplatz mit seinen Kneipen versprühen eine Atmosphäre, die einmalig ist. Das Brüderpaar aus Kühlungsborn hatte sich wie jedes Jahr auch für diesen Sommer vorgenommen, ihre Kajaks im Reriker Bootshafen einzusetzen, um das Salzhaff in südwestlicher Richtung zu queren und auf der Seeseite zurückzufahren. Diese Tour unternahmen sie traditionell, um sich eine Gemeinsamkeit zu halten, die ihnen wichtig war. Sonntag, eine leichte Brise aus Südwest würde die ersten zehn Kilometer zwar anstrengend machen, aber lieber so, als an der Küste entlang mit hohem Wellengang zu kämpfen. Ihre Boote waren See-Kajaks, Einer, elegant geschnitten, gut in der Welle, perfekter Geradeauslauf. Ein Spritzverdeck verspannte sich zwischen Körper und Süllrand. Beide waren ausreichend trainierte Hobbysportler. Sie luden die Boote vom Autodach und trugen sie etwas östlich von den Stegen am Hafen von Rerik zum Wasser. An den Trageösen vorn wurden Leinen eingeschlauft. Jeder hatte eine kleine wasserdichte Tonne dabei, etwas Proviant, Handtücher, Reservestrümpfe, Wetterjacke, Basecap, Sonnenschutz für Haut und Augen, Kompass, Fernglas. Dann schoben sie sich vom Ufer ab und fielen bald in den von ihnen so geliebten Rhythmus. Ein Paddelschlag, den sie einige Stunden mühelos durchhalten konnten. Das Eintauchen der Paddel, die kleine Bugwelle, ein Sound der Entspannung und des Gleichgewichtes, was sich immer sofort einstellte, wenn sie auf dem Wasser waren. Der scharf geschnittene Kiel ihrer Boote schnitt durch das Wasser. Wildgänse zogen in keilförmigen Formationen über sie hinweg. Die Brüder zogen ihre Bahn abseits der ausgetonnten Fahrrinne. *Versucht auch mal, die Stille zu hören*, hatte ihnen ihr Vater häufig mit auf den Weg gegeben, um ihr Naturerleben zu befördern. *Er hatte recht*, bestätigten sie sich mit einem traurigen Lächeln, welches der Erinnerung an ihn entsprang. In diesen Gedanken vereint zogen sie weiter und ließen sich manchmal treiben, um diesem Rat zu folgen. Die Stille hören. Als die Halbinsel Wustrow passiert schien, öffnete sich steuerbord die Kroy und voraus zeigte sich in einigen hundert Metern Entfernung Kieler Ort als südliche Spitze des wie eine Nehrung geformten Sandhakens, der die Bucht von der Ostsee trennte. Die alten Dalben lagen verlassen. In der Kehle der letzten, leicht bogig verlaufenden Sandablagerungen sonnte sich ein Seehund. In letzter Zeit erschienen immer mal wieder Zeitungsartikel über die Sichtung von Seehunden an der deutschen Ostseeküste. So viel Sensibilität hatten ihnen ihre Eltern vermittelt, dass sie einen Seehund nicht unbeachtet lassen würden. Sie klemmten die Doppelpaddel fest und fokussierten die Ferngläser auf die dunkle Kontur im Spülsaum. Beide setzten die Gläser mehrfach ab und rieben sich zwischendurch die Augen, weil sie nicht akzeptieren wollten, was sie dort sahen.

»Der Seehund bewegt sich gar nicht.«

»Stimmt. Und er hat eine Jacke an.«

»Oh shit, der Seehund ist kein Seehund.«

Beide sahen sich an. Ein Schauder kroch in die Nackenhaare und stellte sie auf. So ein perfekter Tag und jetzt sowas. Für Bruchteile von Sekunden überlegten sie, ob es diese Beobachtung besser nicht gegeben haben sollte. Doch dann waren sie sich schnell einig: Landgang. Sie näherten sich mit ein paar kräftigen Paddelschlägen und ließen die Boote dann langsamer werdend mit dem Bug auflaufen. Bei leichtem Knirschen des Sandes saßen sie fest, stiegen schnell aus, zogen die Boote höher auf das Ufer und liefen zu dem ausgemachten Ziel.

Ein Gefühl von Abwehr und Respekt ließ sie wenige Meter vor dem vermeintlichen Seehund stoppen. Ein menschlicher Körper, beinahe widernatürlich verbogen in einer Seitenlage. Das linke Bein leicht angewinkelt und zum Teil in den weichen Ufersand eingespült. Überhaupt der gesamte Körper mit Sand und Pflanzenresten behaftet, unwirklich, bizarr. Die Kleidung leicht verschoben. Krebse und Fliegen und die unbarmherzige Wärme der Sonne, die dabei war, Prozesse in Gang zu setzen, die die beiden Brüder nicht länger wahrnehmen mochten. Ergriffen wendeten sie sich ab und gingen schweigend zu ihren Booten zurück. Sie sahen sich an.

»Sieht nicht so gut aus«, sagte Sven zu Rene.

»Wir müssen die Polizei anrufen. Komm, lass uns die Geokoordinaten aus dem Smartphone auslesen. Du hast doch so eine App dafür. Besser kannst du den Fundort hier nicht beschreiben. Sieh mal auf die Uhr. Wir werden sicher auch nach der Auffindungszeit gefragt. Verändert haben wir nichts.«

»Ich käme nicht darauf, da irgendwas anzufassen und zu verändern!«, gab sein Bruder zurück, dessen Gesichtsfarbe die gesunde Frische verloren hatte.

Sie riefen die 110 an, erklärten die Situation und setzten sich dann in respektvollem Abstand ans Ufer, um auf die Polizei zu warten. Leises Plätschern der Wellen, sich im Wind wiegender Strandhafer, in der Ferne vorbeiziehende Boote, Kormorane auf den Dalben und ein Seeadlerpaar komplettierten die Szene und legten Ruhe über alles. Der Tag ging für die beiden, aber auch für alle anderen, die mit dem Leichenfund zu tun haben würden, ganz anders zu Ende als gedacht.

Kapitel 14

»Was haben wir?«

Eine eilig einberufene Lagebesprechung in der Staatsanwaltschaft folgte. Erst der Fund des Pkw von Torsten Tengler, nun eine Leiche, die landseitig nicht zum Fundort gelangt sein konnte, eher mit einem Boot, und so schien sich ein Bild zu komplettieren, was für Polizei, Staatsanwaltschaft und Rechtsmedizin nach dem bisherigen Verlauf bereits sprichwörtlich in der Luft lag.

»Wer hat den Leichnam denn nun gefunden«, wollte Staatsanwältin Franziska Kernbach wissen. Mit der Frage platzte sie in die Runde, bevor überhaupt alle im Besprechungsraum Platz genommen hatten.

»Ein Brüderpaar aus Kühlungsborn, das mit Kajaks unterwegs war.«

»Habe ich mir gleich gedacht. Gleich und gleich gesellt sich gern. Den teuren Heli hätten wir uns sparen können. Kajak findet Kajak.«

»Wir wissen noch nicht, wen wir gefunden haben«, reagierte Kommissar Kollberg. »Wir sollten vorsichtig sein. Wir können nur vermuten, wer es ist und wenn es Torsten Tengler sein sollte, fehlt sein Boot.«

»Wer auch immer wird ja nicht in voller Bekleidung dorthin geschwommen sein«, entgegnete die Staatsanwältin gereizt. »Wer soll es sonst sein? Wenn jemand von dem Ausflugsdampfer aus Rerik oder von einem anderen Boot über Bord gegangen wäre, wüssten wir es.«

»Das Polizeiboot ist die Gegend noch einmal abgefahren. Nichts«, setzte die jüngste Kollegin Annika Strehlow nach.

»Ja, klar. Bei der ersten Suche war auch nichts. Frage mich, wonach die Ausschau gehalten haben, wenn die Brüder ihn mit ihrem Fernglas finden. Gibt's noch mehr Leute, die da immer Kajak fahren? Vielleicht haben wir Glück«, entgegnete die Staatsanwältin scharf. »Mir wäre wohler, wenn unsere Ermittlungen nicht auf glückliche Zufälle angewiesen sind« rief sie in den Raum.

»Im Moment ist noch nicht klar, ob es sich tatsächlich um Torsten Tengler handelt«, warf auch Kommissarin Semlock ein. »Die Leichenveränderungen lassen einen Lichtbildvergleich nicht zu. Wenn er es ist, dann hat er bei dem Wetter fast zehn Tage gelegen. Portemonnaie und Ausweis waren nicht dabei.«

Franziska Kernbach rollte mit den Augen. »Die Kleidung stimmt, die Effekten auch!«

»Unsere Standards geben für solche Fälle ein DNA-Gutachten für die Identifizierung vor«, führte Kerstin Semlock weiter aus. »Außerdem brauchen wir einen Amtsgerichtsbeschluss für die Obduktion.«

»Ok, da gehe ich mit. Den Beschluss beantrage ich.«

»Die Obduktion von Torsten Tengler möchte ich nicht machen«, fiel Dr. Brandenburg der Staatsanwältin ins Wort.

»Ich kannte ihn. Wir waren seit Kinderzeiten befreundet. Das geht nicht.«

»Ja, ist klar«, kam es von ihr und aus der Runde zurück.

»Ihre Kolleginnen und Kollegen kannten ihn auch. Wir bitten ein anderes Institut.«

»Danke. Ich stehe natürlich für jegliche Überlegungen zur Ereignisrekonstruktion bereit. Aber so spektakulär wird's nicht werden. Mehr als ein Ertrinken sehe ich da nicht auf uns zukommen. Von relevanten Vorerkrankungen hat er nie etwas erzählt.«

»Um es auf den Punkt zu bringen«, fuhr Frau Kernbach fort, »gibt es bisher einen Straftatverdacht?«

»Nein«, antwortete Kerstin Semlock.

»Gibt es eine Erklärung, warum das Polizeiboot ihn neulich nicht gesichtet hat? Das hat doch ziemlich genau an dieser Stelle gesucht. Gab es da nicht diese eigenartige Provokation durch den Sportbootführer? Da war doch was? Kann das jemand erklären?«

»Das war offenbar nur eine Randglosse, wie sie eben mal vorkommt, wenn sich die Polizei in der Öffentlichkeit zeigt. Dem messen wir keine weitere Bedeutung bei«, kommentierte Annika Strehlow.

Dr. Brandenburg fühlte sich angesprochen und erklärte. »Es kann sein, dass der Leichnam aufschwamm, weil in dem flachen und damit warmen Wasser der Bucht die Bildung von Fäulnisgas einen Auftrieb erzeugte. Den Rest besorgten dann Strömung, Wind und Wellen, bis er dort zu liegen kam.«

»Interessant, Doktor«, reagierte die Staatsanwältin. »Vor Gericht führen Sie uns immer ihre Rückrechnungen vor. Rückrechnung des Blutalkoholwertes vom Blutentnahmezeitpunkt auf den Vorfallszeitpunkt. Halten Sie ein ähnliches Vorgehen hier auch für möglich?«

»Meinen Sie unter Berücksichtigung von Strömung, Wind und Wellen die Rückrechnung vom Auffindungsort auf den Ereignisort?«

»Exakt!«

»Gute Idee. Haben wir bisher noch nie gemacht und können wir sicher auch nicht allein. Da müssten wir mehr über das Gewässer und die Wetterlage der letzten Tage wissen.«
»Das sollen Sie alles bekommen, kein Problem und Sie packen das dazu, was Sie über das Treiben eines leblosen Körpers im Wasser finden und dazu bitte eine Einschätzung, wie lange ein Körper unter diesen Bedingungen braucht, bis er durch das Fäulnisgas den Auftrieb bekommt, von dem sie erzählt haben. Was brauchen Sie über das Gewässer genau?«
»Wassertemperatur, Salzgehalt, Richtung und Geschwindigkeit von Strömungen, Wassertiefe der Kroy und auch der Fahrrinne zwischen Insel Poel und Rerik.«

»Sollen Sie haben.« Franziska Kernbach biss sich begeistert an ihrer Idee fest, die Rechtsmedizin mal außerhalb der sonstigen Routine zu fordern.

In Dr. Brandenburg sah sie aufgrund seiner Beziehung zum Verstorbenen das geeignete Medium. Wenn er schon nicht die Obduktion machen wollte, was sie verstand, dann konnte er wenigstens auf diese Weise zuarbeiten.

»So weit, so gut«, resümierte Frau Kernbach. »Was ist mit den anderen offenen Fällen? Der Ehemann der vermissten Frau aus Blengow hat mich angerufen. Ich konnte ihm nichts Griffiges sagen, weil Sie nicht liefern.«

Jetzt rollte Kerstin Semlock mit den Augen. »Herr Nielsen war für uns einige Tage nicht erreichbar«, erklärte sie. »Gestern hatte ich ihn endlich am Telefon und habe nach dem Kündigungsgrund gefragt.«

»Was für ein Kündigungsgrund?«

»Der Frau Nielsen sei vor einigen Jahren als Sekretärin dieser Metallbaufirma gekündigt worden. Wir wollten wissen, warum. Ihr Mann erzählte, dass es ein Aufhebungsvertrag war und dass sich seine Frau nichts zu Schulden habe kommen lassen. Die Tätigkeit als Schöffin beim Landgericht habe sie bis vor zwei Jahren weiter ausgeführt. Dann habe sie sich davon auch zurückgezogen. Ich habe weiter gefragt, ob seine Frau privat oder dienstlich Probleme hatte. Er sagte, dass sie seit Jahren zunehmend verschlossen war, sich nur selten frei und entspannt verhielt. Als sie noch Schöffin war, habe sie abends oft nicht loslassen können. Die vor dem Landgericht verhandelten Fälle hingen an ihr.«

»Wollen Sie mir sagen, Frau Semlock, dass Sie das alles am Telefon besprochen haben?« »Nun ja, nachdem er schwer erreichbar war, wollte ich die Gelegenheit nutzen.«

»Es ist doch wohl klar, dass ich das alles im Ergebnis einer zeugenschaftlichen Vernehmung brauche!«

»Natürlich, Frau Kernbach. Das holen wir nach.«

»Und jetzt zu Herrn Menzel, kurioserweise auch aus Blengow! Ich verstehe das KK nicht. Bei der Konstellation ist es doch wahrscheinlicher, dass die sich kennen und zusammen durchgebrannt sind, als dass dahinter eine Straftat steckt! Wie weit sind Sie?«

»Die Familie und die Kollegen sind völlig aufgelöst. Es ist tatsächlich so, dass beide über zwei Jahre gleichzeitig am Landgericht waren. Sie wie gesagt als Schöffin und er hat als Mitarbeiter der Geschäftsstelle Strafrecht in Verhandlungen protokolliert, sodass sie sich, wenn man so will, aus unmittelbarer Zusammenarbeit kannten.«

»Sagte ich ja«, granzte Frau Kernbach zurück. »Übrigens, in beiden Fällen haben die Pressemitteilungen nichts gebracht.«

»Stimmt nicht ganz«, unterbrach Kommissar Kollberg. »Was den Menzel angeht, hatten wir eine Kinderstimme am Telefon.«

»Eine Kinderstimme?«

»Ja. Die Person hörte sich von der Stimmfarbe her männlich an, sprach aber mit den Formulierungen eines Kindes. Das wirkte unnatürlich.«

»Und was hat er für Angaben gemacht?«

»Keine Angaben. Er hat mir Kinderreime vorgetragen oder so etwas Ähnliches.« »Kinderreime?«

»Ja.«

»Zum Beispiel?«

»Der ist weg, kann nicht vom Fleck. Weg ist er noch lange nicht, weil er sich die Haxen bricht.«

»Und Sie? Haben Sie zum Gegenreim ausgeholt?« Die Kollegen im Raum lachten still in sich hinein.

»Ich habe gehört, dass Sie da auch manchmal Ihr Talent zu hören geben!«

Kollberg blieb ruhig. »Ich habe ihn wiederholt gefragt, wer er sei, aber da kam nichts. Er hat dann aufgelegt.«

»Die Leute werden immer verrückter«, sinnierte Staatsanwältin Kernbach vor sich hin.

»Dazu kann ich noch etwas ergänzen«, warf Dr. Brandenburg, ermutigt durch Kollbergs Schilderung, ein. »Mir stellt jemand nach, gibt sich im Rostocker Amtsgericht als Journalist aus, klemmt Zettel an meinen Scheibenwischer, adressiert kryptische E-Mails an mich …«

Frau Kernbach lehnte sich zurück, straffte ihr schwarzes Outfit, warf das Haar nach hinten und fixierte Brandenburg.

»Ich habe den Eindruck, der Besprechungsraum wird zu so einer Art Kummerkasten. Ich habe nicht gesagt, dass hier jeder auspacken soll, was er an Skurrilitäten erlebt. Mich interessieren ausschließlich die Dinge, die Bezug zu den Fällen haben.«

»Vielleicht gibt es aber doch Zusammenhänge?«, hielt BRB dagegen. »Der Sportbootführer, der das Polizeiboot provozierte, wirkte nach dem Bericht des Polizisten Heiner Brand wie jemand, der sie nicht alle hat oder so ähnlich steht es in seinem Bericht. Der mir da nachstellt wirkt auch erstmal eigenartig und schwer nachvollziehbar. Ich muss warten, bis er sich wieder meldet.«

»Doc Brandenburg. Ich habe Sie mit an diesen Tisch gebeten, weil ich es für sinnvoll hielt.«

Frau Kernbach fixierte BRB nach wie vor und herrschte ihn an: »Ich bin kurz davor, das zu bereuen.«

»Ich ganz und gar nicht. Im Gegenteil. Solch eine freimütige Veranstaltung, auf der jeder seinen Kenntnisstand ohne Ansehen der Person vortragen kann, hat es lange nicht mehr gegeben. Da muss ich der Frau Staatsanwältin Respekt zollen. Das war eine treffliche Idee, diese alte, bewährte Tradition wieder aufzunehmen.«

Staatsanwältin Kernbach erstarrte fassungslos und tief betroffen, bis der positive Kern dieser Rede zu wirken begann. ›Ich miste ihn ab und der findet mich toll?‹ In dem wohlig aufsteigenden Gefühl dieser für sie unerwarteten Reaktion glätteten sich ihre Gesichtszüge wieder. Ihre Haltung gewann die Spannung zurück, die sie als Sollwert vorgegeben hatte.

»Gut«, hob Staatsanwältin Kernbach ihre Stimme. »Wenn Sie alles so ernst nehmen, Herr Brandenburg, dann kann ich auch anders. Geben Sie die Kontakte zu dieser ominösen Person in einer Anzeige gegen Unbekannt wegen Belästigung, Nötigung oder was weiß ich zu Protokoll und dann werden Sie uns den Weg zeigen, um diese Person bei der nächsten Gelegenheit festzunehmen, weil wir einen Zusammenhang mit den hier besprochenen Fällen ausschließen müssen, bevor sie wieder frei kommt. Das ist doch konsequent, oder? Dann ist diese Aktion Ausweis unserer besonders gründlichen Ermittlungsarbeit.«

Brandenburg lehnte sich zurück und verzog keine Miene. Er nickte nur kurz als Zeichen, dass er sie verstanden hatte.

Kapitel 15

Semper

Nach einem entspannten Wochenende in Familie, reihte sich BRB in den morgendlichen Berufsverkehr von Bad Doberan nach Rostock. Je nach Verkehrslage brauchte er etwa eine halbe Stunde über die B105. Die fuhr er über Schutow bis zum Warnowufer, um dann rechts in die Innenstadt hochzufahren. Am Goetheplatz ging es links weg Richtung Hauptbahnhof und auf der Richard-Wagner-Straße bis zum Institut. Diese Route hatte er über die vielen Jahre verinnerlicht. Manchmal erschrak er, weil ihm bewusst wurde, über die letzten Minuten rein mechanisch gefahren zu sein, ohne sich auf den Verkehr zu konzentrieren. Für den Mittwoch dieser Woche war die Verabschiedung einer Kollegin geplant. BRB wollte einen Text schreiben, der das Wesen der Rechtsmedizin in dem alten Gemäuer satirisch beschreibt. Er musste sich sputen. Die Zeit zerrann. Viel hatte er noch nicht. »Final Destination« lautete der Arbeitstitel:

Ein Montag schickte sich an, der Beginn einer nächsten Woche zu werden. Er blinzelte mit seiner Morgensonne durch spaltweit geöffnete Türen und Fenster des Institutes, die ihm dafür den abgestandenen Muff aus Atem, Chemie und Asservatendunst entgegenschickten. Die Kanten ausgetretener Stufen rundeten sich, belegt mit einem rutschigen Film aus gas-

senfeuchtem Schmutz. Türen in Bereitschaft, zuzuschlagen. Wabernde Schlieren aus alter, verdunstender Feuchte, die sich jahrelang in nichtsanierten Mauern gehalten hatte, verdichteten und formten sich zu einem Nebel des Grauens. In ihm kondensierten die aus den Akten wachsenden Geschichten armer Seelen und verbanden sich zu einer steten Bedrückung all derer, die ihnen keine Ruhe ließen.

So ungefähr wollte er beginnen und dann ein futuristisches Szenario entwickeln, in dem die Strukturen des Hauses eine schwer zu kontrollierende Eigenentwicklung nahmen:

Im Mortarium erschuf sich auf alten, porösen Steintischen eine Matrix, an der die Sektionsdrohnen andockten. Die altertümlich als Präparation bezeichneten Techniken der Autopsie hatte man zu Gunsten einer organspezifischen Feldkonvertierung aufgegeben. Dabei wandelten sich die optisch auflösbaren Morphologien zu Hologrammen, die in den Raum gestellt wurden. Diese in ihrer Selbstbestimmung zu beschränken, wurde zu einer der großen Herausforderungen.

BRB wusste, dass sein Text auch eine Eigenentwicklung nehmen würde, wenn er ihm dafür Zeit und Raum gab. Das war aber nicht so einfach, denn die Tagesroutine wollte das nicht zulassen, egal, ob es nun Montag oder Dienstag war. Am Institut angekommen, fuhr er auf den Hof, um in wenigen Zügen auf seinen gekennzeichneten Platz einzuparken. Sein Kennzeichen war an eine Hauswand geschraubt. Er parkte wegen der Enge des Hofes oft so dicht an der Hauswand, dass er sich aus dem Auto winden musste. Als sein

Kopf dabei die Höhe des angeschraubten Kennzeichens passierte, sah er einen Zettel, der gefaltet zwischen Blech und Putz geklemmt war. Er zog ihn heraus und ahnte schon, dass es ein weiterer Kontakt mit der ihm nachstellenden Person sein würde.

Da Sie ganz offenbar nicht wissen, mit wem Sie es zu tun haben, will ich Ihnen bei der Lösung des Rätsels einen Schritt entgegenkommen. Unterschrift Frank Semper.

Das Entgegenkommen sollte wohl die Unterschrift mit seinem Namen sein. Doktor Brandenburg ging mit dieser Botschaft ins Haus. Sein Stirnrunzeln verriet, dass der Name allein noch keine Erhellung des Mysteriums bedeutete. Nachdem er im Sekretariat die Termine des Tages erfuhr und sich für ihn nicht sofort etwas ergab, richtete er sich in seinem Arbeitszimmer ein, fuhr den Rechner hoch und überprüfte sein E-Mail-Postfach. Seine Vermutung wurde bestätigt. Der Fantasiename als absendende E-Mail-Adresse befand sich wieder im Posteingang. Dieses Mal war der Text mit ›Frank Semper‹ unterschrieben worden, wobei er aus nur zwei Worten bestand: *Bin bereit.*

Als BRB antworten wollte, ploppte sein Smartphone und verriet den Eingang einer Whatsapp-Nachricht. Er sah schnell hin und fand den unbekannten Schreiber, der sich als Frank Semper ausgab nun auch als Absender einer Whatsapp mit lesbarer Telefonnummer. Das war ein weiterer Schreck. ›Die Parkkarte im Auto‹, schoss es BRB ein. Neben der offiziellen Karte für Parkplätze der Uni hatte er sich vor einiger Zeit eine zweite Karte selbst gebastelt, auf der seine Telefonnummer stand sowie einfach der Schriftzug »Rechtsmedizin«, damit an einem Tatort sein Auto unter den vielen anderen zu erkennen ist. Diese Karte hatte er neulich an der Kinderklinik verwendet. Wie unvorsichtig! Er wandte sich vom Bildschirm ab und reagierte sofort auf die Whatsapp-Nachricht. *Wozu sind Sie bereit?* schrieb Dr. Brandenburg zurück, in der Hoffnung, diesen Frank Semper so schnell nicht zu verlieren.

Antwort: *Sie wollten doch mit mir reden.*

Sicher, ich möchte wissen, was das soll.

Dann sind Sie, ähnlich wie ich, auf der Sinnsuche.

Herr Semper, ich möchte mir keine Zeit für irgendwelche kryptischen Botschaften nehmen, sondern auf Level 2 kommen.

Level 2 hört sich an, als hielten Sie das für ein Spiel.

Auf den Punkt bitte.

Frank Semper, 10 Jahre wegen Totschlag. Sie saßen mir im Landgericht Rostock im feinen Zwirn gegenüber und wussten genau, was Alkohol und Kokain mit mir gemacht hatten. War tief beeindruckt!

›Wegen verlangt den Genitiv‹, dachte BRB. ›Ganz perfekt ist er sprachlich also nicht.‹

Und? Lag ich richtig?

Mein Verteidiger fragte Sie damals, wie Sie das beurteilen wollen, wenn Sie doch selbst noch nie Kokain genommen haben.

BRB fiel es nun wie Schuppen aus den Haaren. Frank Semper. Laut Anklage hatte er einen Trinkkumpan im Suff geschlagen. Die übliche Szenerie, wie sie oft vor Gerichten verhandelt wird. Eine Gruppe mit einer sich entwickelnden Dynamik. Alkohol, Drogen, meist Haschisch als gerauchte Joints, manchmal Kokain. Alkohol und Kokain in schwer kalkulierbaren Wechselwirkungen. Es fing mit einem banalen Dialog an. Das reichte oft als Start einer Eskalation. Hemmungsvermögen und Steuerungsfähigkeit waren erheblich vermindert. Sie gerieten aneinander. BRB wurde damals zum Tatort gerufen.

Die Zweiraumwohnung in einem Plattenbau in Rostock-Toitenwinkel war in einem chaotischen Zustand. Schon beim Betreten des Hauses drangen die kehligen Rufe Betrunkener zu ihnen. Die Wohnungstür im vierten Obergeschoss war am Schloss zersplittert. Zigarettenrauch und Alkoholdunst hatten sich wie ein Schleier auf alles Inventar gelegt. Schmutzige Wäsche, verstreut liegende leere Flaschen, ein zerbrochener Stuhl, herausgerissene Schubladen, deren Klebestellen das wütende Wegwerfen nicht überstanden hatten, vormals weiße, jetzt graubraune Vorhänge, überfüllte Aschenbecher, zerbrochene Gläser, in der Küche vertrocknete Essensreste auf klebrigen Tellern, kein Quadratzentimeter ohne Abfall, ohne klebrigen Schmierax, Gestank und dazu ein brüllender Fernseher. Frank Semper lag damals auf und zwischen all dem Durcheinander und ließ sich ohne Widerstand festnehmen. Er war in einem fürchterlichen Zustand. BRB erinnerte sich immer lebhafter an die damalige Szenerie. Semper wurde in das Gewahrsam der Polizei gebracht und er musste ihn körperlich untersuchen.

Blaue Flecken an Armen und Händen, Griffspuren an den Oberarminnenseiten, verschwollene Grundgelenksknöchel der Hände, ein blaues Auge. Die zweite Person in der Wohnung brauchte nicht festgenommen zu werden. Sie regte sich nicht mehr. Ein abgebrochenes Stuhlbein war in den Schädel eingedrückt. Eine große Blutlache hatte sich ausgebreitet und durchsetzte den fleckigen Bodenbelag. Das Oberhemd an der Knopfleiste aufgerissen. Eine Notärztin hatte den Tod festgestellt. Untersuchungshaft, Ermittlungen, Anklage, Hauptverhandlung über drei Tage. Alles nahm damals seinen Lauf. Semper war einschlägig vorbestraft. Schon in der Jugend kleinere Delikte. Nachdem sich seine Eltern getrennt hatten, brachen ihm die Orientierungshilfen weg und es spülte ihn in soziale Schichten, die Gewalt und Trinkfestigkeit zu Symbolen von Männlichkeit erklärten. So geriet er über die Jahre in einen Malstrom, der mit dieser Tat ein fürchterliches Ende nahm und Semper trat eine Freiheitsstrafe wegen Totschlags an.

Ich erinnere mich, Herr Semper. So langsam kommen die Details.

Gut, ich möchte mit Ihnen reden.

Das tun wir doch gerade.

Ich meine richtig, so wie neulich im Elektromarkt, aber ohne Druck.

Ok, was schlagen Sie vor?

Ich komme zu ihnen ins Institut.

BRB überlegte kurz, konnte aber keinen Hinderungsgrund ausmachen und schrieb.

Dann kommen Sie. Wann?

Jetzt. Ich sitze im Auto vor dem Haus.

BRB wich unwillkürlich zurück. Ein solches Gespräch ohne Vorbereitung, ohne Zeugen. Ungünstig. Es würde aber die Kette von Nachstellungen vermutlich beenden. So sagte er zu und ging langsam zur Haustür. Als er die letzten Stufen zu der schweren alten Tür hinabging, öffnete sie sich schwer, als wollte sie gegen den Besuch protestieren. Sie wurde aufgeschoben von einem schlanken, kräftigen Mann mittleren Alters. Dunkles, kurzes, offenbar frisiertes Haar, gut gekleidet. Seine Gesichtszüge verrieten unbedingte Aufmerksamkeit und eine harte Prägung. Der Blick ruhig und fest auf Dr. Brandenburg fixiert.

BRB erkannte ihn jetzt natürlich als den aus dem Amtsgericht und aus dem Elektromarkt und fixierte ihn ebenso. Beide standen sich wenige Sekunden schweigend gegenüber. Dr. Brandenburg bat ihn herein und ging in die Richtung seines Arbeitszimmers. Dabei hielt er sich neben ihm, um ihn im Auge zu behalten.

Frank Semper legte seinen Mantel ab. Beide nahmen Platz. BRB kam sich vor wie bei einem Skatspiel. Das Reizen hatten sie fast hinter sich. Es war noch nicht klar, wer spielen würde. Da fehlte noch etwas. Mit dem Vorschlag, sich jetzt im Institut zu treffen war BRB mitgegangen. Er entschloss sich, dem Gegenüber das Spiel zu überlassen.

Der begann zur Entspannung der Situation auch gleich, in dem er die Farbe ansagte. BRB hatte mit Kreuz oder Pik gerechnet, aber es sollte Herz sein. Mit diesem Gleichnis schätzte er die Intention von Frank Semper ein. Er schien jedenfalls nicht aggressiv zu werden. BRB ließ ihn in der Vorhand.

»Sind Sie ein Spieler, Dr. Brandenburg?«

Diese Frage verblüffte. BRB zog die Augenbrauen hoch. »Wie kommen Sie darauf?«

»Sie haben mich kommen lassen. Erstens in das Haus hinein, zweitens in Ihr Arbeitszimmer und nun auch im Gespräch. Jetzt können Sie entscheiden, ob Sie den ersten Stich nehmen oder abwerfen.«

»Ich bin erstaunt«, antwortete BRB. »Ich hatte bei Ihrer Vorgeschichte keine philosophischen Tiefen erwartet.«

»Die entwickeln sich unter Umständen«, setzte der Besucher nach. »Das Skatspiel bildet viele Lebenssituationen ab. Dort, wo ich in den letzten zehn Jahren war, hatte ich mehr Gelegenheit, mir darüber Gedanken zu machen, wie vorher draußen.«

›Der zweite sprachliche Holper‹, dachte BRB. . ›*Als* vorher draußen!‹

»Was treibt Sie um, Herr Semper?«

»Ich will die Stationen, die mich dahin gebracht haben, wo ich die letzten zehn Jahre war, nacheinander ablaufen. Dann schließen sich für mich Kreise, mal kleinere, mal größere. Dieses Schließen der Kreise ist für mich der eigentliche Schlussstrich unter das, was war.«

»Ich bin beeindruckt. Das muss ich schon sagen. Sie scheinen in idealer Weise das Vergangene aufzuarbeiten. Hatten Sie Hilfe, um das so zu machen?«

»Nein. Im Knast hätte ich Hilfe haben können, habe die aber abgelehnt.«

»Warum?«

»Weil ich nicht Ich war in dieser Zeit. Ich sein kann ich erst jetzt wieder. Und wenn irgendwas mein Ich erreichen soll, dann geht es auch jetzt erst wieder. Im Knast war ich ein anderer.«

»Sie setzen mich unter Druck, Herr Semper.«

»Das will ich gar nicht.«

»Nun, Sie verfolgen mich, schreiben E-Mails mit einem Fantasienamen als Absender und einiges mehr. Können Sie sich nicht vorstellen, dass Sie damit Druck erzeugen?«

»So gesehen ja, aber ich habe einen vergleichbaren Druck in mir, der mich das nicht als übergriffig erkennen lässt.« Frank Semper bemühte sich, korrekt zu formulieren.

»Ok, ist eben alles relativ«, gab BRB zu. »Ich befürchte jedoch, dass ich Ihren Erwartungen nicht gerecht werden kann, wenn der Druck so groß ist.«

»Das sind Sie längst. Sie hören mir zu. Zuhören können viele Menschen nicht. Da wären wir wieder beim Spiel. Erst mal sehen, was der andere für Karten hat und nicht immer gleich selbst die Farbe bestimmen.«

»Mit diesem Gleichnis sind wir auf einer Wellenlänge, Herr Semper.«

»Gut.«

»Weniger gut ist, dass ich die Begegnungen mit Ihnen bei der Staatsanwaltschaft erwähnt habe.«

»Ok, kann nichts passieren. Ich bin sauber.«

»Glaube ich gern, aber die Staatsanwaltschaft ist derzeit unter Druck mit drei Vermisstenfällen und sie wird nach jedem Halm greifen, der sich bietet.«

»Und Sie meinen, sie greifen nach mir, nur weil ich mich für einen Zugriff anbiete? Es kann keinerlei Anfangsverdacht geben. Ich habe mit diesen Fällen nichts zu tun.«

»Wie gesagt, glaube ich gern, aber hier geht's nicht um den Glauben. Die Staatsanwaltschaft braucht Anknüpfungstatsachen! Ihr auffälliges Streben nach einem Kontakt zu mir fällt zufällig in eine sehr sensible Phase von Ermittlungen. Dort könnte die StA einhaken. Zudem berühren mich die Vorgänge dieser Tage besonders, weil einer der Vermissten ein Kommissar der Rostocker Mordkommission und zugleich ein Freund von mir ist. Insofern bin auch ich Ihnen gegenüber in einer sehr gespannten Erwartung und nicht so frei, wie ich es gern sein würde.«

»Kann ich gut verstehen. Was ist Freiheit und wann fühlt man sich so richtig frei? Eigentlich gibt es das gar nicht, weil wir immer eingebunden und beeinflusst sind und wenn wir das als Einsiedler nicht wären, wären unsere Möglichkeiten und damit unsere Freiheiten auch wieder beschnitten.«

BRB lehnte sich in seinem Sessel zurück. Das Gespräch mit Semper hinterließ einen tiefen Eindruck. Wie sagte sein früherer Chef zu ihm: ›Herr Brandenburg, die Dinge sind oft nicht so, wie sie scheinen.‹

»Wohin wollen Sie als nächstes? Zur Staatsanwaltschaft? Zu Ihrem Verteidiger? Zum Gericht? Wann und wo schließt sich der nächste Kreis? Sie könnten sich in endlosen Schleifen verlieren, die Sie von wichtigeren Dingen abhalten.«

»Könnte passieren, da haben Sie recht, aber ich habe zum Glück inzwischen einige Korrekturfaktoren in meinem Leben, die mich, bisher jedenfalls, in der genau richtigen Dosierung wieder einnorden.«

»Sie meinen Ihre Tochter? Ihre Familie?«

»Genau. Auf die kann ich mich verlassen.«

Über das hart geprägte Gesicht von Frank Semper huschten plötzlich weiche Züge und ein Lächeln.

»Dann bin ich beruhigt. Sie werden irgendwann merken, was noch zu tun oder zu lassen ist.« Beide spürten, dass das ein Schlusssatz war, erhoben sich und fixierten sich wieder einige Sekunden.

»Ich danke Ihnen, Herr Dr. Brandenburg.«

Mehr war nicht zu sagen.

Kapitel 16

Obduktion Tengler (58)

»Oh, Frau Staatsanwältin! Sie hier in unseren heiligen Hallen. Ich grüße Sie.«

»Ja, es hallt in Ihren Hallen.«

»Heute sind keine Leute in diesem Raum, weil wir keine Obduktion haben. Dadurch wirkt alles etwas steril.«

»Was man sonst wirklich nicht sagen kann, Herr Doktor.«

»Kann mir gar nicht vorstellen, wie Sie das meinen. Aber bitte, Sie stellen mich hier auf dem unwirtlichen Flur. Ich schlage vor, wir setzen uns in mein Büro oder ich zeige Ihnen mal ohne Zeitdruck unsere Instrumente. Zuwendung ist die halbe Miete.«

»Lieber Doktor Brandenburg, um mich zwischen diesen zwei Optionen zu entscheiden, brauche ich keine zwei Sekunden. In Ihr Büro bitte.«

Sie folgte ihm und sah sich mehrfach um, als ob sie unbedingt verhindern wollte, dass ihr aus dem Obduktionssaal etwas hinterherläuft.

»Einen besonders schönen Blick haben Sie hier nicht«, stellte Staatsanwältin Kernbach fest, als sie vor dem Fenster des Büroraumes stehen blieb und nach draußen sah.

»Die Strempelstraße eben«, entgegnete Dr. Brandenburg. »Aus dem Erdgeschoss lässt sich schwer über die Dächer sehen. Ganz oben ist es schöner. Unser Blick gilt allerdings nur selten den Außerirdischen da draußen, als vielmehr den Kleinigkeiten unter dem Mikroskop.«

»Ich dachte, die Mikroskopie wäre eine Domäne der Pathologie.«

»Weit gefehlt. Die Pathologie mikroskopiert zwar im Rahmen der Tumordiagnostik sehr viel, aber zur Todesursachendiagnostik gehört mehr: Erkrankungen des Gehirns, des Herzens und der Lungen zum Beispiel müssen bei plötzlichen Todesfällen außerhalb des Krankenhauses auch durch die Rechtsmedizin erkannt werden. Manchmal sind Menschen, die verletzt wurden, auch krank gewesen und dann wollen die Juristen wissen, ob die Vorerkrankungen für den eingetretenen Tod mitursächlich waren.«

»Danke für den Unterricht, Herr Doktor, kann mich dunkel erinnern.«

»Sie besuchen mich bestimmt nicht, um sich Nachhilfe in Rechtsmedizin geben zu lassen, Frau Kernbach.«

»Genau, ich bin hier, weil ich den Obduktionsbericht von Kommissar Tengler in der Tasche habe. Die Identität wurde über DNA gesichert. Den Bericht möchte ich Ihnen gern geben. Das ist eine Kopie, die können Sie behalten.«

»Danke, Frau Kernbach, ist nett von Ihnen.«

»Gern, aber es ist nicht nur nett gemeint. Ich möchte gern, dass Sie sich das Gutachten durchlesen und es aus Ihrer Sicht kommentieren.«

»Mache ich, gleichwohl wundere ich mich. Die Kollegen des hier bezeichneten Institutes sind über jeden Zweifel erhaben. Warum soll ich deren Gutachten Korrektur lesen?«

»Mir geht es nicht um Korrekturen. Ich möchte, dass Sie informiert sind. Außerdem habe ich einige Verständnisfragen zum Text, die Sie mir ganz sicher auf kurzem Weg beantworten können. Das wäre prozessual unbedenklich. Ich will kein zweites Gutachten von Ihnen. Eine Frage zielt auf den Atemwegsinhalt. Das sage ich schon mal vorweg. Wie viel Zeit brauchen Sie?«

»Sie scheinen nicht auf dem Sprung zu sein. Also machen Sie es sich bitte bequem. Ich zeige Ihnen den Kaffeeautomaten, gebe Ihnen interessante Lektüre über die Geschichte unseres Faches und dafür lassen Sie mich lesen, ok?«

»Ganz in meinem Sinne und vielen Dank im Voraus.«

Gesagt, getan. Dr. Brandenburg schickte Kaffeepulver und Wasser auf den Weg zur heißen Vereinigung und schob der Staatsanwältin ein Buch von Esther Fischer-Homberger zur Sozialgeschichte der Gerichtsmedizin zu. Dann blätterte er das Obduktionsgutachten auf und verlor sich schnell darin. Es war für ihn sehr gut lesbar, weil es strikt den Gliederungs- und Formulierungsstandards der Deutschen Gesellschaft für Rechtsmedizin folgte. In der ersten Hälfte die reine Dokumentation nicht nur von Befunden, sondern vom Gesamtzustand der Kleidung und des Körpers. Der zweite Teil, das Gutachten, widmete sich den Fragen der Staatsanwaltschaft zu Todesursache, Todesart, Identität und Hinweisen auf Fremdeinwirkungen. Dr. Brandenburg gelang es nur schwer, beim Lesen im Modus eines

Sachbearbeiters zu bleiben und dabei nicht das zu Ende gegangene Leben eines Freundes zu sehen. Ein ganzes Leben, mit allem, was eben Leben ausmacht, ist einfach so weg. Nur diese Blätter Papier, die noch etwas bedeuten sollen. Nach zwanzig Minuten senkte er den Kopf und schob den Bericht langsam zur Seite.

Frau Kernbach registrierte die Bewegung und sah ihn an. »Können wir reden? Sonst nehmen Sie doch auch erstmal einen Schluck. Tut gut.«

Dr. Brandenburg schwieg und nickte nur zustimmend.

»Ich weiß, dass Sie befangen sind«, begann sie zu reden. »Ich will auch nicht jeden zweiten Satz erklärt haben. Mich interessiert der Atemwegsinhalt. Es wird eine dichte Auskleidung der mittleren Atemwegsaufzweigungen mit feinem Sand beschrieben. Es heißt dort ›ähnlich einer Tamponade‹. Sand wird sogar im Magen und im Zwölffingerdarm beschrieben. Wie ist er dahin gelangt? Möglich bei einem Ertrinken, wie es hinten auch steht. Der Leichnam war zum Teil in den Ufersand eingespült. Ihre Kollegen formulieren aber vorsichtig ein Fragezeichen, da ›in der Regel‹, wie sie schreiben, bei einem Ertrinken in offenem Wasser nicht so viel Sand zu erwarten ist. Und man solle die örtliche Situation bei der Interpretation der Aspirate berücksichtigen. Was sind Aspirate?«

»Das sind die eingeatmeten Fremdsubstanzen, die dort nicht hingehören«, antwortete BRB schnell.

»Und was sagen Sie zu diesen Aspiraten? Alles erwartungsgemäß?«

»Nicht ganz, Frau Kernbach. Die Kollegen haben sich da ein Hintertürchen offengelassen. Würden wir auch so machen. Sie waren nicht am Auffindungsort, wissen aber, dass der Ereignisort mit dem Auffindungsort nicht identisch sein muss. Da sie vieles nicht wissen können, haben sie sich gescheut, von einem Situationsfehler zu sprechen. Sie schieben den Schwarzen Peter zurück und empfehlen, die Befunde mit der örtlichen Situation, wie sie schreiben, in Beziehung zu setzen. Das finde ich absolut ok.«

»Ich verstehe es noch immer nicht ganz. Ist er nun ertrunken, oder nicht?«

»Nach den Lungenbefunden ist er ertrunken, ja. Das hat man offenbar trotz der Fäulnisveränderungen noch gesehen. Es gibt da eine Spezialfärbung der Gitterfasertextur des Lungengewebes, die eine akute Überblähung der Lungen zeigt, wie sie nach einem Ertrinken häufig noch zu sehen ist. Die wurde mit Erfolg angewandt. Wir müssen nur überlegen, ob uns die Umstände, unter denen er ertrunken ist, beruhigen oder in Alarm versetzen.«

»Wie meinen Sie das?«

»Ich meine, wir sollten den unterzeichnenden Obduzenten alle Informationen zukommen lassen, die wir über den Auffindungsort haben und dazu eine ergänzende, gutachterlich zu beantwortende Frage stellen.«

»Gut, dann bitte ich Sie, mir diese Frage zuzuarbeiten.«

»Gern, etwa so: Entsprechen die Atemwegs- und Lungenbefunde sowie die sandigen Inhalte in Magen und Zwölffingerdarm bei Kenntnis der Auffindungssituation (siehe

Anlage) der Annahme eines Ertrinkens nach Sturz in das Wasser aus einem kenternden Kajak, bei nur leicht bewegtem Wasser und einer Wassertiefe um zwei Meter?«

»Moment, ich schreibe mit.« Staatsanwältin Kernbach notierte sich den Fragentext auf einem kleinen Zettel, nachdem ihn Dr. Brandenburg einmal wiederholt hatte.

»Wenn Sie erlauben, Frau Kernbach, gebe ich eine Prognose ab.«

»Bitte, das hatte ich mir erhofft.«

»Meine Prognose lautet: Nein.«

»Nein?«

»Genau!«

»Und dann?«

»Dann haben wir ein Problem.«

»Welches Problem?«

»Verdacht auf eine Straftat!«

»Wie kommen Sie darauf? Tengler hat im Sand gelegen, das Wasser ist flach. Warum soll er nicht Sand in den Atemwegen haben?«

»Sicher, aber eine Tamponade ist zu viel. Und ein massives Verschlucken von Sand ebenfalls. Nach dem Tod spült sich nicht so viel hinein und vor dem Tod müsste es eine dichte Aufwirbelung von Sand gegeben haben, in der er ertrunken ist. Die gibt es zum Beispiel in der Brandung. Dort ist er aber mit Sicherheit nicht gefahren. Wenn er auf der Seeseite in der Brandung gekentert wäre, dann hätte ihn die Strömung nordwestwärts transportiert, aber nicht in die Kroy. Der Wetterbericht gibt für den Tag seines Verschwindens zudem nur leichten Wind an. Das scheidet somit aus.«

»Sie wollen doch nicht allen Ernstes ein Tötungsdelikt aus dieser Sache machen!«

»Ich bin in dieser Sache nicht der Gutachter. Warten wir doch mal ab, wie die Kollegen sich äußern. Machen Sie es dringlich: Gefahr im Verzug!«

Staatsanwältin Kernbach packte ihre Sachen zusammen und schüttelte den Kopf.

»Ich bin zu Ihnen gekommen, um Probleme zu lösen und nicht, um neue zu erschaffen.«

»Mir wäre auch lieber, wenn alles friedlich bleiben würde, Frau Kernbach. Alles andere ist kein schöner Gedanke.«

Im Gehen drehte sie sich noch einmal um, ähnlich wie es Columbo immer tat.

»Was ich noch fragen wollte, hatten Sie wieder Kontakt mit diesem ominösen Unbekannten, der Ihnen nachstellt?«

»Ja, er hat es forciert und erreicht, dass ich mich mit ihm im Institut getroffen habe.«

»Wer ist er und was will er?«

»Frank Semper. Zehn Jahre wegen Totschlags. Vor einigen Wochen entlassen. Ich war damals Sachverständiger. Er sucht nach und nach die Stationen auf, die ihn letztlich zur Verurteilung gebracht haben, um alles aufzuarbeiten, sagt er. Er klang ganz vernünftig.«

»Das glauben Sie? Wenn das hier ein Tötungsdelikt werden sollte, wird er interessant. Vielleicht war Kommissar Tengler eine dieser Stationen?«

Mit diesen Worten warf sie ihre Jacke auf, die sich elegant auf ihre Schultern legte.

»Danke für die Fragestellung. Ich gebe Ihnen und Kommissarin Semlock Bescheid, wenn ich die Antwort habe. Einen schönen Tag noch und ein schönes Wochenende.«

»Wir sehen uns«, rief er ihr hinterher.

Die schwere Tür entließ sie, zog sich wieder zu und fiel ins Schloss. Dr. Brandenburg drehte sich auf seinem Stuhl zum Fenster. Sein Blick und seine Gedanken verloren sich im Blau des Himmels über den Häusern auf der anderen Straßenseite.

Kapitel 17

ROSTOCKER 7

»Herzlich willkommen an Bord, Herr Doktor Brandenburg«, rief ihm Staatsanwältin Kernbach entgegen. »Wusste gar nicht, dass man Sie auch eingeladen hat«, setzte sie lachend hinzu.

»Irgendwer muss da nicht aufgepasst haben, als die Gästeliste erstellt wurde«, konterte BRB. »Ein verzeihlicher Fehler, wie ich meine. Schön, dass Sie da sind.«

»Es ist mir auch eine Freude, Frau Kernbach.«

BRB stakste vorsichtig über die schmale Gangway und sah sich auf der ROSTOCKER 7. Das Schiff mit Ober- und Unterdeck, einem sehr gut funktionierenden Tresen und Platz für 200 Gäste an Tischen entlang der Panoramafenster. Noch lag sie fest im Rostocker Stadthafen. So langsam trudelten alle ein, die die Einladung von Polizei und Staatsanwaltschaft gern angenommen hatten, um eine ungezwungene Tour zwischen Stadthafen und Warnemünde zu erleben. Einige Minuten nachdem BRB an Bord gegangen war, näherte sich Kommissarin Semlock mit ihrer Tochter Katharina, einige Kommissare aus dem FK1, Mitarbeiter aus der Staatsanwaltschaft und schließlich die gesamte Besatzung der Kriminaltechnik. Aus der Rechtsmedizin stießen noch der Direktor, eine Chemikerin, eine

Biologin sowie die leitende Medizinisch-technische Assistentin dazu.

Aufmerksam eilten Mitglieder der Crew den Gästen entgegen, um einen Begrüßungssekt zu reichen. Die kleine Garderobe füllte sich. Die ersten stürmten auf die vermeintlich besten Plätze zu und hielten frei für den einen oder die andere, die man neben sich haben wollte. Wer den Anschluss verpasste, machte daraus eine Tugend und lehnte sich lässig an den Tresen, als wenn er ohnehin nicht weiterkommen wollte. Das Schieben und Rufen vermischte sich mit Shantyklängen aus der Bordanlage zu einem schwer durchdringbaren Lärmpegel. BRB platzierte sich bei den beiden Semlocks. Frau Kernbach gegenüber bei ihren Leuten. Obwohl ihre markante Optik in der Sichtachse eines Speisenwärmers lag, war sie zweifelsfrei auszumachen. Die erste Grundordnung war hergestellt. Kaum merklich waren die Maschinen angelaufen. Ein leichtes Brummen und Vibrieren mit einer wiederkehrenden, nicht störenden Resonanz signalisierte das baldige Auslaufen. Die Querruder drückten das Schiff gegen 17:00 Uhr langsam von der Kaikante, bis der Kapitän dem Hauptantrieb erlaubte, seine Arbeit zu verrichten. Die ROSTOCKER 7 drehte auf Westkurs und lief sehr langsam, damit die Gäste den Blick auf die Rostocker Stadtsilhouette genießen konnten. Steuerbord der Blick auf Gehlsdorf mit den Steganlagen der Seglervereine. Ein schöner Sommertag. Azurblauer Himmel. Die schon etwas tiefer stehende Sonne strahlte dem Schiff entgegen, als wollte sie es aufhalten. Der scharf geschnittene Bug warf etwas

Wasser auf. Eine kleine glitzernde Gischt verriet, dass das Schiff mehr Fahrt aufgenommen hatte. Einige Gäste fanden sich schnell auf dem Oberdeck ein. Über die Bordanlage wurde erklärt, was am Ufer zu sehen war. Staatsanwältin Kernbach lehnte an der Reling und genoss sichtlich den warmen Wind. Ihre Augen waren genussvoll geschlossen. Die Sonne wärmte, der Wind kühlte.

»Darf ich Ihnen ein Glas Sekt reichen?«

Sie drehte sich zu der Stimme. Das Tablett wurde von einem großen, kräftigen Mann getragen. Kurzes, gepflegtes Haar, feste Gesichtszüge. Helles Langarm-T-Shirt, helle Hose. Der Dress der Crew.

»Danke«, antwortete sie lächelnd und nahm ein Glas, während er sich dezent verbeugte. Sie drehte sich wieder zur Reling, hielt das Glas gegen das Licht und beobachtete die sich in den aufsteigenden Bläschen brechenden Sonnenstrahlen, sodass der Sekt ein verheißungsvolles Funkeln bekam. Dabei entging ihr der für wenige Sekunden auf sie gerichtete Blick des Sektbotens, bevor er weiterging und sich mit der gleichen Frage anderen Gästen zuwandte. BRB hatte sich aus dem Spalt zwischen Sitzbank und Tisch geschoben, ließ Mutter und Tochter Semlock zurück und begab sich zum Aufgang, um das Oberdeck zu erklimmen. Sein Blick heftete sich weit voraus an die letzten Sekunden der soeben beschriebenen Szene. Er erschrak und hielt inne: ›Das darf doch nicht wahr sein.‹

Er drehte sich um, ging zum Tresen und bestellte mit aufgesetzter Gleichgültigkeit ein Bier. »Es ist wie immer ein ausgesprochenes Vergnügen, mit Ihnen zu fahren«, charmeurte er einer auffällig gut gewachsenen Person zu, die den Zapfhahn für ihn bediente.

»Freut mich. Hatten wir nicht schon einmal das Vergnügen?«

»Ja, sicher. Wir haben zweimal ein Studienjahrestreffen mit Ihnen beziehungsweise bei Ihnen gefeiert.«

»Ach ja«, gab sie zurück. »Ich erinnere mich.«

»Haben Sie Ihre Crew verstärkt?«

»Wen meinen Sie?«

»Den jungen Mann, der gerade auf dem Oberdeck Sekt anbietet.«

»Ja, Sie meinen Frank. Er jobbt seit einigen Wochen bei uns. Bei großen Feiern nimmt ihn der Chef dazu.«

»Kann ich das Bier mit auf das Oberdeck nehmen?«

»Sicher, wenn Sie zwei Dinge gleichzeitig können?«

»Wie meinen Sie das denn?«

»Na, Treppe steigen und Bier festhalten.«

»Da bin ich Profi«, versicherte BRB und griff sich lachend den halben Liter, der dabei schon den ersten kleinen Schwapps verlor. Beide lachten und BRB nahm den zweiten Anlauf nach oben. Er hatte erfahren, was er wollte. Langsam stieg er hinauf und da kam er ihm schon entgegen.

»Hätte nicht gedacht, dass ich mal einige Stufen über Ihnen stehen würde«, sprach ihn der Sektmann grinsend an.

»Frank Semper, ich fasse es nicht«, sagte Dr. Brandenburg. »Sind sie jetzt hier der Sekt-Sommelier?« Sein Gesichtsausdruck verriet dabei mehr Entsetzen als freudige Überraschung. »Ist die ROSTOCKER 7 eine Ihrer Stationen, die Sie abarbeiten müssen?«

»Ganz ruhig, Doc. Ausnahmsweise habe ich weder Ihnen noch sonst jemandem nachgestellt. Ich jobbe hier lediglich. Es wäre nett, wenn Sie meine jüngste Vergangenheit nicht mit der Crew besprechen.«

»In Ordnung. Ich bin hier, um einen schönen Tag zu haben. Den wünsche ich Ihnen auch.« BRB wandte sich ab.

»Ach, Doc, Sie befinden sich in attraktiver Gesellschaft. Die hübsche Schwarze, die so lasziv an der Reling lehnt und so sehnsuchtsvoll durch ihr Sektglas schaut, als wenn darin die Zukunft steht.«

»Semper, halten Sie sich um Himmels willen zurück. Ihr frisch gewonnenes Freiheitsgefühl spielt Ihnen einen Streich. Wenn diese Dame anfängt, sich für Sie zu interessieren, werden Sie das nicht wirklich wollen!«

»Aber Doktor, wie reden Sie denn?«

»Semper, halten Sie sich besser zurück. Das ist Staatsanwältin Kernbach!«

Frank Sempers Gesichtsausdruck verlor seine schnippische Leichtigkeit, die ihn bis zu dieser Minute getragen hatte. Er ging an Dr. Brandenburg vorbei. Beide Blicke trafen sich kurz auf Augenhöhe. Dann verschwand Semper auf dem Unterdeck und BRB auf dem Oberdeck.

»Dr. Brandenburg«, rief ihm der Kriminaltechniker Gernot Stahl von Weitem zu und winkte, als wenn er ihn sonst übersehen könnte. BRB hob sein Bier zum Gruß und ging zu ihm und einer Gruppe weiterer Mitarbeiter der Kriminalpolizeiinspektion Rostock. Dabei passierte er Staatsanwältin Kernbach, deren Style in tiefem Schwarz jede Sonnenfarbe verschluckte. Sie bot einen fast magischen Kontrast zum Himmelblau und Weiß der Reling. Das Schiff fuhr auf Höhe des Holzhafens.

»Warum hast du mich mit auf dieses Schiff geschleppt?« Katharina Semlock schüttelte sich und versuchte noch immer, dieses Event innerlich abzuwehren. »Was soll ich hier?«

»Du hast ein Praktikum bei der Polizei gemacht. Du warst während des Praktischen Jahres in der Rechtsmedizin. Du kennst einige Leute hier. Es kann nicht schaden, ein paar Kontakte zu knüpfen!«

»Ich stehe nicht auf alte Männer! Wenn ich Kontakte knüpfen will, dann gehe ich woanders hin!«

»Nun hab dich nicht so. Es ist tolles Wetter. Du kommst mal raus. Und wo du nun schon mitgekommen bist, hat es keinen Zweck mehr, ständig zu maulen.«

»Ok, ich versuche, mich zusammenzureißen. Zuerst reiße ich mal an dem Sektträger. Der sieht ganz gut aus, anders als die anderen.«

»Entschuldigung«, rief sie ihm laut zu, als er sich zwischen einer Gruppe von Kollegen aus dem Fachkommissariat für organisierte Kriminalität und dem vorbereiteten Büfett hindurch schlängelte.

»Hätten Sie noch ein Gläschen?«

»Für Sie doch immer, einen Moment, bin gleich bei Ihnen.«

Der Bordfunk entließ wieder die erklärende Stimme des Kapitäns, der wie bei einer Sightseeing-Tour beschrieb, was an den Ufern der Unterwarnow zu sehen war. Nach einigen Sätzen dröhnte Hans Albers »Kap Hoorn liegt auf Lee, jetzt heißt es auf Gott vertrau'n.« Luv und Lee waren jedoch im Moment schlecht zu demonstrieren, weil der Wind eingeschlafen war. Das Schiff lag ruhig. Ab und zu nahm man die Monotonie der Maschinengeräusche wahr. Kommissarin Semlock nahm das Gläschen Sekt für ihre Tochter in Empfang, die sich in den Sanitärbereich begeben hatte.

»Wie schade, ich hätte das Glas gern persönlich zugestellt«, kommentierte Frank Semper.

»Vielen Dank, alles gut, es geht auch so«, entgegnete ihm Kerstin Semlock mit einem abwehrenden Blick.

BRB nahm indessen wieder Kurs aufs Unterdeck, holte sich am Tresen ein weiteres Pils und steuerte sein Basislager an, wo Mutter und Tochter Semlock inzwischen wieder beieinandersaßen.

»Komm her, Doc«, rief ihm Kerstin Semlock freundlich entgegen. Man rutschte zusammen, sodass er neben ihr zu sitzen kam.

»Schöne Idee mit dem Schiff«, stellte BRB fest. »Frau Kernbach hat den Organisatoren verziehen«, ergänzte er.

»Was hat sie denen denn verziehen?«

»Dass sie mich auch eingeladen haben. Es sei ein verzeihlicher Fehler gewesen.«

»Oh, wie charmant«, gab Katharina Semlock dazu. »Das macht die Frau interessant. Wo steckt sie denn gerade?«

»Auf dem Oberdeck. Sie ist nicht zu übersehen.«

»Ach, deshalb warst du so lange weg!«

»Nein, ich habe mit einigen KT-Leuten erzählt. Es ging natürlich um Torsten Tengler.«

»Könnt ihr das Dienstliche nicht mal weglassen?«

»Schwer möglich, wir sind schließlich auf dem Wasser, so wie Torte zuletzt auch. Übrigens, ich habe dir doch neulich mein Problem erzählt«, wandte sich Dr. Brandenburg Kerstin Semlock zu.

»Jetzt wird es mir zu privat«, mischte sich Katharina ein. »Ich nehme mal die Frau Kernbach ins Visier.« Katharina Semlock erhob sich und schritt in Richtung Oberdeck, ehe sie sich Verhaltensmaßregelungen einfangen konnte.

»Was für ein Problem?«

»Der Typ im Elektromarkt, die Zettel am Auto, die Mails.«

»Ach ja, was ist nun mit ihm?«

»Er war bei mir im Institut. Wir haben uns eine Weile unterhalten.«

»Das sagst du erst jetzt? Erzähl!«

»Er saß 10 Jahre wegen Totschlags. Ich war damals Sachverständiger vor Gericht und er will die ganze Geschichte aufarbeiten. Dazu klappert er alle Stationen ab, die ihn hinter Gitter brachten.«

»Klingt nicht gerade beruhigend«, kommentierte Kerstin Semlock den Bericht.

»Du hast mir doch neulich am Telefon geraten, es sich entwickeln zu lassen.«

»Ja, weil du mir recht hilflos vorkamst.«

»Schon ok, aber nun ist es soweit.«

»Was ist soweit!?«

»Mein Stalker läuft hier herum!«

»Im Ernst!? Zeig ihn mir. Bin neugierig.«

»Du hattest schon Kontakt mit ihm. Dort drüben, der Sekt-Sommelier. Sein Name ist Frank Semper.«

»Aha. Ein gut aussehender Mann. Er hat vorhin ausdrücklich bedauert, dass er das Glas Sekt meiner Tochter nicht persönlich zustellen konnte und ich habe ihn mehr oder weniger weggebürstet. Was macht der hier?«

»Er jobbt hier. Habe mich gleich am Tresen nach ihm erkundigt.«

»Da geht es schon wieder los. Der Rechtsmediziner fängt an zu ermitteln. Das gibt's nur bei Börne und Thiel, mein Lieber! Hast du Frau Kernbach schon den Hinweis auf Semper gegeben?«

»Nein, nein, mache ich auch nicht. Ich will nichts konstruieren. Es sind deine Worte, die mich leiten: Lass es sich entwickeln!«

Beide lächelten sich zu und schauten sich einige Zehntelsekunden länger an, als es Fremde tun.

Das Büfett wurde eröffnet. Wie bei jedem Büfett ergab sich eine Drittelung. Einige stürmten sofort los. Die nächsten ließen den ersten Ansturm vorübergehen, weil sie wussten, dass genug für alle da ist und die letzten interessierten sich überhaupt nicht dafür. Kommissar Kollberg, den die ausgelassene Stimmung an Bord wenig interessierte, stand am Tresen und beobachtete die Szenerie. Er lebte allein und zurückgezogen. Das Teamgefühl im Beruf stand im Kontrast zu der Einsamkeit, die ihn zu Hause umfing. Seine

Eltern waren früh verstorben. Geschwister hatte er keine. Der etwas untersetzt wirkende, blonde Junge mit den wasserblauen Augen wuchs in Sassnitz auf. Er rollte das R, wie es die Rüganer tun. Schon während der Ausbildungs- und Studienzeit war er nicht der Partygänger, nicht der Extrovertierte, nicht der Mädchenschwarm. Darunter litt immer, konnte aber nicht aus seiner Haut. Er igelte sich gern ein und las. Große Autoren der Weltliteratur und kleine Unbedeutende. Schon seit frühester Jugend. Dazu immer wieder Lyrik. Bei Wilhelm Busch liebte er die simple Pragmatik, die Trefflichkeit, das Volkstümliche als Garant für Lesbarkeit und Verständnis. Irgendwann begann Kollberg, Lebenssituationen oder Alltäglichkeiten mit Reimen zu belegen. Er wusste wohl, dass er damit vielleicht nicht in die Zeit passte und auch unangemessen wirken könnte, aber es war ein großer Druck, der diese Neigung immer wieder hervorbrachte. Oft genug hätte er sich das verkneifen sollen. Oft genug reagierte sein Umfeld mit Unverständnis, mit Zurechtweisung, mit Spott oder nur mit einem Kopfschütteln.

›Lass jeden sein, wie er gern will
und wenn er anders ist als du,
dann freue dich und sei ganz still
und lass ihn wie er ist in Ruh.‹

Auch er wollte am liebsten in Ruhe gelassen werden. So drängelte er sich auch nicht an das Büfett, weil es seinem Wesen widersprach. Wenn es nicht sein musste, ging er nicht nach vorn. Das war zu einer Lebenshaltung geworden. Die Polizeilaufbahn stand in ihrem Wesen gegen das seine. Und doch hatte er sich entschlossen, diesen Weg zu gehen, weil er unter seiner persönlichen Art litt und deshalb eine Befreiung suchte. Ob diese Entscheidung richtig war, mochte er sich und anderen nicht beantworten. Das sage ich mir, wenn ich mal groß bin, sagte er sich.

›Wenn ich mal groß bin und mich selber sehe
Weiß ich, ob ich richtig stehe.‹

Bis zu dieser Selbstsicht schien es ihm noch weit zu sein.

»Hey, Kollberg«, rief es aus einer Gruppe von Kollegen, die sich mittlerweile in den Armen lagen und sich gegenseitig sichernd die Treppe vom Oberdeck herunter stolperten. »Hast wieder einen Spruch drauf, alte Dichtersocke?«

Einer kam auf ihn zu, fletschte die Zähne in einem breiten Grinsen und wollte ihm auf die Schulter klopfen. Ein Schleimfetzen löste sich aus dem linken Mundwinkel und landete auf Kollbergs Revers. Mit Alkohol gesättigte Lungenluft blies ihm widerlich entgegen. Er konnte ausweichen, drehte sich weg und winkte im Gehen ab.

»Nu hab dich nich soo!«, rief es ihm hinterher. »Wenn du einer von uns sein willst, dann trink jetzt mal einen!«

Kollberg ließ sie rufen und suchte sich auf dem engen Schiff eine Ecke als Ersatz für den Platz, den er aufgeben musste. Am liebsten würde er jetzt gehen. Das ging aber nicht. Besser noch sollten die jetzt gehen. Das ging aber auch nicht. Er stellte sich an das Heck des Schiffes, stützte sich auf die Reling und beobachtete das strudelnde Kielwasser. Hier war es geschützt. »Was ist mit Ihnen? Geht es Ihnen gut?«

Kollberg drehte sich zu der jugendlichen, warmen Stimme, die einen fast singenden Nachklang hatte.

»Das Leben ist da vorn. Was machen Sie hier hinten?«, entgegnete er Katharina Semlock, die sich zu ihm gesellte.

»Das klingt, als ob Sie sich für die Depression und gegen das Leben entschieden haben, Herr Kollberg.«

»Mitnichten.« Er lächelte ihr zu und drehte sich ihr etwas zu, als doppelter Ausdruck für die Wertschätzung des Feinsinns, den sie ihm entgegenbrachte. »Viele sagen: Schau nach vorn, Junge. Eine Rückschau sollte aber auch nicht fehlen, Frau Semlock. Sehen Sie auf das Kielwasser. Hinter uns entschwindet, was war. Ohne Geschichte wären wir aber nicht. Wir sind alle aus dem Kielwasser unserer Vorfahren gekommen. Wenn uns das Wasser vorhin nicht getragen hätte, wären wir jetzt nicht hier. Bewusstsein und Sensibilität für das Gewesene gehört auch beim Blick nach vorn immer dazu.«

Sie sagte nichts, nickte nur zustimmend, während sie an einem Glas Gin Tonic nippte und mit ihrem Blick seiner Vorgabe folgte.

»Wie geht es denn mit Ihnen weiter?«, fragte er sie. »In Mutters Fußstapfen?«

»Ich habe Medizin studiert. Das geht schlecht.«

»Die Rechtsmedizin wäre doch so ein Mittelding. Sie haben es doch schon kennengelernt.« »Ja, Sie haben recht, Herr Kollberg. Ich habe mich auch entschlossen. Weiterbildung zur Fachärztin für Rechtsmedizin. Im September kann ich anfangen.«

»Meinen Glückwunsch. Ihre Mutter hat nichts erzählt. In Rostock?«

»Nein, Berlin. Muss mal weg von zu Hause. Abstand gewinnen.«

»Kann ich verstehen. Bei mir lief es nicht so glatt. Beinahe wie bei dem armen Herrn Tengler, obwohl, der lebte ja wieder mit jemandem zusammen. Jetzt habe ich mehr Abstand zu allem, als mir manchmal lieb ist und werde langsam komisch.«

»Haben Sie sich mit Herrn Tengler gut verstanden?«

Kommissar Kollberg schaute Katharina Semlock einen Moment an.

»Höre ich einen forschenden Ton in Ihrer Frage.«

»Da hören Sie zu viel, Herr Kollberg.«

»Mein Gehör ist noch ganz gut, aber um Ihre Frage zu beantworten: Nein, nicht besonders. Dicke Freunde waren wir nicht. Respekt ja, aber Nähe, nein!«

Er drehte sich wieder langsam zum Kielwasser der ROSTOCKER 7. Inzwischen sang Mark Knopfler über »Brothers in Arms«. Der unvergleichliche Gitarrensound drängte sich ins Gehör und löste einen Shanty ab. Der Stimmungswechsel übertrug sich auf die beiden.

»Ist nett, Sie zu treffen, Herr Kollberg«, sagte Katharina Semlock freundlich zu ihm.

»Danke, das gebe ich gern zurück. Bis nachher.«

Katharina ging auf das Oberdeck und er lächelte ihr hinterher.

Kerstin Semlock rutschte zur Seite, um Staatsanwältin Kernbach an den Tisch zu lassen.

»Frau Kommissarin, wie nett.«

Sie stellte ihren Teller mit eben erbeuteter Entenbrust ab. Während sie sich sortierte, empfahl sie Frau Semlock das Büfett.

»Jetzt ist es nicht mehr so voll. Holen Sie sich etwas. Ich halte die Plätze frei«, sprach sie schnell, um den ersten Gabelhappen auf sein Ende nicht warten zu lassen.

»Nein, lassen Sie mal. Vielleicht ganz zum Schluss ein Appetithäppchen. Ich bin groß genug. Muss aufpassen«, wehrte Frau Semlock ab.

»Ach, ich bitte Sie! Da geht noch einiges, ganz sicher.«

»Haben Sie schon Antwort auf die ergänzende gutachterliche Frage zum Atemwegsinhalt?«

Frau Kernbach verschluckte sich. »Beinahe wäre mein eigener Atemwegsinhalt das größere Problem geworden«, krächzte sie unter anhaltendem Husten heraus.

»Entschuldigung, vielleicht ist das das Signal, hier keine dienstlichen Angelegenheiten zu besprechen«, fügte Kerstin Semlock hinzu.

»Schon gut, aber woher wissen Sie von dieser Fragestellung?«

»Spricht sich eben rum.«

»Lassen Sie mich raten. Ihre gute Verbindung zu Dr. Brandenburg?« Dabei blickte sie keck auf, um dem Blick von Kerstin Semlock in dem Moment wieder auszuweichen, wo sie ihn auf sich zog.

Kerstin Semlock reagierte darauf nicht. »Es geht um die Kernfrage. Tötungsdelikt oder nicht. In diese Kernfrage sollte ich als erste Sachbearbeiterin schon eingeweiht sein!«

»Liebe Frau Semlock«, künstelte Frau Kernbach mit vollem Mund und dabei einen kleinen Schluck Rotwein nehmend. »Im Ermittlungsverfahren sitze ich am Steuer. So ähnlich wie der Kapitän hier. Haben Sie mal versucht in das Steuerhaus zu gelangen?«

»Nein, habe ich nicht.«

»Es würde Ihnen auch nicht gelingen. Es ist nämlich abgeschlossen.«

»Schönes Gleichnis, Frau Kernbach. Danke. Ohne Maschinisten und Matrosen ist ein Dampfer aber wertlos. Ohne die Heizer ist selbst die TITANIC nicht in Fahrt gekommen!« Staatsanwältin Kernbach lachte laut auf. »Halten Sie mal schön Ihre Mannschaft im FK1 zusammen.« Dabei hob sie das Glas und zwängte sich mit dem abgegessenen Teller wieder heraus, um zwischen den anderen zu verschwinden.

Katharina Semlock saß während des Gespräches mit gespielter Teilnahmslosigkeit am Fenster und sah hinaus.

»Hast du das eben mitbekommen?«, wurde sie von ihrer Mutter gefragt.

»Sicher, war nicht zu überhören.«

»Das ist doch unglaublich!«

»Gebe ich dir recht. Unglaublich und noch einiges mehr. Nach gedeihlicher Zusammenarbeit klingt das nicht.«

Der Bordfunk erzählte etwas über die Yachthafenresidenz Hohe Düne, während das Schiff in den Alten Strom einbog, um am nördlichen Ende festzumachen. Die Rückfahrt war für 22.00 Uhr geplant. Bis dahin konnten die Passagiere an Bord bleiben oder Landgang unternehmen. Dr. Brandenburg zog es vor, seine Teilnahme an der Tour zu begrenzen, indem er sich mit lockerem Gruß von den Umstehenden verabschiedete. Er nahm sich vor, mit der Bahn zurückzufahren. Der Gang zur Westmole war jedoch Pflicht. Schon als Student hatte er jede Gelegenheit genutzt, um einen Abstecher nach Warnemünde zu machen. Manchmal fuhren seine Freunde und er extra bei Sturm aus Nordwest hierher, um zu sehen, wie sich die Brandung brach und in hoher Gischt aufspritzte. Es war immer ein kleines Abenteuer, trockenen Fußes hin und wieder zurückzukommen.

Kapitel 18

Butter bei die Fische

Dr. Brandenburg bog an der Anschlussstelle Schwerin Nord auf die A14 Richtung Wismar. Er kam aus dem Schweriner Institutsteil der Rostocker Rechtsmedizin, der auf dem Friedhofsgelände am Obotritenring seit den frühen Neunzigerjahren existiert. Die Fahrt über den Paulsdamm war wie immer überwältigend gewesen, auch wenn sie nur wenige Minuten dauerte. Vom ersten Tag an begeisterten ihn die Blicke über den Schweriner See. Richtung Schwerin waren schemenhaft die Inseln Ziegelwerder und Kaninchenwerder zu sehen. Es war nicht lange her, dass die Schweriner Polizei mit einem Tötungsdelikt auf Kaninchenwerder beschäftigt war. Ein Klassentreffen endete für eine Teilnehmerin tödlich. Theresa Born. Er hatte sie obduziert. Sie war an einem Schlangengift gestorben. Ein ganz verrückter Fall. Ebenso der Leichenfund an der Liebesinsel, dicht beim Schweriner Schlossgarten. Die sichere Diagnostik oder eben der Ausschluss eines Ertrinkungstodes bei fortgeschrittenen Leichenveränderungen waren ewige Themen in einem Land mit vielen Flüssen und Seen. Die Rostocker und Schweriner Kriminalpolizeiinspektionen sowie die beiden Staatsanwaltschaften gehörten seit vielen Jahren zu den Auftraggebern der Rostocker Rechtsmedizin. Brandenburg und seine

Kolleginnen und Kollegen waren zu Pendlern zwischen den Welten geworden. Lediglich die Sekretärin und der Sektionstechniker im Schweriner Institutsteil kamen aus Schwerin bzw. aus der Umgebung. Unschätzbare Erlediger hinter den Kulissen. Eine perfekte und von ihm hoch geschätzte Zusammenarbeit, die auch ohne viele Worte funktionierte. Heute lag die Obduktion eines 86-jährigen Mannes hinter ihnen, der an den Folgen eines Schenkelhalsbruches verstorben war. Der Fall war von einer Leichenschauärztin als »nicht natürlich« deklariert worden, weil sie einen ursächlichen Zusammenhang zwischen der Verletzung und dem eingetretenen Tod sah. Er war heute ausnahmsweise nur zweiter Obduzent. Sein Kollege fuhr mit einem anderen Fahrzeug, weil bei einem Bestattungsunternehmer in Sternberg auf der Rückfahrt noch eine Leichenschau durchzuführen war. Tod durch Verkehrsunfall. Die Staatsanwaltschaft verzichtete auf eine Obduktion, beauftragte aber eine Blutentnahme zur Bestimmung der Alkoholkonzentration. All diese Gedanken kreisten, während er auf der Autobahn beschleunigte und sich einem Automatismus hingab, der nicht ganz ungefährlich war. Dazu Müdigkeit, Gedanken an den Tagesablauf und an die nächsten Termine, ganz ähnlich zu der täglichen Strecke zwischen Bad Doberan und Rostock. Aus dieser Trance schreckte ihn das Telefon auf. Die nicht unterdrückte Nummer von Staatsanwältin Kernbach.

»Ich grüße Sie, Herr Doktor. Können Sie sprechen? Haben Sie einige Minuten?«

»Aber sicher, bin ganz Ohr.«

»Also, ohne Ihnen das alles jetzt vorzulesen, sehen die in dem Befund einen Widerspruch.« »Welchen Fall meinen Sie, welchen Befund und welchen Widerspruch?«

»Ich meine den Atemwegsinhalt im Fall Tengler. Der viele Sand. Und ich meine die von Ihnen erarbeitete und mir freundlicherweise persönlich übergebene, ergänzende gutachterliche Fragestellung!«

»Ach so, warum sagen Sie das nicht gleich?«

Staatsanwältin Kernbach verdrehte in ihrem Dienstsessel die Augen, hielt den Hörer einen Moment demonstrativ zur Seite und sprach weiter. »Ich gebe den Text im Institut ab. Dort kann er auf den Server. Ist nicht viel. Lesen Sie ihn und interpretieren Sie ihn bitte auf Ihre unnachahmliche Weise, jedenfalls so, dass ich es verstehe und mit einer für mich erkennbaren Marschrichtungszahl!«

»Das mache ich gern, gleich morgen früh, versprochen!« Er tippte auf den roten Telefonhörer, den sein Touchscreen zeigte und gab sich wieder der Tristesse seiner Rückfahrt hin. Die endete kurz entschlossen nicht im Institut sondern zu Hause, da es ohnehin spät geworden war. Von der Anschlussstelle Bad Doberan waren es ungefähr 15 Minuten für 15 km, bis er in seinen Carport rollte. Anna war noch nicht zurück. Es war still im Haus. Haustiere hatte er immer abgelehnt. Manchmal wäre es vielleicht schön, wenn ihn da so ein feuchtes Schnäuzchen mit einem Fellgesicht erwartete. Ihm reichte der Hund des Nachbarn gegenüber. Wie viel Zuwendung so eine Hundeseele braucht, sah er dort jeden Tag! BRB war nicht bereit, so einen Schwerpunkt in sein

Leben zu lassen. So musste er die Stille nehmen. Er wollte sie sofort nutzen, um den angekündigten Text zu lesen. Dabei wurde ihm bewusst, wie digitalisiert seine Welt privat und beruflich geworden war. Smartphone, Apps, PC, Laptop, E-Mails, Kennwörter, Benachrichtigungen, Updates, Fotobearbeitung, Vorbereitung von Lehrveranstaltungen, Urlaubsplanung und so weiter. Nichts ging mehr, ohne auf irgendeinen Bildschirm zu sehen und sich durch zahlreiche Menüs zu klicken.

Sein Arbeitszimmer empfing ihn so, wie er es am Vorabend verlassen hatte. Er plumpste auf seinen Sessel, fuhr den Rechner hoch und schaute dabei auf die hohen Erlen hinter dem Haus und den von ihm im Vorjahr platzierten Fledermauskasten. Schnell machte ihm das Virtuelle Private Network VPN einen geschützten Nachrichtentunnel zum Server des Institutes frei. Die Datei war schnell zu finden und zu öffnen. Er überflog die üblichen Einleitungen und kam schnell zur Wiederholung der von ihm formulierten Frage und zu ihrer Beantwortung:

Die beschriebene massive Einatmung von Sand und die sandigen Inhalte von Magen und Zwölffingerdarm sind einem Zustand nach Ertrinken in bis zwei Meter tiefem, ruhigem Klarwasser durch Sturz in das Wasser bzw. Kentern eines Kajaks nicht zwanglos zuzuordnen. Weitere Ermittlungen sollten zum Ziel haben, für den Vorfallszeitpunkt die Ursache einer dichten Aufwirbelung von Sand zu klären. Weiterhin wird empfohlen, die eingeatmeten und verschluckten Fremdsubstanzen in ihrer mikroskopischen Zusammensetzung mit ört-

lichen Proben zu vergleichen. Gegebenenfalls sind gesonderte mineralogische und/oder biologische Gutachten einzuholen.

Dr. Brandenburg lehnte sich zurück und griff in sein Bücherregal. Der alte Prokop. Das Lehrbuch der gerichtlichen Medizin von 1960. Das war zwar auch schon ganz schön alt, aber Ertrinken gab es immer und die Altvorderen waren oft ausgezeichnete Beobachter und Analytiker und dazu fleißige Sammler von Sekundärliteratur. Denen half noch keine App. Dürwalds Gerichtliche Medizin von 1981. Dann griff er sich den zweibändigen, dicken Brinkmann. Das Handbuch gerichtliche Medizin von 2004 und Praxis Rechtsmedizin von Madea 2003. Große Abhandlungen über Ertrinkungsbefunde. Sogenannte Vitalitätszeichen, die zeigen, dass Wasser zu Lebzeiten in die Lungen, in den Magen und in die Paukenhöhlen gelangte. Die Frage der Vitalität stand im Fall Tengler jedoch nicht mehr zur Diskussion. Die Obduktionsbefunde waren eindeutig. Er war im Wasser durch Ertrinken verstorben. Die Diskussion um Algen und ihren Nachweis in den Lungen und im Blut. Er blätterte hastig durch die entsprechenden Kapitel, fand aber nichts, was er auf das Ende von Torsten Tengler anwenden konnte: Ertrinkungsflüssigkeit als Hinweis auf den Ereignisort.

Dr. Brandenburg suchte Literatur, um die gutachterliche Aussage, die er sich problemlos zu eigen machte, mit historischen Quellenangaben unterlegen zu können. Er wurde aber nicht fündig. Er nahm sich vor, eine gründliche Literaturrecherche durch eine der jungen Assistenzärztinnen vornehmen zu lassen. Vorab legte er sich in Gedanken schon zurecht, welche Marschrichtung er Frau Kernbach empfehlen würde. Ein frisch gebrühter Ingwertee, leicht gesüßt mit Agavendicksaft, verlieh seiner Fantasie die nötige Schärfe.

Am nächsten Morgen im Institut für Rechtsmedizin. Gegen 09:00 Uhr rief er Staatsanwältin Kernbach an.

»Wie versprochen, da bin ich, guten Morgen.«

»Ich habe den Text auch gerade vor mir«, sprudelte es aus ihr heraus. … *ist einem Zustand nach Ertrinken in Klarwasser nicht zwanglos zuzuordnen. Fremdeinwirkungen sind nicht auszuschließen.* Wie soll ich mit solchen weichen Formulierungen umgehen?«

»Frau Kernbach, ich finde, die haben das ganz gut formuliert. Könnte von mir sein.«

»Ja, sicher«, fiel sie ihm ins Wort. »Da wird natürlich der eine dem anderen nicht … «

»Nun lassen Sie mal, was hätten sie denn sonst seriöser Weise schreiben sollen? Sie sehen einen Widerspruch, einen sogenannten Situationsfehler, der sich zunächst nicht auflösen lässt. Also stellen sie nochmals ab auf die örtliche Situation, die sie immer noch nicht vollständig kennen. Sie machen sogar Vorschläge zur weiteren Klärung. Wenn Sie mich fragen, dann würde ich jetzt mal Butter bei die Fische geben.«

»Ich wusste es, Ihre unnachahmliche Art.«

»Wenn wir auf einen Situationsfehler stoßen, müssen wir dem nachgehen. Bedeutet in dieser Sache, dass wir den Verdacht auf ein Tötungsdelikt formulieren.«

»Moment, Doktor. Die haben nur geschrieben, dass Fremdeinwirkungen nicht auszuschließen sind.«

»Richtig. Wir haben aber eine Situation, die mit unserer bisherigen These eines tragischen Sportbootunfalles nicht vereinbar ist. Demnach müssen wir dergestalt ermitteln, als würde es einen Tatort geben, auch wenn wir das, zugegeben, nicht ganz genau wissen. Nur so sind wir auf der sicheren Seite.«

»Jetzt sagen Sie mir schon wieder, wie ich ermitteln muss!«

»Wir diskutieren in freier Rede. Was Sie daraus machen, liegt allein in Ihrer Verantwortung.« Das Wort Verantwortung traf. Beidseitiges Schweigen.

»Ich weiß. Es ist egal, ob sich der Widerspruch später harmlos auflöst oder nicht. Bis dahin müssen wir eben so tun, als ob mehr vorliegt, als nur ein falscher Paddelschlag. Bei diesem Begriff fällt mir das Thema Gewalteinwirkungen ein. Die Obduzenten sehen keine Hinweise auf grobe mechanische Gewalt. Wie soll ich das einordnen?«

»Das ordnen Sie mal so ein, dass die ebenfalls nicht ganz auszuschließen ist. Bei dem Erhaltungszustand des Leichnams sind Folgen eines Stoßens, Drückens oder Haltens nicht mehr zu erkennen. Keine Knochenbrüche heißt ja nicht, dass gar nichts war.«

»Klar. Danke. Das hätte ich mir auch selbst ableiten können. Mit anderen Worten: Das volle Programm. Die Leiche bleibt beschlagnahmt. Wenn das alles so ist, vergessen Sie nicht die Rückrechnung vom Fundort auf den Tatort. Darauf bin ich sehr gespannt! Sollte die Sache an die Öffentlichkeit kommen! Das kann nur schiefgehen … Es wird sich immer jemand finden, der feststellt, dass wir dieses oder jenes zu spät getan oder versäumt haben. Ein getöteter Kriminalkommissar! Schlimmer geht's nimmer. Immer noch einen oben drauf. Als wenn ich nicht schon genug hätte. Das Schicksal meint es mal wieder nicht gut. Jetzt geht's ans Eingemachte …«

Während sich Frau Kernbach an einer nicht enden wollenden Aneinanderreihung von Fatalismen abarbeitete, legte BRB den Hörer vorsichtig zur Seite, bis es Klick machte und sie offenbar aufgelegt hatte.

Kapitel 19

Von null auf hundert

BRBs Smartphone ploppte und signalisierte ihm den Eingang einer Nachricht. Er hatte sich eigentlich vorgenommen, für die unterschiedlichen Nachrichtendienste jeweils ein anderes Signal festzulegen. Eingehende E-Mail von Kerstin Semlock. Kategorie ›wichtig‹. *Sie hat Frank Semper festnehmen lassen. Sitzt in Gewahrsam. Bin auf dem Weg. Komm bitte dorthin.*

BRB schoss es in jede Haarwurzel. Sie, damit dürfte Frau Kernbach gemeint sein. Er sprang auf, riss seine Jacke vom Haken, stieß die Türen auf, glitt wortlos an seinem Chef vorbei, der mit Kollegen im Eingangsbereich des Hauses stand und flog wie auf Foils einer hochmodernen Segeljacht zum Auto. Gewahrsam Rostock, Ulmenstraße, Frank Semper. Das durfte nicht wahr sein. Jede Ampel ließ seine Zeiger bedenklich nah am Rot seiner Belastungsgrenzen zittern. Jedes Ampelrot war in dieser Situation natürlich viel zu lange geschaltet, als hätten sich die Verkehrsplaner von Rostock gegen ihn verbündet. Endlich bei der Polizei in der Ulmenstraße angekommen, hetzte er zum Tor und klingelte, bis die für diesen Akt erwählte Fingerkuppe bedrohlich blass wurde.

»Dr. Brandenburg, Rechtsmedizin. Ich habe einen Termin im Gewahrsam«, log er in die Sprechanlage. Ein Summen der Schließanlage und Aufdrücken der Tür waren eins, aber wie so oft nur für das Zehntel einer Sekunde. Erneutes, genervtes Klingeln. Das gleiche noch einmal. Diesmal war er schneller. BRB rannte den ihm wohlbekannten, winkligen Weg entlang. Zwei weitere gesicherte Türen wurden ihm aufgeschlossen. ›So schwarz wie ihre Seele‹, kommentierte BRB in Gedanken das Outfit von Staatsanwältin Kernbach, als er sie vor sich sah. Ihr gegenüber saß Frank Semper. Zusammengesunken. Die Hände gefesselt. Sein muskulöser, schlanker Körper hatte die Spannung verloren. Jegliche Motivation schien gebrochen.

»Was soll das«, rief BRB in den Raum.

Frau Kernbach erschrak an dem Kontrast zu ihrer eigenen Stimmungslage. »Was wollen Sie denn hier? Die Gewahrsamstauglichkeit untersuchen? Ich hatte Sie noch gar nicht angefordert!«

»Ich fragte, was das hier soll!«

»Jetzt ist es aber genug, Herr Brandenburg! Ich habe Ihnen gesagt, dass Semper interessant wird, wenn die Tengler-Sache zu einem Tötungsdelikt wird. Sie haben mir Semper praktisch geliefert und ich habe folgerichtig entschieden. Es gibt genügend Verdachtsmomente. Das wird der Haftrichter auch so sehen.«

»Die Dinge sind oft anders, als sie scheinen, Frau Kernbach!«, schrie er heraus.

»Ich habe mit Herrn Semper ausführlich gesprochen. Er hat sich mir gegenüber erklärt, völlig plausibel. Das habe ich Ihnen weitergegeben und Sie nennen das eine Lieferung!?

Er ist nach seiner Entlassung in diesem Leben wieder angekommen! Familie als stabiler Hintergrund! Wohnung! Keine Fluchtgefahr! Keine Verdunkelungsgefahr! Kein Alkohol! Keine Drogen! Zunächst zwar nur eine geringfügige Beschäftigung, aber immerhin! Dennoch lässt ihn seine eigene Geschichte nicht los und er versucht, sie musterhaft aufzuarbeiten! Es besteht nicht der leiseste Grund, ihn festzunehmen und womöglich noch dem Haftrichter vorzuführen! Die Festnahme vor den Augen und Ohren seiner Frau und seiner Tochter! Von zu Hause abgeholt! Sie brechen ihn und traumatisieren sein Umfeld, wenn Sie das hier durchziehen!«

»Ich mache meine Arbeit, während Sie sich offenbar mit Semper bereits auf eine private Ebene begeben haben. Vielleicht sind die Dinge wirklich anders, als sie scheinen, aber das gilt für Sie ebenfalls, werter Herr Doktor. Ich nehme viel eher an, dass Semper mit einer übrigens von Ihnen bestaunten hohen Energie bei seiner Aufarbeitung, wie Sie sagen, ein ganz simples Muster verfolgt. Nicht Schuld und Sühne, sondern Schuld und Vergeltung! Schuld haben natürlich immer die anderen und somit gilt denen die Vergeltung! Tengler wird nur eine der Stationen gewesen sein! Sie sollten mir dankbar sein, dass ich Sie vor seinem möglicherweise bevorstehenden Zugriff bewahrt habe! Wenn wir eines in unserer Ausbildung gelernt haben, dann, dass wir uns nicht naiver Leichtgläubigkeit hinzugeben haben und schon gar nicht bei Ermittlungen zu einem Tötungsdelikt!«

»Wir haben aber auch gelernt, Verdachtsmomente hinreichend sicher zu begründen.« Mit diesem Satz stieß Kommissarin Semlock dazu.

»Sie auch noch!?«

»Ich auch noch! Ganz recht! Das mit der naiven Leichtgläubigkeit haben Sie schön gesagt. Die sollten wir rein professionell nicht aufkommen lassen! Dazu gehört aber nicht nur die Kritik von Aussagen in einer Befragung oder Vernehmung, sondern auch die Kritik an den eigenen Thesen. Eine These ist eine wohl formulierte und durchaus begründete Vermutung, eine Idee, eine Möglichkeit, die nicht allein dadurch bestätigt wird, dass man sie oft genug wiederholt! Sie wird nur bestätigt oder entkräftet in einer offenen Diskussion aus unterschiedlichen Blickwinkeln.« Mit dem letzten Satz senkte sich die Stimme von Kerstin Semlock und gewann einen fast warmen Ton. Selbst Frank Semper hob den Kopf und sah sie aus verweinten Augen an. Die Körperhaltung von Frau Staatsanwältin verlor etwas von ihrer aggressiven Spannung. Alle schwiegen einen Moment.

»Ganz meine Meinung«, gab BRB kurz dazu. »Ganz meine Meinung.« Er setzte sich, um auch zur Lösung der Alarmstimmung beizutragen.

Frau Kernbach sah die beiden mit einem durchdringenden Blick an. Ihre rechte Hand legte den Kugelschreiber zur Seite. Sie lehnte sich zurück. Das Zurücklehnen nahmen alle als hoffnungsvolles Zeichen für ein Zurücknehmen ihres Aktionismus.

»Wir würden gern mit Ihnen zusammen die Situation neu bewerten«, sagte BRB.

»Es ist gut Doc, nicht noch mehr. Ich bin nicht so stumpf, wie Sie vielleicht denken.«

Die drei wippten mit den Lehnen ihrer Sessel nahezu synchron durch ein sekundenlanges Schweigen. Nur Semper auf seinem Hartholzschemel konnte und wollte da nicht mitmachen.

»Wenn ich einen Vorschlag machen darf«, unterbrach Kerstin Semlock die Stille. »Wir nutzen die Situation, um Herrn Semper zu unterstützen.«

»Wollen Sie hier ein Projekt zur Aufrichtung sozial Gestrauchelter auflegen? Da bin ich raus!«, entgegnete Staatsanwältin Kernbach verständnislos.

»Nein. Wir könnten ihn aber vielleicht dadurch unterstützen, dass wir ihm signalisieren, seine Unterstützung zu brauchen. Wir haben drei offene Vermisstenfälle, von denen einer tot aufgefunden wurde. Und ich vermute, dass sich die beiden älteren Fälle nicht in Wohlgefallen auflösen werden. Herr Semper, haben Sie Kontakte zu Leuten, die aus anderen Quellen manchmal mehr wissen als wir?«

Frank Semper richtete sich auf.

»Was soll das werden? Soll ich zu einem V-Mann für Sie werden? Wollen Sie das? Ich nicht! Das können Sie vergessen. Lieber fahre ich wieder ein, aber anheuern lasse ich mich nicht! Wie kommen Sie überhaupt darauf, dass ich Kontakt zu anderen Quellen habe, wie Sie es ausdrücken? Das ist eine Unterstellung! Mein Leben läuft jetzt anders!«

»Beruhigen Sie sich, Herr Semper«, setzte Kerstin Semlock nach. »Ihr Leben läuft jetzt anders als vorher. Das Vorher, was sie verständlicher Weise ablegen möchten, bleibt für uns aber interessant. Ich würde Sie gern ab und an befragen wollen. Ihr Alltag ändert sich nicht. Sie kommen heute nach diesem Gespräch wieder frei und alles ist gut. Sie sollen niemanden ausforschen. Vielleicht können Sie uns hin und wieder einen Tipp geben, wen wir fragen sollten, um voranzukommen. Sie haben vielleicht Ideen, mit denen wir etwas anfangen können?«

Staatsanwältin Kernbach musste sich ständig bremsen, um Kommissarin Semlock nicht zurechtzuweisen. Sie nahm sich zurück, weil ihr die Idee eigentlich gefiel. BRB zeigte ein kaum sichtbares Kopfschütteln. Eine innere Ablehnung gegenüber dieser Umwidmung überwog noch. Er sagte nichts, zumal es nicht in seinen Aufgabenbereich gehörte, so etwas zu arrangieren. Andererseits wollte er Frank Semper auch nicht gegen diese Idee beeinflussen. Auf einen Wink wurden Frank Semper die Handfesseln abgenommen. Ein Beamter brachte ein Glas Wasser. Als Reaktion auf den abschätzigen Gesichtsausdruck von Frank Semper und einen kurzen fragenden Blick des Polizeibeamten wurde das Glas Wasser durch eine Tasse Kaffee ausgetauscht. Frank Semper stand auf, rieb sich die befreiten Handgelenke, schob den Holzschemel zur Seite und zog sich einen Lehnstuhl heran, der abseits im Raum stand. Schritt für Schritt egalisierte sich die Situation.

»Frau Staatsanwältin, ich kann Ihnen versichern, nichts mit laufenden, ungeklärten Fällen in ihrer derzeitigen Tagesroutine zu tun zu haben.«

»Das wird sich erweisen, Herr Semper. Ich sehe mich gerade einer Übermacht ausgeliefert und würde Sie bitten, davon draußen nichts breitzutreten.«

Semper lehnte sich grinsend zurück. Diesen kleinen Triumph wollte er nicht verbergen. Er trank genüsslich etwas Kaffee, stellte die Tasse noch halbvoll zurück und erhob sich. Im Gefühl der wiedererlangten Freiheit, ohne dass diese jemand ausgesprochen hätte, nahm er seine Sachen und nickte freundlich einen Abschiedsgruß in die Runde. Der Sicherheitsbeamte stellte sich ihm in den Weg, breitbeinig, wenig kompromissbereit, ging aber zur Seite, als die Staatsanwältin einen Wink gab. Frank Semper ließ die drei zurück und atmete draußen tief ein, als wollte er seine Lungen renovieren. Dann rief er direkt zu Hause an.

»Wenn wir hier schon sitzen, Frau Semlock, dann gebe ich Ihnen mal die Marschrichtung. Wir gehen im Fall Ihres ehemaligen Kollegen Tengler von einem Tötungsdelikt aus.«

Kerstin Semlock hob erstaunt ihren Blick.

»Nach einem zwischenzeitlich eingegangenen, ergänzenden, gerichtsfachärztlichen Gutachten, welches von Herrn Dr. Brandenburg zu meiner Erleichterung kommentiert wurde, liegt ein sogenannter Situationsfehler vor. Es geht um den vielen Sand in den Atemwegen und im Magen. Der passt nicht zu einem Ertrinken in Klarwasser nach einem Kentern des Kajaks. Mit anderen Worten, wir haben einen Auffindungsort, aber vermutlich nicht den Tatort. Ich will daher endlich das Kajak oder was davon übrig ist. Ein rotes Kajak muss doch jemand gesehen haben, jedenfalls in der kurzen Zeit zwischen dem Beginn der Kajaktour und der ersten Suche durch die Wasserschutzpolizei. Wo ist es? Wir brauchen Zeugen. Ermitteln Sie bitte für die Einsatzstelle Boiensdorfer Werder und für das infrage kommende Zeitfenster Zeugen, die sich auf dem Wasser bewegt haben. Beispielweise die Gäste auf diesem Ausflugsdampfer, der ab Rerik verkehrt.

Fragen Sie in den Kite- und Surfschulen am Salzhaff und fragen Sie endlich in seiner Familie sowie in den Familien der beiden übrigen Vermissten.

Anschließend ein erneuter Presseaufruf an die Bevölkerung, das Übliche.

Ach ja, beinahe hätte ich es vergessen. Interessant könnten auch Personen sein, die sich auf der Halbinsel Wustrow bewegt haben. Von dieser Entwicklungscompany vielleicht. Forstamtsleute, Naturschützer, Investoren, was weiß ich. Viel Arbeit und wenig Zeit. Letztere sollte uns nicht davonlaufen. Wo sich etwas Griffiges ergibt, Zeugenvernehmungen! Wir treffen uns in einer Woche wieder in meiner Behörde. Good Luck!«

Frau Kernbach erhob sich und raffte ihre Unterlagen zusammen, die zu Frank Semper gehörten. Sie hob die linke Hand kurz grüßend und verschwand mit dem metallischen Geräusch von Schlössern und Schlüsseln aus dem Gewahrsam.

Der Sicherheitsbeamte blieb an der Tür in Erwartung stehen, dass die anderen beiden folgen würden. Die schauten sich an, zuckten mit den Schultern und gingen dann ebenfalls. Die tief stehende Nachmittagssonne bohrte sich unangenehm in die Augen, sodass beide eine Hand schützend vor ihre Gesichter hielten. Frank Semper, der noch in der Nähe stand und die Haustür beobachtete, wurde vom Gegenlicht ausgeblendet und blieb unbemerkt.

Kapitel 20

Zurück in Groß Klein

Seine Frau drückte ihn fest an sich. »Schön, dass du so schnell wieder da bist, Frank«, hauchte sie ihm ins Ohr. Ihre gemeinsame Tochter hüpfte Frank Semper freudig entgegen und sprudelte ihm die Erlebnisse des Tages entgegen. Er streckte der Kleinen seine festen, kräftigen Hände entgegen, die er wie einen Schutzschild formte. Sie senkte ihren Kopf in diese Form und ihre Händchen umklammerten seine Handgelenke.

»Komm mit, ich muss dir was zeigen, Papa.«

Sie zog an ihm und er lächelte seiner Frau zu, zuckte kurz entschuldigend mit den Schultern und folgte ihr in das Kinderzimmer.

»Guck mal, was ich gemalt habe. Eine Katze.«

Er besah sich das kleine Kunstwerk und hatte Mühe, eine Träne zu unterdrücken, die keinen Platz mehr hatte und sich ihren Weg über die rechte Wange suchen wollte.

»Die sieht ja toll aus, total echt«, bestaunte er das Werk seiner Tochter. »Was du schon alles kannst, Lena.«

Die Kleine nahm sofort die Malstifte, um das Bild noch schöner zu machen. Das gab ihm Gelegenheit, zurück zu seiner Frau zu gehen und sich erst einmal zu setzen.

»Cappuccino?«

»Ja, gern.«

»Ich habe mir Sorgen gemacht«, begann sie auf ihn einzureden. »Ich habe vor meinem geistigen Auge so viel kaputtgehen sehen, nachdem sie dich geholt haben. Ich will nicht wieder durch Trümmer gehen, Frank. Ich will dich und Lena.«

Sie trat zu ihm und drückte sich an ihn. Er strich ihr sanft über den Rücken. Er küsste sie mit aller Zärtlichkeit, die er aufbringen konnte. Er hatte einen Schatz, den er bewachen musste, den ihm keiner nehmen sollte. Frank Semper erzählte seiner Frau von den Stunden im Gewahrsam der Polizei.

»Die Staatsanwältin wollte mich einbuchten. Die ermitteln in einer Mordsache. Ist wohl ein Polizist. Ich bin vorbestraft, der Rechtsmediziner hat von mir erzählt und ich war die erste Idee der Staatsanwältin. Kernach oder Kernbach heißt sie. Etwas später kamen der Rechtsmediziner und die eine Kommissarin von der Mordkommission. Die haben mich rausgehauen.«

»Frank, du weißt, dass ich total empfindlich reagiere. Seitdem ich mit dir zusammen bin, ist mir ein Alarmglöckchen mehr gewachsen. Vielleicht, weil ich damit einfach überfordert bin, mich total in deine Welt hineinzudenken. Und dann setze ich mich selbst zurück auf einfache Zusammenhänge. Die berühmte Frage ›Wem nützt das?‹ Die lassen dich doch nicht gehen, ohne dass du mit denen einen Deal hast! Also, sag es mir, was sollst du machen!?«

Lisa Semper sah ihn sorgenvoll an.

»Gar nichts, ich schwör es dir. Kein Wort! Ich bin da raus und das war's.«

»Glaub mir, da kommt noch was! Wenn die ein Problem haben und dachten, du wärst die Lösung, dann haben sie es immer noch! Warte es nur ab! Irgendwer kommt und will was, jede Wette!«

Frank Semper wusste, dass sie recht hatte. Innerlich wehrte er diese Voraussage nicht ab. Doch jetzt wischte er erstmal alles weg und genoss sein zu Hause.

Die Wohnung im vierten Stock in der Albrecht-Tischbein-Straße, in Groß Klein, sollte sein Castle werden. Hier wollte er nichts hineinlassen, was die zarte Pflanze Familienglück gefährden könnte. Beide hatten dieses Glück während eines lang herbeigesehnten, unüberwachten Langzeitbesuches in der JVA gepflanzt. Langjährig Inhaftierten wurde diese Möglichkeit bei guter Führung und einer glaubhaft stabilen Beziehung gegeben. Die Zeit der Schwangerschaft war für beide schwer. Seine Sehnsucht wuchs mit der Gewissheit, nach der Haft alles anders werden und bleiben zu lassen. Die Zeit wurde für ihn fast unerträglich. Die Geburt seiner Tochter nicht miterleben zu können, zerfraß ihn fast und die Schilderungen seiner Frau über all das, was die Kleine nach und nach konnte, rührten ihn völlig auf. Lisa Semper hielt sich an einer überstarken Mischung aus Hoffnung und Gewissheit, dass alles gut werden würde. Irgendwann war es geschafft. Die Familie wurde komplett. Frank Semper vollzog eine stürmische Verwandlung. Zehn Jahre Haft hatten ihn geprägt und tiefe Spuren hinterlassen. Ihre gemeinsame neue Grundlage waren vier Zimmer mit Balkon, 76 Quadratmeter. Ein gewaltiger Luxus, ein Quantensprung. Viele redeten vom Ghetto, aber er konnte seine Situation nur positiv sehen. In den Höfen Spielplätze. Viel Großgrün. Vor den Eingängen manchmal kleine Vorgärten oder Rasenflächen. Kein Durchgangsverkehr vor der Haustür. Ideal zum Spielen. Früher waren diese Plattenbauten ebenfalls von jungen Familien bewohnt worden, die hier ihre erste Wohnung bekamen, zumeist über die AWG (Arbeiter-Wohnungsbaugenossenschaft). Heute gilt Groß Klein als sozialer Brennpunkt. Gestrauchelte, Arbeitslose, Hartzer, straffällig Gewordene wie er. Sicher, die erste Adresse in Rostock ist es nicht, aber es ist eine und Frank Semper war fest entschlossen, aus seiner Situation das Beste zu machen.

Kapitel 21

Tengler reloaded

BRB war von Unruhe getrieben. Er wollte etwas tun, um die Sache Tengler voranzubringen. Die Obduktion abzulehnen war kein Problem. Sich ganz und gar herauszuhalten, ging aber nicht. Jetzt war für Torte alles vorbei.

Rien ne va plus ruft der Croupier beim Roulette. Das Leben ist aber kein Spiel. Es ist mehr, viel mehr. Ein Kosmos aus Struktur und Funktion, könnte ein Naturwissenschaftler sagen. Den Menschen in seiner Gesamtheit macht aber viel mehr aus als nur Struktur und Funktion. Und trotzdem kann das Ende so banal sein, wie eben ein Licht ausgeknipst wird. Das machte BRB so betroffen, weil er sich in diesem Fall nicht frei machen konnte, wie bei den vielen tausend anderen Fällen, die er untersucht hatte, die natürlich genauso verbunden waren mit Entsetzen, Trauer, Fassungslosigkeit, Verzweiflung und vielleicht dramatischem Überlebenskampf.

»Anna, lass uns Tortes Ehefrau zum Kaffee einladen. Ich möchte irgendetwas tun.«

»Meinst du, dass ihr das angenehm ist? Ich würde das, glaube ich, nicht wollen.«

»Ich möchte es versuchen. Mehr als Nein kann sie nicht sagen und dann ist es eben so. Bitte, sag du wenigstens Ja.«

»Schon gut. Ich rede nicht dagegen. Du musst aber einen geeigneten Weg finden, sie zu uns zu bitten. Ich kenne sie ja überhaupt nicht.«

»Ja, sicher. Ich werde mir etwas überlegen.«

BRB nahm sich den Gartenstuhl und setzte sich unter den Hibiskus, den er vor vielen Jahren als Ableger aus dem Brandenburger Kleingarten seiner Eltern gepflanzt hatte und der seitdem unbeschnitten wuchs. Anna und er hatten sich nie getraut, ihm etwas anzutun, als würden sie mit jedem Schnitt einen Teil der Erinnerung an Brandenburg Havel unwiederbringlich auslöschen. So war das inzwischen wuchtige Gewächs ein prächtiger Schattenspender geworden. Dort ruhend sortierte er alles, was ihm sein Gefühl für die Situation anbot. Er rief Frau Tengler an und es gelang ihm überraschend schnell, einen Termin zu verabreden. Sie würde übermorgen, am Montagnachmittag, zu ihnen nach Hause kommen. Locker und ungezwungen, soweit das in dieser Situation möglich war. Nach den vielen Vorgedanken lief ihm diese Verabredung beinahe zu schnell. Als wenn es das Normalste wäre, sich jetzt zu treffen. Wie schnell und einfach erledigen sich manchmal Dinge, die unüberwindbar scheinen.

Die Zeit verflog und der Reminder im digitalen Kalender gab verlässlich sechs Stunden vorher sein Signal. BRB und Anna warteten die letzte halbe Stunde nur noch, nicht ohne Herzklopfen, weil sie unsicher waren, wie sich Frau Tengler in dieser Situation verhalten würde und ob sie sich selbst richtig verhalten würden. Die üblichen Bedenken, die in vielen anderen Fällen dazu führen, dass Hinterbliebene vereinsamen oder zumindest nur schwer wieder in die alten sozialen Kontakte finden.

Sie kam pünktlich und stieg aus einem dunklen Kleinwagen, den sie an der Gartenhecke parkte. BRB und Anna sahen sie durch das Küchenfenster kommen. Ein Jäckchen im Arm, dazu das übliche kleine Mitbringsel. Ihr Gang war keinesfalls der einer gebrochenen Frau. Ihr Schritt federte. BRB öffnete die Haustür, bevor sie klingeln konnte. Er grüßte ihr entgegen. »Hallo, Frau Tengler. Schön, dass Sie da sind. Bitte kommen Sie herein.«

Er ging vor und sie folgte ihm etwas zögernd. Anna kam dazu und das Lächeln von Frau Tengler bekam etwas mehr Sicherheit.

»Legen Sie doch ab«, sagte Anna und reichte einen Bügel. »Behalten Sie bitte die Schuhe an. Es ist zur Zeit alles sehr schwer für Sie«, sagte Anna in einem warmherzigen Ton und einer Gestik, die Verständnis und Mitgefühl ausdrückte.

»Lassen Sie nur, Frau Brandenburg. Irgendwie geht es weiter. Schlimm ist die Ungewissheit, wobei ich nicht weiß, wie ich auf die Gewissheit reagieren würde, dass ihm jemand etwas angetan hat. Da geht so vieles in mir auf und ab und so vieles dreht sich um eine Sache, die noch niemand genau benennen kann. Ich kann noch nicht mal einen Termin für die Trauerfeier und die Beisetzung organisieren, weil die Ermittlungen noch laufen.«

»Mein Mann hatte die Idee, Sie anzusprechen und ich war mir nicht sicher, ob Ihnen das angenehm sein würde«, sagte Anna.

»Ach, wissen Sie, dass ist auch so ein Problem. Seitdem mein Mann vermisst wurde und unsere Freunde und Bekannten das mitbekamen, traut sich kaum einer, mit mir zu reden. Ich bin Ihnen sehr dankbar, dass ich kommen durfte.«

Die drei saßen im Wohnzimmer und ließen für einige Momente Stille zu. Auf dem Couchtisch brannte eine Kerze, die in eine Scheibe aus Wurzelholz eingelassen war. Aus der Küche zog Kaffeeduft herein. Während Anna dort alles bereitete, versuchte sich BRB zu erklären.

»Das brauchen Sie nicht, Herr Brandenburg. Sie waren beide befreundet und ich verstehe schon, dass Sie irgendwas machen wollen und ich schätze sehr, dass Sie mich angesprochen haben. Torsten war seit vielen Jahren innerlich zerrissen. Er hing an seinem Kind aus erster Ehe und an vermutlich noch mehr aus der Vergangenheit, die auch ich nicht vollkommen ergründen konnte. Im Jetzt war zwischen uns alles in Ordnung. Es war gut. Ich bin viel unterwegs, aber das war kein Problem. Wenn ich ein paar Tage im Außendienst war, hatte ich den Eindruck, dass er nicht etwa eine Art von Freiheit nutzte, sondern sich viel eher verkroch. Er las viel und kramte sich durch alte Kartons, in denen stapelweise Fotos, alte Briefe und kleine Schätze lagen, die wohl von seinem Vater und Großvater stammten. Beide waren Architekten. Thema Nummer eins in seiner Familie sei das Bauen gewesen. Er, der hoffnungsvolle Sohn, schlug aus der Art. Er wurde Polizist. Das war wohl außerhalb der Vorstellungskraft der Familie. Torsten setzte sich durch. Vielleicht haben sich an die damalige Entschlusskraft ein schlechtes Gewissen oder eine Unzufriedenheit gehängt. Irgendwelche Lasten, die er die nächsten Jahre mit sich schleppte? Ich weiß es nicht. Jedenfalls war er nie wirklich frei und gelöst. Einige Zeit habe ich die Schuld bei mir gesucht, aber nicht gefunden. Wir haben uns daran gewöhnt, dass es so ist. Es war auch kein ständiges belastendes Thema.«

Frau Tengler kam ins Reden und die beiden ließen sie. Anna hatte inzwischen Kaffee und Kekse auf den Tisch gestellt und sich dazugesetzt. Einfach einmal zuhören und reden lassen, dachten beide. BRB wollte dennoch ein Thema ansprechen, konnte aber keinen passenden Einstieg finden. Er nutzte eine Pause, die sich ergab, als sie die Kaffeetasse ansetzte.

»Frau Tengler, sie wissen vielleicht, dass ich mich mit Torsten hier im Doberaner Kino getroffen habe.«

Sie nickte.

»Torsten hat mir von seiner beruflichen Laufbahn erzählt und mich an einer Stelle so eigenartig gemustert und meinte, dass bei ihm nicht alles glatt verlief. Er schien an etwas zu denken, was er aber nicht aussprach. Ich wollte in dem Moment auch nicht nachhaken. Könnten Sie sich denken, was er meinte?«

»In welchem Zusammenhang hat er das denn gesagt?«

»Wir sprachen über unseren beruflichen Werdegang und es ging auch um das Thema Sicherheit. Nicht nur finanzielle Sicherheit. Er schien den Begriff weiter zu fassen, als ob ihn etwas bedrückt.«

Frau Tengler lehnte sich zurück und sah nun BRB durchdringend an.

»Es gibt viele Arten von Sicherheit, die man meinen könnte. Eine haben Sie schon genannt.« Ihr Blick ruhte wieder auf ihm.

»Verzeihen Sie, Sie müssen mir nicht erzählen, was Sie nicht möchten. Ich will Sie auch überhaupt nicht ausforschen.«

»Na, so ein bisschen spüre ich das aber doch.«

»Darf es noch eine Tasse Kaffee sein? Die Kekse habe ich selbst gebacken«, versuchte Anna aufzulockern.

»Danke, gern. Schmecken köstlich. Mit einem angenehmen Beigeschmack. Was ist das?«

»Das ist Ingwer. Möchten Sie das Rezept mitnehmen?«

»Ah, verstehe, es ist Zeit, dass ich mich wieder aufmache«, gab sie hochsensibel zurück. »Nein, so war das nicht gemeint. Wirklich nicht.«

Anna war es sofort sehr unangenehm, dass sie die Brücke für diese Reaktion gebaut hatte. Frau Tengler sank wieder etwas zurück und sah BRB erneut an.

»Lieber Herr Doktor Brandenburg, eine der Unsicherheiten, die er gemeint haben könnte, war ich.«

Alle schwiegen einen Moment.

»Das hat Torsten mit keiner Silbe angedeutet«, beeilte sich BRB zu reagieren.

»Glaube ich gern. Die Zeit dieser Unsicherheit war zwar kurz, aber heftig. Beim Kriminalkommissariat arbeitete damals ein junger, sehr attraktiver Oberkommissar, den mir

Torsten an einem geselligen Abend in Warnemünde vorstellte. Jens Perkow. Wir waren in der Fischerklause und da sitzt man recht eng, wenn noch der und die mit an den Tisch soll. Das blieb nicht ohne Folgen, wenn Sie verstehen, was ich meine.«

»Ich kann es mir denken, vermutlich mussten Sie die Fenster öffnen, weil es zu heiß wurde.«

»Es wurde sehr heiß. Ich war hin und weg, hatte über etwa vier Wochen eine Affäre und war nur selten zu Hause. Torsten hat dann erreicht, dass der junge Kollege eine Abmahnung bekam.«

»Wie das denn?«

»Der junge Mann hatte in dieser Zeit Mühe, morgens pünktlich im Dienst zu sein. Torsten wusste warum und hat Stimmung gegen ihn gemacht. Das ging so weit, dass sich Jens beim Landeskriminalamt in Berlin bewarb. Uns beiden war klar, dass das alles sehr aufregend und schön ist, aber recht bald ein Ende haben würde. Wir wussten das einfach. Und so haben wir die kurze Zeit mitgenommen und das war's.«

BRB wusste nicht, was er sagen sollte. Gleichzeitig wuchs in ihm die Sorge, dass Frau Tengler eben ein klassisches Motiv serviert haben könnte. Das behielt er natürlich für sich.

»Damit Sie mich nicht falsch verstehen, Herr Brandenburg, das ist lange her. Wir waren noch recht frisch in Rostock. Diese Geschichte spielte schon lange keine Rolle mehr für ihn.«

»Für wen?«

»Für Torsten, meine ich. Es war passiert und gut. Alles hat seine Zeit.«

Anna ging aus dem Raum. Sie fühlte keinen Halt mehr in dieser Runde. BRB musste weitere Sekunden einer strengen Musterung aushalten.

Frau Tengler warf ihr Haar zurück. Ihr scharf geschnittenes Profil lag im Halbschatten. Die schon tief stehende Sonne ließ sie wie eine Skulptur erscheinen. Das enge, sommerliche Outfit passte farblich zum Gelb der Couch. Sie griff wieder zum Kaffee. Die Kekse schob sie zur Seite.

Sie wirkte wie eine perfekte Abstimmung, fein austariert. Eine Kombi aus eleganter Weiblichkeit und Strenge, gewürzt mit Magie.

BRB kam sich vor wie in einem Kammerspiel. Das war es ja letztlich auch. Nur waren sie jetzt an einem Punkt, der das Ende des Auftrittes ankündigte, so wie das Klopfen beim Boxen, zehn Sekunden vor dem Ende einer Runde. Er hatte nicht im Entferntesten vermutet, dass dieser Nachmittag eine solche Färbung bekommen würde.

BRB war tief beeindruckt, was Frau Tengler natürlich auch nicht entging. Zufrieden erhob sie sich, um sich zu bedanken.

»Ich werde jetzt gehen. Wie gesagt, alles hat seine Zeit, so wie mein Besuch hier bei Ihnen.«

Sie reichte BRB die Hand und er nahm sie. Dann führte er sie langsam zur Tür. Als er sie öffnete bewegte sich ein Windspiel mit leichtem Klingklang.

Anna rief ihr ein »Auf Wiedersehen« zu.

Dann schloss sich die Tür wieder, für BRB mit einer Bedeutung, die über das bloße Mechanische hinaus ging. Geschlossen wurde für ihn in dem Moment noch mehr, irgendwie auch der Zugang zu Torsten Tenglers Geschichte. Die schien sich mit einem Kokon zu umgeben, um nicht weitergelesen werden zu können. BRB ging langsam zu seiner Frau und umarmte sie länger und intensiver als sonst.

Kapitel 22

Neue Nachricht

»Hi, Katharina, was machen Sie bei uns? Ihre neue Heimat ist doch Berlin!?«

»Wollte mal reinschauen. Sie sind schließlich schuld, Herr Brandenburg.«

»Welche Last laden Sie mir auf?«

»Sie haben zu verantworten, dass ich in der Berliner Rechtsmedizin angefangen habe«, sagte sie lachend.

»Na ja, wenn ich dazu beigetragen habe, soll das in Ordnung sein, aber verantworten müssen Sie das schon selbst.«

»Natürlich, war nicht so gemeint. Bin Ihnen ja dankbar, auch wenn ich lange überlegt habe. Habe doch ziemlich geschwankt.«

»Was hatten Sie alternativ in der Planung?«

»Psychiatrie.«

»Interessant. Das waren damals auch meine beiden Überlegungen. In Rostock-Gehlsdorf hatte ich schon vorgesprochen. Da hätte ich wohl anfangen können, aber dann kam die Rechtsmedizin im 9. Und 10. Semester und da war es um mich geschehen.«

»Eigentlich komme ich nicht wegen Ihnen hier ins Institut, muss ich gestehen.«

»Oh, da machen Sie mich eifersüchtig«, gab er lachend zurück.

»Meine Mutter will mich hier treffen«, ergänzte sie mit einem Schmunzeln.

»Das geht gar nicht. So viel Weiblichkeit werde ich nicht verkraften.«

»Die kommt aber auch nicht zu Ihnen«, setzte sie süffisant hinzu.

»Wie? Machen Sie aus der Fantasie einer Dreisamkeit Einsamkeit? Wie wollen Sie das denn verantworten?«

»Wir haben das Institut nur als Treffpunkt verabredet.«

»Wie schade, dann gehe ich ja leer aus!«

»Sie müsste jeden Moment da sein.«

Wenige Augenblicke später hörte BRB das ihm wohl bekannte Schrittmaß von Kommissarin Kerstin Semlock. Klopfen und Tür öffnen waren eins.

»Morgen Doktor!«

»Moin«, erwiderte er.

»Was Neues?«

»Willst du das wirklich wissen? Deine Tochter hat schon verraten, warum ihr hier seid.«

»Ok, war nur eine rhetorische Frage, zugegeben. Aber wenn wir schon mal hier sind?«

BRB referierte in Kurzform zwei besondere Fälle der letzten Woche: »37jähriger Mann mit deutlichen Spuren einer körperlichen Auseinandersetzung zu Hause tot aufgefunden, Blutung aus dem rechten Ohr.«

»Lass mich raten: Schädelbasisbruch.«

»Denkste, akute Pankreatitis!«

»Noch so einen?«

BRB blätterte in seinem handschriftlichen Journal, welches er seit seinen ersten Tagen führte.

»51jähriger Mann tot auf dem Fahrersitz seines Pkw in der Garage aufgefunden. Laut Polizei und laut Leichenschauärztin kein Anhalt dafür, dass der Motor lief. Todesursache: vermutlich Funktionsversagen der Herzkranzarterien beziehungsweise die sogenannte akute Koronarinsuffizienz.«

»Und, ihr habt natürlich der Wahrheit auf die Sprünge geholfen, oder?«

»Akute Kohlenmonoxidvergiftung, 2,25 Promille Blutalkohol. Da seht ihr mal, wozu die Obduktionen gut sind!«

»Da kann ich doch glatt zum Gegenschlag ausholen«, gab Kerstin Semlock zurück und rieb sich die Hände.

»Wir haben Tamara Tengler als Zeugin vernommen, Herr Dr. B.«

»Oh«, wann denn?«

»Gestern.«

»Sie war vor drei Tagen bei uns zu Hause. Ich hatte sie eingeladen.«

»Ja, hat sie mir erzählt. Hat sie euch auch erzählt, warum sie in Berlin war, als ihr Mann verschwand?«

»Nein, habe auch nicht danach gefragt. Es war doch ein Außentermin, oder? Sie verkauft Heizungs- und Lüftungssysteme, oder so.«

»Stimmt, das ist die frühere Version 1.0. Die hat mir auch gut gefallen und klang total plausibel.«

»Soll das heißen, dass ihr ein Update herausgekitzelt habt?«

»In der Version 2.0 hat sie ganz nebenbei einen ehemaligen Kollegen von uns besucht, der vor einiger Zeit nach Berlin gewechselt ist.«

»Sie hat uns ganz freimütig von einem Kollegen erzählt, mit dem sie hier damals eine Affäre hatte«, bestätigte BRB. »Sie sagte auch, dass diese Geschichte mit dem, wie heißt er noch, mit dem Jens Perkow, lange zurückliegt und zuletzt keine Bedeutung mehr hatte.«

»Das ist noch die frühere Version«, ergänzte Kerstin Semlock. »Unter dem Druck, die Wahrheit sagen zu müssen, kam nun heraus, dass diese Affäre, wie du sagst, nie ein Ende hatte!«

»Oh, da setzt sich vielleicht etwas zusammen. Hätte ich nicht gedacht«, erwiderte BRB erstaunt.

»Mich lässt der Gedanke nicht los, dass sie diesem offenbar sehr attraktiven Kollegen im Voraus ein Alibi gibt, damit der für uns gar nicht erst interessant wird.«

»Und mich ergreift der Gedanke, dass diese Rechnung bei dir nicht aufgeht«, setzte BRB hinzu. »Warum nicht mal wie im Krimi denken, Kerstin? Die fein ausgeklügelten Dinge sind allerdings sehr selten. Das hieße ja, dass ihr Liebhaber für dich verdächtig wird. Das scheint mir wiederum ganz schön verquer. Die beiden hätten doch ungestört so weitermachen können wie bisher. Während Torsten hier die Flachwasserzonen durchpaddelt, hätte sie gelegentlich in Berlin die tiefen Wasser probieren können –

mal wieder einen Außentermin. Keiner hätte sich daran gestört.«

»Vielleicht wollte Perkow mehr, oder sie, oder beide. Weiß man es? So gewöhnlich wird das Ende von Torsten Tengler nicht gewesen sein. Mein Bauch sagt mir das und euer Obduktionsbefund natürlich auch. Damit werden wir dich auch als Zeugen vernehmen müssen. Ich brauche auch euren Kinoabend. Ich muss wissen, was Tengler dir erzählt hat. Und wenn sie und Perkow näher in unseren Fokus geraten, werden wir dich natürlich auch zu dem Nachmittag neulich bei euch zu Hause befragen. Dienstlich und privat passen selten gut zusammen!«

Mit diesen letzten, etwas schnippisch gesetzten Worten schob sie ihre Tochter zur Tür hinaus. Der Auftritt hatte mal wieder gesessen. BRB begriff den ernsten Hintergrund und er fühlte den Rest des Tages einen Stachel, den sie gesetzt hatte.

Kapitel 23

Im Ursprung

Staatsanwältin Kernbach parkte ihren Range Rover unterhalb der Rostocker Petrikirche, vor der Stadtmauer. Immer wieder war sie von dem 117 m hohen Turm, dessen Helm nach der Zerstörung im Krieg erst 1994 wieder aufgesetzt wurde, beeindruckt. Er wirkte auf sie nicht nur als Wahrzeichen, sondern wie ein mahnend erhobener Finger. Wer sich Rostock von Osten über die Vorpommernbrücke nähert, kann sich dem majestätischen Eindruck dieses Bauwerkes nicht entziehen und muss sich beeilen, wieder auf den Verkehr zu achten. Vom Parkplatz dort ist es nicht weit hoch zum Alten Markt. Ihr Lieblingsziel, die Kleinkunstbühne »Ursprung«. Die Kombination aus bester Heimatküche oben im Restaurant und einem hochkarätigen Bühnenprogramm im Kellertheater hatte es ihr angetan. Es war gegen 19:30 Uhr. Die Veranstaltung sollte gegen 20:00 Uhr beginnen. Ein Magier war angekündigt. Internationale Auftritte, die seltene Kombination von Magie und Musik, ein gefeierter Entertainer. In der Ankündigung übertrafen sich die Superlative. Karten waren reserviert. Sie stieg aus und straffte ihr Outfit. Ein warmer Sommerabend. Leichte Jacke, die üblichen, unverzichtbaren Accessoires. Sie war allein. Die Zeit hatte es so mit sich gebracht, dass sie die Abende oft allein verbrachte. So schlenderte sie langsam hoch, vorbei an Stadtmauer und Petrikirche. Der Alte Markt tat sich auf. Vor dem Kellerabgang zum »Ursprung« standen bereits einige Leute, an denen sie vorbei wollte. Schnell erkannte sie aber die Warteschlange und reihte sich ein. Vor dem Eingang zum Restaurant einige Tische und Stühle, an denen bedient wurde. Etwas gelangweilt schaute sie sich um und bemerkte, dass sie die Blicke etlicher Männer auf sich zog. Genugtuung kam deshalb nicht auf. Das war sie gewohnt und das war inzwischen ebenso langweilig, wie das Anstehen in einer Schlange Wartender. Stufe für Stufe rückte sie mit den anderen vor, bis sie endlich am Einlass stand. Ihre reservierte Karte lag bereit. Aus dem Inneren war Musik aus der Konserve zu hören. Irgendwas Rockiges. Eine freundliche Mitarbeiterin führte sie hinein und wies ihr einen Tisch zu. Der Tresen war schon besetzt. Hier und da stand man in kleinen Gruppen zusammen. Lachen, Erzählen, Gläserklingen. Einen Teil der Wand- und Deckendekoration bildeten unzählige Schallplatten, dazu Plakate und kleine Bilder, die irgendwer irgendwann geschickt oder gespendet hatte. Es war eng wie immer. Zum Glück saß sie nicht in der ersten Reihe. Sie wollte nicht zu den potenziellen Opfern irgendeines Tricks gehören. Das hasste sie. Lieber Abstand halten und alles aus gepflegter Distanz erleben. Der Saal füllte sich. Das übliche Stimmengewirr. Sie saß allein, bis dem Tisch noch zwei Gäste zugewiesen wurden.

»Guten Abend. Wir kommen noch dazu.«

Frau Kernbach sah auf, nickte kurz, drehte sich weg, um dann erschrocken wieder in das Antlitz eines schlanken, kräftigen Mannes zu sehen, der seinerseits erstaunt die Augenbrauen hob.

»Herr Semper! Mit jedem würde ich hier rechnen, aber nicht mit Ihnen!«

»Darf ich vorstellen, meine Frau Lisa. Lisa, das ist Staatsanwältin Kernbach.«

»Angenehm«, nickte Frau Kernbach die übliche Floskel herüber.

Lisa Sempers Miene gefror, sie antwortete nicht. Frau Kernbach registrierte das und sah sie an.

›Eine schlanke, zierliche Frau, modisch gekleidet. Feste Haltung, fester Blick. Sie ist selbstbewusst‹, formulierte sie in Gedanken ihren Eindruck.

»Ich verstehe Ihre Reserviertheit«, sagte Frau Kernbach zu Lisa Semper, die sich in der Enge den Stuhl zurechtrückte.

»Das glaube ich nicht«, fiel Frau Semper der Staatsanwältin ins Wort und bemühte sich, ihr fest in die Augen zu sehen. Es wurde schnell klar, dass es bei diesem Thema keine Verhandlungsmasse gab.

»Ich kenne meine Lebenssituation«, setzte Lisa Semper nach. »Bei mir stehen alle Ampeln auf Grün. Ich werde mir mein Familienglück nicht durch den Aktionismus von irgendwelchen Juristen kaputtmachen lassen!«

»Jetzt ist es aber gut«, zischelte Frau Kernbach nun etwas schärfer zurück, sodass sich die Gäste am Nebentisch zu ihnen drehten und den Kopf schüttelten.

Im Gastraum wurden die Lichter gedimmt. Die Musik wechselte zu dem Intro, das der Magier mitgebracht hatte, um seine Show einzuleiten. Am Mischpult sorgte der Techniker für die Regelung von Licht und Ton und schickte zwei Spots auf die Bühne.

Frank Semper flüsterte Frau Kernbach zu: »Ich habe die Aufrufe an die Bevölkerung zur Mithilfe gelesen. Ich meine die Vermisstenfälle und das mit Ihrem Kollegen, der da gefunden wurde. Wir sollten mal darüber reden.«

Staatsanwältin Kernbach drehte sich nur leicht zu ihm und nickte eher desinteressiert. Sie erwiderte nichts, während Frau Semper ihren Mann anstieß und ihm gleichfalls zuraunte, er möge jetzt leise sein. Das Programm lief an und es kam, wie es kommen musste. Ein Mittfünfziger sprang nach Fingerzeig und Aufforderung des Zauberers auf die Bühne. Die gewollte Sprungkraft als Ausweis seiner zumindest in Teilen erhalten gebliebenen Jugend war jedoch nicht abrufbar, sodass er mit dem linken Fuß an der obersten Stufe hängen blieb und Mühe hatte, einen Sturz zu vermeiden. Das Publikum applaudierte. »Da geht noch was«, rief einer. Es dauerte nicht lange und die Armbanduhr des Co-Stars wurde aus einem Paket gewickelt, das am anderen Ende der Bühne stand. Das Publikum starrte gebannt auf die Bühne, sodass kaum jemand merkte, wie Frau Kernbach aufstand, um an der Garderobe vorbei nach draußen zu gehen. Ein Blick zurück zu Semper und eine eindeutige Geste ließen ihn folgen. Sie gingen an der Garderobe vorbei bis kurz hinter die Tür und den Kellerabgang wieder hinauf, wo noch immer drei Leute warteten, um eventuell doch noch Teil des Publikums zu werden. Oben angekommen wehte ein abendlicher Wind durch die alten Gassen der östlichen Altstadt.

»Wollen Sie auch eine?« Sie hielt ihm eine angebrochene Schachtel Zigaretten hin. Er zog sich dankend eine heraus. Sie gab ihm Feuer. Beide sogen die ersten Züge tief ein, um sich dann anzusehen.

»Ist das die Revanche?«, fragte Frank Semper sie.

»Revanche? Verstehe ich nicht.«

»Neulich habe ich Ihnen auf dem Schiff ein Glas Sekt gebracht und jetzt halten Sie mir eine Zigarette hin.«

»Sie waren das?«

»Sie haben mich nicht beachtet.«

»Hätte ich das tun sollen? Wie sind Sie auf das Schiff gekommen? Das war eine geschlossene Gesellschaft!«

»Ich jobbe da. Ganz einfach und unspektakulär. Es war Zufall, dass ich da plötzlich neben Ihnen stand, genau wie heute Abend. Es ist purer Zufall, dass wir an einem Tisch sitzen.«

Sie sah ihn forschend an. »Irgendwie möchte ich das glauben. Hören Sie, es tut mir leid, wie das neulich gelaufen ist«, sagte sie zu ihm. »Herr Semper, was treibt sie um? Dr. Brandenburg hat mir natürlich erzählt, dass Sie ihn mehrmals kontaktiert haben. Das waren keine Zufälle.« Frank Semper nahm noch einen tiefen Zug und blies den Rauch nach oben. »Ich will mich resetten. Wieder auf Anfang. Zurück auf Los, an den Ursprung.« Er wies lächelnd auf den Schriftzug der Kleinkunstbühne. »Aufarbeitung, indem ich diejenigen aufsuche, die mich dorthin gebracht haben, wo ich die letzten zehn Jahre war. Verstehen Sie mich nicht falsch. Ich lade keine Schuld um. Natürlich weiß ich, dass ich mich selbst dahin gebracht habe. Das war mein Ding und ich hatte die Freiheit, was ich getan habe, nicht zu tun. Ohne Abstriche. Dafür bin ich eingefahren. Trotzdem kann ich so besser abschließen.«

»Ich versuche, das zu verstehen«, sagte Staatsanwältin Kernbach und sah ihn an. »Ich möchte Ihnen das auch gern glauben, aber es klingt mir eindeutig zu geschraubt und ich nehme es Ihnen nicht ab. Mir ist noch niemand Ihres Schlages mit so einer Ansage begegnet. Wollen Sie nicht eigentlich Rache nehmen? War Kommissar Tengler ein Schritt von vielleicht weiteren, die noch folgen?«

»Frau Kernbach, wenn ich der geheimnisvolle Rächer sein wollte, würde ich mich nicht öffnen. Warum können Sie sich nicht von Ihren Klischees lösen?«, antwortete Frank Semper gereizt. »Wer vorbestraft ist, wird pauschal verdächtigt, schon wieder etwas vorzuhaben! Dabei ist es doch genau diese Haltung, die begünstigt, dass wieder etwas passiert!«

Frau Kernbach musterte ihn und sah einen Mann mit Haltung. Das imponierte ihr. Sie drehte sich wieder weg und spürte seinen festen Blick.

»Was die Mithilfe der Bevölkerung angeht, wie es so schön heißt. Ich könnte mich mal umhören.«

»Wie genau soll das laufen?«

»Das müssen Sie nicht wissen«, sagte er und sah dem ausgeblasenen Zigarettenrauch nach, als ob in ihm die Antwort geschrieben stehen würde.

»Es gibt Möglichkeiten. Sehen Sie, wenn ich Koks bräuchte, wüsste ich, wo ich hingehen muss, Sie aber nicht. Und wenn ich ein paar Informationen bräuchte, wüsste ich schon wieder, wohin ich gehen müsste, Sie aber erneut nicht. So ist das. Jeder hat seine Wege.«

Beide sahen sich einen Moment an.

»Gut«, sagte Frau Kernbach, drückte ihre Zigarette ohne weitere Kommentare aus und drehte sich zurück, um wieder in den »Ursprung« zu gehen. Er folgte ihr wenige Sekunden später.

Kapitel 24

Alte Freunde

Frank Semper ging aus dem Haus. Lisa sah ihm sorgenvoll nach. Da war eine Welt in ihm, die er abstreifen wollte, die aber immer noch da war, auch wenn sie nicht mehr jeden Tag dominierte. Sie wusste, dass sie ihn gehen lassen musste. Irgendwie verstand sie ihn, irgendwie auch nicht. Warum er dieser Staatsanwältin half, konnte sie nicht nachvollziehen. Er war so voller Stolz und Willen. Das passte für sie nicht zusammen. Er schüttelte ihre Bedenken und Sorgen ab wie Staub von einer Jacke. Lisa Semper ging zurück in die Wohnung, in ihr kleines Reich.

Semper fuhr mit dem Rad nach Rostock. Die Entfernung machte ihm nichts. Er fuhr gern weite Strecken.

»Es ist wie eine Meditation,« erklärte er ihr einmal. »Wenn du dich über Stunden dieser Rhythmik hingibst. Irgendwann kommt der Hungerast und wenn du den durchstehst, kriegst du einen Flash. Ein warmes Gefühl durchzieht dich und du hast neue Power.«

Sie verstand nicht, wovon er redete.

Für ihn wurde das Radfahren nach der Entlassung aus der Haft fast eine Art Sucht. Er konnte sich auspowern und alles wegstrampeln, was zäh an ihm klebte. Kilometer um Kilometer blieb immer etwas von dem auf der Strecke, was er loswerden wollte. Auf seinen Touren ließ er sich von seinen spontanen Eingebungen leiten. Es gab keine Planung. So landete er dieses Mal im Ostseepark bei Sievershagen und stellte sein Fahrrad neben der großen Drehtür eines Elektromarktes ab. Davor stand ein Bistrowagen und bot Bratwürste an, die ihn nicht interessierten. Unweit davon stand ein Pkw, aus dem sich drei Männer schälten und Semper, von jenem unbemerkt, betont gelangweilt hinterherschlenderten. Dieser folgte seiner spontanen Eingebung, die ihn ins Innere des Einkaufsparks zog. Dort erlag Frank Semper schnell dem Duft von gebratener Ente. Die Bestellung war fix in Arbeit. Nach wenigen Minuten signalisierte ein Ruf mit fernöstlichem Klang, dass er sich seinen Teller holen könne. Er hatte einen Platz in der Ecke des mit gedrängt stehenden Tischen überfüllten Gastbereiches ergattert. Ein älterer Herr war zur Seite gerutscht, erhob sich dann aber satt und zufrieden, um das Geschirr wegzubringen. Nun hatte er den Tisch für sich allein und zelebrierte das sorgfältige Zurechtlegen von Serviette und Besteck. Bei Einnahme des ersten Happens schloss er die Augen und sein Gaumen signalisierte höchsten Genuss. Die Situation änderte sich abrupt. Neben ihn setzten sich drei Männer, die er zu spät erkannte. Einer von ihnen war ›Du weißt schon wer‹. So hatte man über ihn gesprochen, als wäre er Voldemort aus der Harry-Potter-Saga. Sempers in der Haft antrainierte Wachsamkeit und Voraussicht hatten ihn im Stich gelassen. Die Männer bemerkten, wie er zusammenfuhr und quittierten seinen Fluchtreflex mit einem breiten Überlegenheitsgrinsen.

»So trifft man sich wieder, Semper, alte Hundelunge!«

»Hätte nicht sein müssen«, entgegnete er.

»Nun komm schon, du wirst uns doch willkommen heißen! Unser Freund hier lädt uns auf drei Enten ein«, schrie er zum Tresen. »Mach ran, Fidschi, dass wir zusammen speisen können!«

Frank Semper beschlich ein ungutes Gefühl. »Was wollt Ihr?«, fragte er knapp.

»So kurz angebunden? Früher warst du gesprächiger! Hast jetzt andere Freunde? Hab da was läuten hören.«

Am Nebentisch drehte sich ein junges Pärchen zu ihnen. Daraufhin senkte der eine der drei seine Stimme. »Hübsche Frau, niedliche kleine Tochter. Kann ich gut verstehen.«

Dabei hielt er ihm ein Foto auf seinem Smartphone unter die Nase. Frank Semper erstarrte. Es passierte wieder das, was er nie mehr erleben wollte. Es schwappte zurück. Eine Welle, die sich eigentlich im Nirgendwo verlieren sollte.

»Was wollt Ihr?«, fragte er nochmals und schaute dem Foto-Zeiger in die Augen.

»Keine Panik, alles gut, ganz ruhig«, entgegnete dieser beschwichtigend. »Wir wollen nur, dass du weißt, dass wir da sind. So wie die letzten Jahre auch. Und wir bleiben. Wir sind dein sicherer Hintergrund.«

Semper schauderte. So harmlos konnte das nicht bleiben. Sein Gegenüber ließ auch nicht lange mit dem Haken an der Sache auf sich warten.

»Wir haben gehört, dass du jetzt mit den Bullen rummachst. Und dann noch mit der geilen Tussi aus der Staatsanwaltschaft. Vielleicht lässt sie dich auch ran?!«

Semper ballte die Fäuste und fixierte den feist grinsenden Typen.

»Na, also, so gefällst du mir schon besser. Jetzt kann ich dich lesen und da lese ich, dass alles noch da ist, das Feuer und der Geist, auf den wir uns eingeschworen haben. Hab schon gedacht, die hätten dich weichgespült, Semper. Wir fragen uns nur tief besorgt, was du von denen willst oder was die vielleicht von dir wollen oder ob es da vielleicht ein Geben und Nehmen gibt, was uns überhaupt nicht gefallen würde, verstehst du?«

Dabei legte er seine linke Hand auf Sempers rechte und drückte sie mit Kraft auf die Tischplatte, so dass das Messer herausglitt. »Wir müssen einfach sicher sein, dass es dir nicht plötzlich genauso geht wie Redlock!«

Semper zog seine rechte Hand mit einem Ruck hervor.

»Redlock? Was habt ihr denn mit dem, dem alten Kinderfreund. Hätte nicht gedacht, dass das euer Thema werden könnte. Hat Redlock euch umgedreht?« Jetzt setzte Frank Semper ein breites Grinsen auf.

»Wo denkst du hin, Semper? Du kennst uns doch. Wir sind immer sauber geblieben, Wir haben uns immer um alle gekümmert. Redlock zog es aber eines Tages vor, seinen eigenen Weg zu gehen. Er war ja auch schon einige Jahre Teil der Gemeinschaft. Da hat er es wohl nicht mehr ausgehalten, der Süße.«

»Was soll das heißen?«, fragte Frank Semper entgeistert.

»Er ist von uns gegangen. Hat sich umgebracht. War wohl alles zu viel für ihn. Hat eben nicht jeder die Stärke.«

Frank Semper schauderte es. So erzählt war für ihn klar, dass es kein Suizid war. Er erinnerte sich an Redlock. Der saß wegen Kindesmissbrauchs. Er soll seinen Sohn und auch andere Jungen über Jahre hinweg missbraucht haben. Leute wie er hatten einen schweren Stand in den Haftanstalten. Der Gerichtsprozess hatte damals große Wellen geschlagen. Eigentlich lief er unter dem Namen Retlow. Wegen seiner roten Haare nannten ihn aber bald alle Redlock, wohl auch, um mit seinem kindlich gebliebenen Äußeren zu spielen. Wer seine Geschichte nicht kannte, musste annehmen, dass Redlock sein richtiger Name ist.

»Na, kommt die Erinnerung wieder?«, fragte der Foto-Zeiger. »Redlock ging plötzlich seinen Weg. Für uns alle unerwartet und viel zu früh.«

Semper war einiges gewöhnt. Der Sarkasmus als Beigabe zu seiner gebratenen Ente war jedoch auch für ihn schlecht zu ertragen.

»Hör zu«, begann er zu dem zu reden, dessen Name man schon in der Haft nicht aussprechen sollte.

»Ich höre«, antwortete 'Du weißt schon wer'.

»Ich bin draußen angekommen. Jetzt ist alles anders. Ihr seid für mich Geschichte. Ich bin raus und weg und nicht mehr da, ob ihr nun bleibt oder nicht! Und wenn ihr in meiner Nähe rumschleicht und Fotos macht, kann es passieren, dass ich ganz plötzlich – für genau diesen Moment, an dem ihr nicht damit rechnet – wieder der Alte bin. Vergiss nicht, warum ich gesessen habe!«

Mit diesen Worten erhob sich Semper, stellte sein Geschirr zur Seite und ging. Er tauchte zwischen den vielen Besuchern des Ostseeparks unter. Seine Gestalt verschwand, als würde sich Wasser über jemandem schließen, der untergeht.

Draußen nahm er sein Fahrrad und fuhr auf das östliche Ende des Parkplatzes, um an der Tankstelle vorbei den schmalen Weg Richtung Vorwedener Wald zu erreichen und um dem zu entfliehen, was ihn die letzten Minuten umgab.

Kapitel 25

Gestrandet

Pepelow am Salzhaff. Idyllisch gelegen. Der einzigartige Blick von dem Höhenzug zwischen Pepelow, Klein Strömkendorf und Boiensdorf auf das Salzhaff begeistert Frau Katja Möller seit ihrer Kindheit.

»Svenni, wie kommt dieses Boot in unseren Carport?«

»Das Boot?«

»Du hast mich verstanden. Woher hast du das? Dein Taschengeld wird dafür nicht gereicht haben.«

Sven Möller ging betont langsam in die Küche, aus der seine Mutter gerufen hatte. Sie hatte eine Woche im Krankenhaus gelegen, musste operiert werden, mit anschließender Reha, die noch um eine Woche verlängert wurde. Manche Tage beschlich sie schon ein ungutes Gefühl. Sven musste zum ersten Mal so lange allein zurechtkommen. Sein Vater war vor langer Zeit ausgezogen. Großeltern gab es nicht mehr. Sie hatte ihm Haus und Hof in Pepelow überlassen müssen.

»Gefunden« antwortete Svenni verlegen.

»Gefunden? Wo hast du das denn gefunden? Die liegen doch nicht so rum und auf dem Sperrmüll wird man kein Kajak finden!«

»Na, unten am Wasser, den einen Tag. Rico und ich hingen unten ab. Da haben wir es liegen sehen. War keiner weiter da. Wird abgetrieben sein, oder so. Außerdem ist an einer Stelle was kaputt. Da haben wir das hochgezogen.«

»Hochgezogen ist der richtige Ausdruck! Spinnt ihr?! Das gehört jemandem! Das sucht jemand!«

»Hier hat sich keiner gemeldet«, rechtfertigte Svenni sich schnell.

»Bestimmt, weil es sowieso kaputt war.«

»Sag mal, versteht ihr es nicht? Wer soll sich denn hier melden? Ihr müsst das melden, dass ihr ein Boot gefunden habt, am besten dem Wasserschutz!«

»Aber, das liegt hier jetzt schon 'ne Weile. Hat keinen interessiert. Wieso sollen wir das jetzt noch melden?«

»Weil das so nicht geht! Es gehört dir nicht, auch wenn du das gefunden hast! War da noch was drin?«

Sven schwieg.

»Svenni! Was war da noch drin?!«

»Ja, so ein wasserdichter blauer Wickel, wo man Portemonnaie, Telefon und alles reinstecken kann, damit nix nass wird.«

Sven sah beschämt zu Boden.

»Wo ist der Packen?«

Wieder schwieg Svenni.

»Raus damit. Waren da Papiere drin? Weißt du wem das gehört?«

»Irgend so'n Typ.«

»Ich fasse es nicht. Du bringst uns in Teufels Küche. Her damit! Wo hast Du das?!«

Katja Möller sah ihre kleine Welt zusammenbrechen. Nachdem sich Svennis Vater vor einigen Jahren davon gemacht hatte, war ihr alles über den Kopf gewachsen. Haus, Hof, die Arbeit in der Firma, der Junge. Sie stand verzweifelt in der Träne. Der Reha-Effekt schien sich in Luft aufzulösen. Svenni öffnete im Flur einen Schrank und zog eine schwarz-blaue Tasche heraus, die zugewickelt und zugeklickt war. Er reichte sie seiner Mutter. Sie riss sie wütend an sich und öffnete den Verschluss. Derweil saß ihr Junge wie ein begossener Pudel am Küchentisch und sah durch das Fenster auf den Hof. Hastig rollte sie den Wickel auf und sah hinein. Eine Geldbörse mit 25 Euro in Scheinen und einigen Münzen.

»Hast du davon was genommen?«, schrie sie ihn an.

»Nein, wirklich nicht. Hab alles so gelassen.«

»Schau mich an und sag die Wahrheit!«

»Die sag ich doch, ehrlich, ist alles so, wie ich es gefunden habe.«

»Svenni, wenn du anfängst, so einen Mist zu machen, dann gehe ich kaputt. Dann gehen wir beide kaputt! Verstehst du das? Dann zerbröselt uns alles, was wir bis jetzt gerade noch so halten können. Wir brauchen uns beide! Ich dich genauso wie du mich! Wir beide können alles schaffen, aber nicht, wenn du austickst!«

Sie nahm ihren Sohn in den Arm und beide weinten sich die Schultern nass. Sie strich ihm über den Kopf, sah ihm in die Augen und drückte ihn an sich.

»Wir kriegen das hin. Ich versuche, alles zu erklären. Ich war nicht zu Hause und du wusstest nicht, was du machen sollst und hast auf mich gewartet. Und ehe das Boot noch ganz kaputt geht, wolltest du es sicherstellen. So sagen die glaube ich auch immer. Sicherstellen. Das hört sich gut an, ok?«

»Ja, Mama.«

»Gib nochmal her. Dieser Typ, wie du sagst. Wer ist das denn?«

Sie klappte das Portemonnaie auf und fand den eingesteckten Ausweis: Torsten Tengler, eine Wohnadresse in Rostock.

»Mannomann.«

Sie sank auf den anderen Küchenstuhl und versuchte die Aufregung der letzten Minuten wegzuatmen.

»Der wird sich freuen, sein Boot wiederzubekommen. Wieso ist ihm das nur abgetrieben? Was ist denn da kaputt?«

»Am Rand vorn rechts, der so umgebogen ist, beim Einstieg, da ist ein Riss. Da ist die Plaste geplatzt.«

»Na, wer weiß«, erwiderte sie auf seine Beschreibung. »Kann uns egal sein, Hauptsache das kommt in Ordnung. Ich rufe morgen bei der Wasserschutzpolizei in Wismar an. Ich glaube, die sind für uns mit zuständig. Die werden wissen wollen, wann und wo du das Ding gefunden hast. Erinnerst du dich daran?«

»Ja, ja«, bestätigte er eifrig. Das war am Sonntag, als du weg bist.«

»Junge, das war der 12. Juli! Das ist ja fast fünf Wochen her! Waren Paddel dabei?«

»Nein.«

»Svenni?!«

»Nein, bestimmt nicht. Keine Paddel. Mehr war wirklich nicht.«

»OK, dann lassen wir das jetzt mal und machen uns etwas Leckeres zum Abendessen. Ich hab was mitgebracht. Sieh mal.«

Sie packte zwei XXL-Döner aus und deckte den Tisch.

»Was möchtest du dazu trinken?«

»Saft.«

Wenige Handgriffe reichten, um den kleinen Tisch vorzubereiten. Beide genossen ihre kleine Gemeinsamkeit und sprachen kein Wort mehr. Ihre Blicke wanderten dabei über das unschuldig liegende Salzhaff.

Kapitel 26

Schadensmeldungen

BRB kam vom Landgericht Rostock aus der August-Bebel-Straße. Das Aktenzeichen der Ladung hatte ihm schon zur Vorbereitung auf den Termin signalisiert, dass es um eine Berufung gehen würde. Wie häufig, wusste er nicht, wogegen sich die Berufung der Verteidigung richtete, weil er keine Akteneinsicht hatte. Oft ging es um das Strafmaß. Er war, wie es hieß, vorsorglich geladen worden, da eine Körperverletzung unter Alkoholeinfluss verhandelt worden war. Die Rechtsmedizin hatte den Blutalkoholwert und ein Rückrechnungsgutachten beigesteuert. Nach einigem Hin und Her wurde der Einspruch zurückgenommen und er konnte schnell wieder im Institut sein. Dort wartete genug Arbeit. Einige Gutachten lagen sozusagen auf Halde und wurden schon von der Staatsanwaltschaft nachgefragt. Zu zwei Obduktionsfällen warteten Schnittpräparate von Herzmuskulatur auf die mikroskopische Befundung. Ein Familienvater in den besten Mannesjahren war auf einer Fahrradtour tot vom Rad gefallen. Die Obduktion hatte schnell ergeben, dass keine todesursächlich bedeutsamen Verletzungen vorlagen. So blieb die Todesursache zunächst offen. Die Staatsanwaltschaft zeigte sich großzügig und beauftragte ergänzende mikroskopische Untersuchungen des Herzens. Man wollte sich nicht mit dem plötzlichen Tod eines sonst gesunden Mannes abfinden. Ein dramatisches Ereignis, für die Familie völlig unerklärlich. BRB war froh, dass er diesen Fall weiter untersuchen durfte. Die Schnittflächen der linken Herzkammer zeigten schon mit bloßem Auge sichtbare Schattierungen, die abzuklären waren. Die mikroskopischen oder histologischen Untersuchungen, wie es in der Fachterminologie heißt, gehörten schon immer zur selbstverständlichen Routine. BRB rückte sich sein binokulares Mikroskop zurecht und besah sich die im Labor hergestellten und gefärbten Präparate. Während er krankhaft verdickte Wände der quer geschnittenen Herzkranzarterien und viele feinfleckige ältere und frischere, sauerstoffmangelbedingte Herzmuskelnarben entdeckte, die das plötzliche Herzversagen erklärlich machten, erreichte das Institut eine Einsatzforderung.

Rechtsmedizinisches Konsil in der Chirurgischen Universitätsklinik. Patient nach körperlicher Auseinandersetzung. BRB bat eine jüngere Assistenzärztin, diesen Auftrag zu übernehmen. Svea Bogen schaute kurz zu ihm rein und holte sich die bisher vorliegenden Informationen zu dem Fall.

»Svea, auch wenn es nur ein Konsil ist, bitte nehmen Sie die Befunde so auf, als wäre es eine körperliche Untersuchung nach Strafprozessordnung. Wer weiß, was noch kommt. Dann brauchen wir nicht noch einmal hin, sollte der Vorgang am Ende doch polizeilich ermittelt werden; abgesehen davon, dass nach einigen Tagen einige Befunde vielleicht schon abgeheilt sind. Diktieren Sie die Befunde nicht am Krankenbett. Machen Sie sich Notizen und fotografieren Sie viel. Es macht sich besser, die Befunde später mit Sicht auf den Bildschirm zu beschreiben.«

»Ja, Herr Oberarzt.«

»Da haben Sie mehr Ruhe und sehen auch einfach mehr.«

»Ich weiß, Herr Doktor.«

»Und nehmen Sie Ihren Arztausweis mit. Eine Entbindung von der Schweigepflicht soll vorliegen.«

Svea Bogen wurde hippelig, denn die nicht enden wollende Kette von Unterweisungen kannte sie seit vier Jahren. So lange war sie schon am Haus und in der Weiterbildung zur Fachärztin für Rechtsmedizin. Der letzte Satz vom Doktor war aber doch hilfreich. Das musste sie sich eingestehen. Den Arztausweis hatte sie nicht immer bei sich und fingerte ihn nun schnell aus einem kleinen Kartenetui. Da hatte sich mittlerweile einiges angesammelt. EC-Karte, Kreditkarte, Bibliothekskarte, Schwerbeschädigtenausweis, Kundenkarte für den Bäcker und noch eine für den Supermarkt und eben auch der Arztausweis. Svea Bogen hatte gelernt, mit ihrer Behinderung zu leben. Sie war jetzt Ende zwanzig. Mit sechzehn war sie frisch verliebt zu ihrem Freund auf das Motorrad gestiegen. Die Tour in einen Frühlingstag hinein endete im Dunkel. Die Maschine rutschte in einer Linkskurve auf Sand. Ein Straßenbaum wischte sie vom Sitz und zerriss ihr den rechten Unterschenkel. Die Protektorenjacke schützte die rechte Schulter, sodass sie dort mit einer Prellung davonkam. Der Helm blieb intakt. Dieses Trauma sollte das Leben der zierlichen Oberschülerin nachhaltig verändern. Freunde und Familie halfen ihr, die nötige Stärke zu entwickeln und es gelang. Ein neues Selbstwertgefühl, gepaart mit Intelligenz wurde zum Triebwerk für Ihre Vorhaben. Sie löste sich schneller von zu Hause, als es vielleicht ohne diesen Unfall gekommen wäre. Das Medizinstudium zog sie durch. Rostock als Universitätsstadt erwies sich als gute Wahl. Sie entwickelte ihr Profil und wurde zu einer ganz besonderen Frau, die beim Vorstellungsgespräch in der Rechtsmedizin großen Eindruck hinterließ.

Svea ging auf den Hof und schwang sich in ihren Kleinwagen. Das Gaspedal war auf links umgebaut. Den Rest erledigte die Automatik. Sie fuhr durch die Stadt zum Klinikum und entschied sich, eine Parklücke in der Schillingallee zu finden. Das war auch Ausdruck ihrer Einstellung zu vielen Dingen des Alltags. Sie suchte keinen Parkplatz, sondern entschied sich, einen zu finden. »The Difference makes a Difference«, sagte sie sich und geriet damit oft in die Erfolgsspur. Mit festem Schritt machte sie sich auf, die benannte Station der Klinik zu erreichen. Mit dem Eintritt in das historische Gemäuer umfing sie der für Klinik- und Poliklinikflure übliche Geräuschpegel. In Wartenischen kauernde Patienten, umher eilende Weißkittel, geparkte Krankentragen, Rufe, schlagende Türen, Studentengruppen, Angehörige. Ein buntes Bild, wie sie es aus dem Studium kannte. Auf Station angekommen, stellte sie sich bei den Schwestern vor.

»Mein Name ist Bogen, guten Tag. Ich komme aus der Rechtsmedizin. Sie haben ein Konsil angemeldet.«

Die Stationsschwester kam näher und sah sie an. »Wie war Ihr Name?«

»Bogen, Svea Bogen, Rechtsmedizin.«

Ihr Blick glitt geringschätzig über das Outfit der jungen Ärztin.

»Wir haben gestern Abend einen Patienten nach einer körperlichen Auseinandersetzung über die Notaufnahme bekommen. Semper, Frank Semper. Vorhin war die Ehefrau, eine Lisa Semper, da. Sie ist wieder raus. Dann könnten Sie also rein. Brauchen Sie etwas von uns?«

»Ich würde zunächst gern wissen, warum Sie ein Konsil angefordert haben? Wo liegt das Problem?«

»Ja, warum eigentlich. Herr Semper ist jetzt stabil. Er hat zwar ziemliche Blessuren, sodass wir ihn einige Stunden überwacht haben, aber jetzt scheint es ihm gut zu gehen. Moment mal bitte, da lag doch ein Zettel, den der Nachtdienst hinterlassen hat.«

Die Schwester ging zu einem Tisch und hielt ihn schnell in der Hand.

»Genau«, rief sie erleichtert Svea Bogen zu. »Es geht darum, ob wir Anzeige bei der Polizei erstatten müssen. Das war wohl eine Schlägerei. Der hat einen Rippenserienbruch links und einen Bruch des rechten Augenhöhlenbodens hinunter in die Oberkieferhöhle. Außerdem ist das Nasenbein durch. Die Befunde am Kopf liegen mehr oder weniger frei. Das können Sie alles sehen. Das gibt gute Fotos. Der Patient möchte keine Anzeige und wir sind unsicher, wie wir uns verhalten sollen. Sonst gehen Sie doch zu ihm und wenn

Sie zurückkommen, habe ich die Dokumentation bereitgelegt. Zimmer 14!«

»Gut, danke, so soll es sein.«

Svea Bogen ging weiter über den Stationsflur, bis sie vor der richtigen Tür stand. Sie klopfte an. Als Reaktion vernahm sie ein dumpfes Geräusch. Ein klares »Herein« hatte sie auch nicht erwartet. Sie öffnete langsam die Tür und ging in ein Zweibettzimmer, das nur mit einem Patienten belegt war. Die Sonne schien in das geschwollene und blaurot verfärbte Gesicht von Frank Semper. Sie ging sofort zum Fenster und zog den Vorhang in den gnadenlosen Strahlengang.

»Danke« näselte er.

»Guten Tag, Svea Bogen aus der Rechtsmedizin. Die Klinik hat uns beauftragt, Ihre Verletzungen mitzubeurteilen«, rief sie ihm laut zu, als hätten seine Ohren auch etwas abbekommen. Frank Semper wandte sich erschrocken der jungen Frau zu.

»Rechtsmedizin? Ich habe keine Anzeige erstattet!«, nuschelte er durch seine Schwellungen.

»Ich weiß, bitte beruhigen Sie sich. Die Polizei hat bisher keine Kenntnis. Die Klinik hat uns gebeten, Ihre Befunde anzusehen und möchte mit uns darüber beraten, wie es mit Ihnen weitergehen soll. Ich möchte für meine Akten Ihr Gesicht fotografieren. Ihnen fällt das Sprechen sicher schwer. Sie müssen mir auch gar nichts erzählen. Mir reicht schon, was ich sehe und was in den Krankenunterlagen steht.«

Frank Semper löste sich aus seiner Verspannung und gab sich willenlos hin. Da der Name »Brandenburg« nicht fiel, ging er davon aus, dass der nichts von seinem Elend wusste. Während sich Svea Bogen in alle Richtungen verbog, um in gute Positionen für perfekte Fotos zu kommen, überlegte er, ob er auf eine Benachrichtigung von BRB drängen sollte oder nicht. Er entschied sich dafür.

»Frau Bogen«, klang es dumpf durch die Tamponaden des Nasen-Rachenraumes. »Würden Sie bitte Dr. Brandenburg informieren, dass ich es bin.«

»Dass Sie es sind? Ich glaube Ihnen auch, dass Sie es sind«, reagierte sie mit einem Lächeln. »Wozu brauchen Sie denn da unseren Oberarzt?«

»Sie werden schon sehen.«

»Du liebe Güte.«

»Machen Sie es?«

»Ok, versprochen. Ich fahre nachher gleich zurück ins Institut und dann sehe ich ihn. Reicht das aus?«

»Ja, danke.«

Frank Semper drehte sich wieder zum Fenster und ließ all die Gedanken in sich hinein, die er während der Untersuchung ausgesperrt hatte. Darüber schlief er schnell ein, während sich Svea Bogen noch im Stationszimmer am PC die Bilder von ihm ansah und die radiologische Befundung notierte.

»Würden Sie bitte einen Konsilbericht hinterlassen?«, rief es hinter ihr.

Sie drehte sich erschrocken um. Ein junger Arzt näherte sich und ergänzte. »Es geht um die Frage, ob wir bei der Schwere der Verletzungen die Polizei informieren müssen.«

»Ja, ich weiß«, antwortete sie. »Das möchte ich gern mit meinem Oberarzt besprechen. Es eilt ja nicht. Wir rufen nachher zurück. Ist das in Ordnung?«

Er nickte ihr lächelnd zu.

Svea Bogen schrieb diese kleine Verabredung in die Patientenakte.

»Setzen Sie doch Ihre Telefonnummer dazu, falls wir noch Fragen haben.«

Sie sah ihn an und lächelte zurück. »Netter Versuch.«

Wieder draußen in der Schillingallee sog sie die frische Luft ein, als wenn sie noch weitere Atemzüge in der Klinik nicht überlebt hätte. Ihre kühne Feststellung, einen Parkplatz gefunden zu haben, war inzwischen von einer Politesse mit einem Knöllchen quittiert worden.

Zurück im Institut klopfte sie gleich beim Oberarzt an die Tür. Sie hörte kein Herein, sah aber seine Silhouette durch das Glas. Daher traute sie sich, vorsichtig hineinzuschauen.

»Gibt es denn keine Stunde, wo ich mal nur das Eine machen muss und nicht schon wieder tausend andere Dinge?«, fragte er gereizt in die Richtung der hörbaren Türklinke.

»Die sollte es für Sie schon geben«, entgegnete Svea Bogen vorsichtig. »Ich glaube nur, Sie wollen es im Moment gar nicht anders.«

Erstaunt sah BRB vom Mikroskop auf und sah sie fragend an.

»Melde mich zurück vom Konsil.«

»Mein Gott, ja, ist gut. Deshalb müssen Sie nicht extra kommen. Lief es gut?«

»Der Patient bat mich oberdringend, Ihnen zu berichten, dass er es ist, wie er sich ausdrückte. Also, ich soll Ihnen sagen, dass dort auf Station Frank Semper liegt.«

BRB schreckte auf und sprang wie von der Tarantel gestochen auf.

»Warum sagen Sie das nicht gleich? Da hätten Sie mich gleich von dort aus anrufen sollen!«

»Das kann ich nicht wissen und er meinte, es würde reichen, Ihnen das jetzt zu sagen.«

»Wenn ich das gewusst hätte, wäre ich selbst gefahren! Warum hat mir das Sekretariat diese Sache nicht durchgestellt!?«

BRB rief sofort durch und beklagte dieses Versäumnis.

»Herr Doktor!« Die Chefsekretärin holte tief Luft. »Sie wollten nicht gestört werden!!«

Dann legte sie auf.

»Entschuldigung, Frau Bogen, dafür können Sie nix. Frank Semper war kürzlich einmal hier. Mit ihm hat es eine eigenartige Bewandtnis, die ich auch noch nicht völlig durchschaue. Erzähle ich mal, wenn mehr Ruhe ist. Jetzt muss ich los. Fahre gleich zu ihm in die Klinik. Ach ja, was hat er denn überhaupt, dass er in der Chirurgie gelandet ist?«

»Nasenbeinbruch, Blowout-Fraktur des rechten Orbitabodens, Rippenserienbruch links, Commotio.«

»Ach du liebe Güte. Dann hat er unliebsamen Besuch bekommen. Hoffentlich nicht zu Hause. Er hat noch Frau und Kind. Sind die ok?«

»Danach habe ich nicht gefragt. Die Ehefrau hat ihn vor mir besucht. Als ich ankam, war sie bereits wieder weg.«

»Gut, dann schreiben Sie bitte den Bericht zügig, dass er nicht liegenbleibt.«

»Das ist der Punkt, Herr Oberarzt. Ich habe als Konsilbericht nur hinterlassen, dass wir uns erst abstimmen.«

»Worüber abstimmen?«

»Die haben das Konsil angefordert, weil sie unsicher sind, ob sie bei der Schwere der Verletzungen die Polizei informieren müssen. Dann passt das jetzt sehr gut. Sie werden sich Herrn Semper ansehen und können Ihre Meinung dazu bitte hinterlassen.«

BRB stutzte einen Moment. Das war ihm fast zu forsch und klang wie eine Anweisung, die er aus dieser Richtung eigentlich nicht brauchte. Etwas irritiert ging er in der Eile, die er verspürte, jedoch nicht näher auf den Tonfall ein. Er ließ alles stehen und liegen und fuhr in die Klinik. Dort angekommen landete er zufällig auf derselben Parkfläche, die seiner jungen Kollegin vorhin schon zum Verhängnis wurde. Die Politesse besah sich das Einparken aus der Ferne, wartete einen Moment, bis BRB sich entfernt hatte, um sich nicht auseinandersetzen zu müssen, ignorierte das Rechtsmedizin-Schild und verknöllte auch sein Auto. BRB hetzte zur Station, die ihm Svea Bogen benannt hatte.

»Einen herzlichen Willkommensgruß« tönte es plötzlich hinter ihm. Ein alter Studienfreund hielt ihn an und stellte fest, dass beide jetzt Zeit für einen Kaffee hätten.

»So leid es mir tut, Roland, ich habe es furchtbar eilig und muss zu einem Patienten. Da geht es nicht nur um seine Befunde, sondern auch noch um sein ganzes Leben und überhaupt um alles.« BRB war nervös und es fiel ihm schwer, in der Eile sauber zu formulieren.

»Na, dann will ich nicht im Wege stehen, wenn es der Rechtsmediziner eiliger als der Notarzt hat.« Beide lachten und BRB ging weiter auf seinem vorprogrammierten Kurs. Am liebsten hätte er Flügel gehabt. Auf Station angekommen nahm er sich kaum Zeit, um sich am Glaskasten, wie die Schwestern sagten, das Go zu Frank Semper zu holen. Die Damen erkannten ihn und waren von Frau Bogen schon gebahnt, sodass es nicht Wunder nahm, dass die Rechtsmedizin erneut auftauchte. Klopfen und Türe auf waren eins. Frank Semper drehte sich langsam zu dem neuerlichen Besucher, den er schon erwartet hatte. BRB zeigte sein Entsetzen.

»Semper! Um Himmels willen!«

Frank Semper lag mit erhöhtem Kopfteil. Am rechten Arm ein Zugang, daran eine Flasche mit klarer Flüssigkeit, die in eine Armvene lief. Er war zugedeckt. Die Hände auf der Bettdecke wie zum Gebet ineinander verschränkt.

»Wer hat Ihnen das angetan?«

»Ich weiß wer das war.«

»Glaube ich Ihnen. Sagen Sie es mir.«

Semper schwieg und drehte seinen Kopf wieder langsam zum Fenster. »Sie hätten mich töten können. Es war nur eine Warnung.«

»Kannten Sie die von früher? Aus der Haft?«

Er nickte.

»Was wollten die von Ihnen?«

»Geben Sie mir bitte erst mal die Schnabeltasse.« Semper zeigte auf seinen Nachttisch.

BRB lief schnell ums Bett und reichte sie ihm. Semper schob das Mundstück vorsichtig zwischen seine Lippen und sog daran mit verzerrtem Gesicht. Dann reichte er BRB die Tasse zurück. »Die hatten Fotos von meiner Frau und meiner Tochter dabei. Die fackeln nicht lange.«

»Den Eindruck muss man haben. Worum ging es?«

»Sie haben mitbekommen, dass ich mit Ihnen und der Staatsanwaltschaft Kontakt hatte. Das reicht für diese kleine Warnung oder Abmahnung, wie wir früher sagten.«

»Abmahnung? Netter Begriff. Klingt so korrekt, alles nach Recht und Gesetz.«

»Nach deren Rechtsempfinden ist es das auch.«

»Haben Sie Anzeige erstattet?«

»Bin noch nicht dazu gekommen und werde wohl auch nicht dazu kommen.«

»Verstehe. Ist Ihre Sache.«

»Sind Sie denn nicht verpflichtet, bei Kenntnis einer Straftat, die Polizei zu informieren?«, fragte Frank Semper zurück.

»Ist diese Frage Ausdruck der Hoffnung, dass ich es tue?«

»Nein, nein. Absolut nicht. Ich will es nicht.«

»Dann tue ich es auch nicht, Herr Semper. Sie sind in der Lage, für sich selbst zu entscheiden. Ich bin nicht verpflichtet und die Klinik auch nicht. Der Stationsarzt hat lediglich ein Konsil angemeldet, weil er sich genau über diesen Punkt unsicher ist. Ein Konsil ist nur die Konsultation einer anderen medizinischen Fachrichtung, um zum Beispiel in der Differenzialdiagnostik voran zu kommen.«

»Bitte jetzt keine Vorträge! Hören Sie Doc, da ist etwas, was ich Ihnen erzählen will. Lieber Ihnen als anderen. Sie finden vielleicht das richtige Maß, damit umzugehen.«

»Ich höre.«

BRB merkte Frank Semper seine Erschöpfung an.

»Nur jetzt nicht«, sagte Semper müde. »Ich bin k.o. Wir sehen uns hoffentlich in ein paar Tagen. Ich brauche etwas Zeit zum Überlegen.«

»Sie brauchen auch Zeit, um das wegzustecken, Semper.«

»Wie Sie es nehmen wollen.« Frank Semper verlor die Spannung und wollte nur noch ins Schattenreich. BRB legte seine Hand auf Sempers rechte Schulter. Darunter schlief er sofort ein. Er nahm seine Jacke und ging leise aus dem Zimmer, wobei wohl auch ein lauteres Türenschlagen Frank Semper in dem Moment nicht zurückgeholt hätte. Im Schwesternzimmer stellte er sich kurz den angemeldeten Fragen und verließ dann eilig das Krankenhaus.

Kaum, dass BRB wieder zurück im Institut war, rief er Kommissarin Semlock an.

»Hier ist Karsten, grüße dich Kerstin.«

»Nanu, heute so förmlich?«

»Wie müsste es sich denn anhören, damit du es nicht als förmlich empfinden würdest? Deinen Dienstgrad und Nachnamen habe ich ja schon weggelassen!«

»Hast recht. Mehr will ich eigentlich nicht, obwohl da noch einiges ginge.«

»Frau Kommissarin, ich komme gerade aus dem Krankenhaus.«

»Und, wieder gesund?«

»Nein, ganz im Gegenteil. Der Genesungsprozess hat heute erst begonnen.«

»Warum hat man dich dann schon wieder entlassen?«

»Weil ich nicht der zu Heilende bin, sondern Frank Semper und der ist noch brav geblieben. Der will auch im Moment nicht weg dort, weil er sich dort sicher fühlt. Ich hoffe, er ist es auch.«

»Was soll das heißen? Erzähl!«

BRB spürte die Überraschung in ihrer Stimme.

»Semper hat eine Abmahnung bekommen.«

»Von dem Kapitän, wo er den Sektsommelier gibt?«

»Nein, von dem, er weiß schon wer.«

»Ist das eine Szene aus Harry Potter?«

»Nicht ganz so zauberhaft.«

»Dann bring Licht ins Dunkel.«

»Ich sage dir gleich, dass das kein Vorgang für euch wird. Er möchte keine Anzeige erstatten. Er hat eine Abmahnung von ehemaligen Zellengenossen bekommen, wobei die keine arbeitsrechtlichen, sondern gesundheitliche Konsequenzen hat: Nasenbeinbruch, Blowout-Fraktur des rechten Augenhöhlenbodens, Gehirnerschütterung, Rippenserienbruch links.«

Einen Moment blieb Kerstin Semlock still.

»Tut mir leid um ihn. Das wird ihn zurückwerfen. Das nimmt ihm jedenfalls sein positives Lebensgefühl und seine Energie, die er für seine junge Familie braucht.«

»Sehe ich auch so, zumal er die Abmahnung wohl wegen uns bekommen hat.«

»Wieso wegen uns? Wir haben ihn sogar festgenommen. Das dürfte den Kontakt zu uns eher unverdächtig gemacht haben.«

»Das sehen die, ›er weiß schon wer‹, anders. Vielleicht haben die auch die Festnahme nicht gecheckt und nur irgendwie mitbekommen, dass wir Kontakt haben. Jedenfalls will uns Semper was erzählen. Er tat recht bedeutsam, war vorhin aber so schlapp, dass ich ihn in Ruhe lassen musste.«

»Gut, dann geben wir ihm ein paar Tage Zeit,« entgegnete Kommissarin Semlock. »Und ich sage es dir gleich, Karsten, dass das doch ein Vorgang für uns wird, selbst wenn es bisher noch kein offizieller ist.«

»Wie soll ich das verstehen? Semper möchte das nicht.«

»Kann ich gut verstehen. Jetzt wo ich im Rahmen meiner dienstlichen Kontakte jedoch davon Kenntnis habe, muss ich die Sache als Offizialdelikt aufnehmen. Das geht nicht anders. Ist schließlich kein Ladendiebstahl, sondern eine schwere Körperverletzung, vielleicht mit Nötigung und Erpressung, mit hoher Straferwartung!«

»Aber, Kerstin. Wie soll ich ihm das beibringen?«

»Ist dein Problem, Herr Kollege. Gleichwohl beneide ich dich gerade nicht. Ich hoffe, dass er trotzdem erzählt, was er schon angekündigt hat. Von mir aus höre dir das an und bereite ihn auf meinen Besuch vor. Ich kann dir auch etwas erzählen.«

»Ich höre mit Füneff!«

»Mit Füneff? Das sage ich doch immer.«

»Nein ich«, erwiderte BRB schnell. »Wer war denn von uns beiden in der Sektion Nachrichtensport der GST? Betriebsberechtigung Sprech- und Tastfunk am R 105 D?«

»Allerdings, dann habe ich es vielleicht wirklich von dir. Na, egal. Dann höre mal mit Füneff zu. Torsten Tenglers Kajak ist wieder da.«

»Was?«

»Richtig gehört. Leicht beschädigt, Paddel weg, aber einige persönliche Gegenstände sind geblieben.«

»Ich bin erstaunt. Erzähl weiter!«

»So viel gibt es nicht. Zwei Jungen aus Pepelow haben es gefunden und sichergestellt, nach deren Angaben schon am 12. Juli, also einen Tag, nachdem Torsten verschwand, gleich an dem Sonntag. Ich weiß noch nicht, warum das erst jetzt bekannt wird, aber immerhin. Der Wasserschutz aus Wismar hat die Meldung weitergegeben. Die Jungen haben das Boot am Ufer bei Pepelow gefunden. Ein Stück rechts neben dem Campingplatz. Es könnte bei Westwind von der Kroy aus dorthin getrieben sein. Da die Paddel fehlten und wie gesagt auch Schäden am Boot waren, sind sie nicht davon ausgegangen, dass das Boot gesucht werden könnte und haben sich erst spät entschlossen, den Fund zu melden.«

»Persönliche Gegenstände?«

»Torsten hatte so einen wasserdichten Beutel oder kleinen Seesack dabei. Der war im Boot mit Portemonnaie und Ausweis. Besser geht's nicht.«

»Ist ja unglaublich. Damit habe ich jetzt nicht mehr gerechnet, ehrlich gesagt.«

»Ich auch nicht. Ich bin viel eher davon ausgegangen, dass der oder die Täter das Boot haben verschwinden lassen. Ist eigenartig und passt für mich nicht zu einer Planung oder zu einem gut überlegten Handeln. Eigenartig ist auch, dass der Fund so spät gemeldet wurde, obwohl sie über das Portemonnaie wissen mussten, wem der Kahn gehört. Die Sache ist nicht rund. Die Jungs müssen vernommen werden.«

»Was sind denn das für Schäden? Ich meine, das wird jetzt eine größere Sache.«

»Wir kriegen das Boot morgen und dann soll erstmal die Kriminaltechnik tun, was sie kann. Danach will ich es aber zur DEKRA geben. Falls der Kunststoff irgendwie geschrammt wurde, gerissen oder geplatzt ist. Und dann sollen die sagen, ob es zum Beispiel ein Rammstoß durch ein anderes Boot war und wenn ja, ob es zu Antragungen von Fremdmaterial kam.«

»Ich denke, dass soll schon die KT klären.«

»Ja, hast recht. Dann ist es vielleicht besser, wir teilen das Boot als Spur von vornherein auf KT und DEKRA. Die sollen zugleich ran und gemeinsam überlegen, wer was am besten beisteuern kann. Echte Teamarbeit.«

»Was sagt Frau Kernbach dazu?«

»Weiß es noch nicht. Wenn ich das Boot auf dem Hof habe, werde ich sie gleich verständigen.«

»Dann sei bloß nicht zu spät damit. Du weißt, wie sie reagieren kann und dann hätte sie auch noch recht.«

»Keine Sorge, Karsten. Nochmal zu Semper. Wie soll das mit ihm weitergehen? Wenn er etwas erzählen will, würde ich das schon ernst nehmen. Er scheint ja doch differenziert überlegen zu können. Ist keine Dumpfbacke. Der verdient Respekt.«

»Schön, dass du es so siehst, Kerstin. Ganz meine Meinung. Ich gehe übermorgen wieder zu ihm, sozusagen zur Befundkontrolle. Er ist gestern Abend aufgenommen worden und wird sich schnell erholen. Ich höre mir das an und überlege mit ihm, was wir daraus machen. Er sollte die Hoheit über die Informationen behalten, die er uns nicht geben muss. Ich fühle mich nach allem, was bisher war, verpflichtet, ihn anzunehmen.«

»Nobel, nobel, Karsten. Jetzt muss ich dir aber erneut sagen, dass er vielleicht als geschädigter Zeuge vernommen wird und da muss er alles sagen, außer er würde sich mit wahrheitsgemäßen Angaben selbst belasten. Jedenfalls werden wir ihn so belehren. Wenn du etwas für ihn tun möchtest, was ich gut verstehe, dann bereite ihn schonend auf diesen ganzen Werdegang vor.«

BRB schwieg einen Moment, legte auf und rief Svea Bogen zu sich. Sie hatte gerade ihr Dienstzimmer abgeschlossen, um sich auf den Weg nach Hause zu machen. Sein Ruf klang streng und dringlich und dem konnte sie sich nicht entziehen.

Sie schaute vorsichtig durch die Tür.

»Bitte, kommen Sie kurz herein. Ich will Ihnen nur berichten. Es ist primär Sempers Sache, wie er mit seiner Situation umgeht und er hat sich entschieden, keine Meldung zu machen. Das aus gutem Grund, weil er nämlich von sehr üblen Zeitgenossen eine körperliche Abmahnung bekam, wie er es formulierte, weil denen sein Kontakt zu uns aufgefallen ist. Die Sache hat aber eine Wendung bekommen, die ich hätte voraussehen können. Ich habe Kommissarin Semlock vorhin erzählt, dass Semper auf Station liegt und schwer verletzt ist. Sie kennt die Geschichte um ihn und muss nun ihrerseits bei der Schwere des Deliktes Ermittlungen aufnehmen, weil es sich vermutlich um ein Verbrechen und nicht nur um ein Vergehen handelt.«

»Ok, verstehe. Was sind denn das für welche, die ihn sich da vorgenommen haben?«

»Die kannte er wohl von früher aus der Haft. Er hat mal zehn Jahre wegen Totschlags gesessen. Mehr weiß ich auch noch nicht.«

»Ich wünsche noch einen schönen Abend, Herr Oberarzt.«

»Ich Ihnen auch. Bis morgen.«

BRB lehnte sich zurück. Er musste wieder runterkommen. Das ging nicht so schnell. Dazu nahm er sich wieder einmal zu oft sein Smartphone, um inzwischen eingegangene Mails zu checken. ›Früher hat man die Augen geschlossen und gute Musik aufgelegt, um sich zu entspannen und heute nimmt man sein Smartphone. Wie schräg ist das eigentlich?‹

Unter dieser aufkommenden Erkenntnis stieß er das Gerät zur Seite und versuchte, sich anders zu besinnen. Daraus wurde ein Powernapping über zwanzig Minuten. Danach schreckte er auf und verspürte diese typische Wärme der Wangen, die sich nach einem Schläfchen einstellt und mit der er sich schnell auf den Weg machte, um sie in die kühle Abendluft zu halten.

Kapitel 27

Literatur

Am nächsten Tag bat BRB Frau Bogen erneut zu sich. Die junge Assistenzärztin hatte ihren Oberarzt noch nie so aufgewühlt erlebt. Sie sah sich in der Teilhabe an einem besonderen Fall. Das gefiel ihr mit Sicht auf die Position, die sie im Institut unter mehreren weiteren Facharztkandidatinnen hatte. Ein wirklich besonderer Fall würde jedenfalls aus der Routine des Hauses herausragen und für ihre spätere Bilanz konnte es nicht schaden, dabei gewesen zu sein. Vielleicht ließe sich auch wissenschaftlich etwas daraus machen. Da sie noch ohne Familie war, konnte sie sich Zeit nehmen und sich ganz der Sache widmen. Das war längst nicht für alle selbstverständlich.

»Frau Bogen, Sie kennen den Fall Tengler. Ich habe ihn in der Dienstberatung referiert.«

»Sicher, der Kommissar aus dem FK1 mit seinem Kajak.«

»Genau. Dann wissen Sie sicher auch, dass wir aus der Tamponade der Atemwege mit Sand gegenüber der Staatsanwaltschaft einen Situationsfehler formuliert haben, wenn man von der Annahme ausgeht, dass Herr Tengler aus rechtlich irrelevanten Gründen in Klarwasser einfach gekentert und ertrunken ist.«

»Sie haben darüber gesprochen, ja. Bei dem Treffen mit Frau Kernbach war ich aber nicht dabei.«

»Macht nichts. Ich erzähle Ihnen jetzt, dass dieser Befund, also reichlich Sand in den mittleren und tiefen Aufzweigungen der Atemwege der Befund ist, um den es geht und der für uns der Hinweis auf ein Fremdverschulden ist. Heißt ja nicht, dass es so gewesen sein muss.«

»Woran denken Sie denn genau?«, fragte Svea Bogen interessiert nach.

»Ich denke an ein gewaltsames Untertauchen in flachem Wasser mit Gegenwehr, mit Aufwirbeln von feinem Seesand, mit Aspiration entsprechender Mengen von Sand im Rahmen des Ertränktwerdens.«

BRB lehnte sich zurück und versuchte die Mimik der jungen Kollegin zu lesen. Die schwieg einen Moment.

»Was Sie da formulieren ist eine These. Nicht mehr und nicht weniger.«

»Schön erkannt, eine These. Da sehen Sie gleich für Ihre Promotion, was eine These ist. Thesen müssen Sie für Ihr Thema nämlich auch formulieren.«

»Ja, ich weiß, aber im Fall Tengler möchten Sie doch sicher, dass aus der These mehr wird, nämlich eine Gewissheit.«

Jetzt lehnte sich Svea Bogen zurück und begann den Dialog zu genießen.

»Es macht Spaß, dieses Thema mit Ihnen zu entwickeln.«

Sie reagierte nicht und sah ihn mit fester Miene an.

BRB sprach weiter.

»Gewissheit könnten wir bekommen, wenn wir einen Täter hätten, der genau das gesteht. So weit sind wir aber nicht. Wenn diese These von den Ermittlern aufgenommen wird, hätte ich gern mehr als nur eine nachvollziehbare Idee. Ich würde mich besser fühlen, wenn …«

»… sich dazu Literatur finden ließe«, ergänzte Svea Bogen keck.

Er nickte. »Genau! Ich habe mir neulich schon die alten Lehrbücher vorgenommen und nichts gefunden. Würden Sie mir helfen, Frau Bogen?«

»Da brauche ich ein paar Tage.«

»Die haben Sie.«

»Ich brauche nicht nur Zeit, sondern auch eine Strategie, um zu finden, was ich suche.«

»Schön bemerkt«, gab er zurück. »Heutzutage gibt es im Internet so viele Möglichkeiten, dass man nicht weiß, wie am besten zu beginnen ist. Ich habe mir neulich schon die alten Lehrbücher vorgenommen und nichts gefunden, was sich auf unsere Situation anwenden ließe. Ich empfehle als erstes PubMed Central, als Volltextarchiv biomedizinischer Zeitschriften. Ich schicke Ihnen den Link auf PubMed. Da findet sich auch unsere klassische rechtsmedizinische Literatur. Das Archiv für Kriminologie ist auch nicht zu unterschätzen, aber da müssen wir andere Wege gehen. Suchen Sie doch einfach unter ›Ertrinken‹ beziehungsweise ›Drowning‹ und kombinieren Sie mit Suchwörtern wie ›Aspiration‹ und ›Sand‹. Sie werden sehen, da gibt es so viel, dass man wirklich Zeit braucht. Und noch etwas, Frau Bogen. Die Staatsanwaltschaft erwartet von uns so eine Art Rückrechnung vom Auffindungsort zum Tatort unter Berücksichtigung der Temperaturen, der Strömung, der Windrichtung und so weiter. Falls Ihnen dazu Kasuistiken in den Schoß fallen, bitte ebenfalls so markieren, dass ich sie lesen kann.«

»Verstanden, Herr Oberarzt. Ich setze mich ran und werde berichten.«

Mit diesen Worten und einem Lächeln erhob sie sich, ging und schloss die Tür.

Kapitel 28

Abschied

Das Krankenhaus war im Umbau. Die alte Kinderchirurgie hatte man bereits abgerissen, inklusive Zitronengang, wie die Alteingesessenen den gelb gemalerten Verbindungsgang zwischen großer Chirurgie und Kinderchirurgie nannten. Eine Sanierung wäre teurer als ein Neubau. Da es den Neubau auch nicht gab, hatte man maximal gespart und diesen Fachbereich in die Kinderklinik integriert. Das Klinikgelände war eine riesige Baustelle. Die alte, große Chirurgie hatte schon vor Jahren einen Funktionsbau bekommen, in dem mehrere klinische Fachbereiche für Patienten, die operiert werden mussten, ihre Betten hatten. Dicht dabei die Klinik für Anästhesiologie und Intensivmedizin mit ihren perioperativen Intensivstationen PIT 1 und PIT 2. In den Winkel zwischen Pathologie und chirurgischem Bettenhaus war ein Goldfischteich gebaut worden. Daneben Bänke, auf denen sich Patienten der Genesung hingeben sollten. Ein insgesamt eher ungemütliches Ensemble. BRB hatte sich vorgenommen, Frank Semper zwei Tage Zeit zu geben. So hatte er sich auf den Freitag der Woche mit ihm verabredet. Frank Semper wartete dort schon, als BRB eintraf und sich dazu setzte. Beide sahen zunächst sich an, um dann wortlos die Blicke über das Gelände schweifen zu lassen. Der

Himmel war bedeckt, so dass die Schwüle etwas genommen wurde. Die letzten Tage waren unangenehm gewesen. Am frühen Nachmittag gingen die Temperaturen immer bis auf 28 Grad. Die Luft dazu sehr feucht. Für Patienten generell kein gutes Wetter.

»Was soll mit Ihrem Augenhöhlenboden passieren?«

»Die wollen ein Netz einlegen, damit ich wieder gerade gucken kann. Soll ich das machen lassen?«

»Unbedingt, es gibt keine Alternative!«

Frank Semper sah genervt zur Seite, weil er nicht noch mehr Unangenehmes vor sich haben wollte.

»Semper, Sie wollten mir etwas erzählen.«

»Ok, dauert aber ein paar Minuten.«

»Nur zu.«

»Ich bin im Ostseepark auf meine Peiniger gestoßen. Die waren mir auf den Fersen, ohne, dass ich es bemerkt habe. Beim Asia-Imbiss haben sie sich zu mir gesetzt und die üblichen Sprüche abgelassen. Muss schon sagen, als sie Fotos von meiner Frau und meiner Tochter vorzeigten, war mir klar, dass es hier gleich um was geht.«

»Von wann waren die Fotos?«

»Weiß nicht.«

»Was war im Hintergrund zu sehen?«

»Unsere Haustür in Groß Klein. Kann ein paar Tage her sein.«

»Und weiter?«

»Ich habe sie eben auch mit ein paar Sprüchen belegt und bin gegangen. Weiter war erstmal nichts. Rauf aufs Fahrrad und dann bin ich vom Ostseepark weg, an der Tankstelle da hinten vorbei und wollte Richtung Vorwedener Wald.«

»Ich schätze mal, dass Sie da nicht angekommen sind?«

»Die waren schneller. Der Weg ist gesperrt, sagten sie und sie würden mich vorsorglich vom Fahrrad holen und mir eine Abmahnung erteilen. Ich hatte keine Chance. Schlagen und Treten, nicht bis der Arzt kommt, sondern bis es dunkel wurde. Der Arzt kam später. Weiß nicht, wer mich gefunden hat.«

»Das ist alles?«

»Ob das alles ist? Mir reicht es. Ist doch genug, finde ich. Ich hätte drauf gehen können. Die hintere Ecke vom Parkplatz liegt abgelegen. Ein perfekter Ort, um solche Sachen zu machen. Von der Tankstelle aus kriegt da keiner was mit.«

Frank Semper hielt einen Moment inne, als wollte er seine Einleitung sacken lassen. Zudem störten ihn andere Patienten, die sichtlich verärgert weiterzogen, weil die Bank von den beiden besetzt war. Dann wandte er sich BRB wieder zu.

»Mit Ihrem Instinkt liegen Sie aber richtig, Doc. Es gibt noch einen Nachschlag. Der könnte sogar zu einem Hauptgang werden.«

»Ich höre.«

»Im Ostseepark haben wir uns belabert und da drohten sie mir schon so nach dem Motto, wir möchten nicht, dass es Dir wie Redlock ergeht.«

»Who the fuck is Redlock?«, fragte BRB lässig nach.

»Redlock saß wegen Kindesmissbrauchs. Eigentlich hieß er Retlow, aber wegen seiner roten Haare hieß er Redlock, eben die rote Locke. Offiziell hat er sich vor zirka einem halben Jahr umgebracht, erhängt. Das war wohl irgendwann im Februar. Die haben mir klar gemacht, dass sie sich um ihn gekümmert haben. Mit anderen Worten, die haben ihn erledigt, auch wenn der offizielle Abschlussbericht was anderes sagen sollte. Die können das im Knast und draußen erst recht. Sie sehen ja, wie ich aussehe.«

»Schöne Geschichte, Semper. Warum erzählen Sie mir das? Ich werde doch jetzt nicht Hebel in Bewegung setzen, um diese fragliche Geschichte abzuklopfen. Ich denke mehr an Sie. Eigentlich müsste ich Ihnen raten, doch eine Anzeige zu erstatten und gegen die auszusagen. Sie müssen das beenden, sonst kriegen Sie nie Ruhe.«

»Ja, hört sich total vernünftig an, aber die könnten das auch vorzeitig beenden und dann bin ich im Arsch. Und dann nehmen sie sich meine Frau und die Kleine. So geht das. Erste Abmahnung, dann die zweite auf die gleiche Stelle, dass es schön weh tut und so weiter. Da hilft mir keiner und ich muss allein sehen, was ich tue oder besser lasse.«

BRB schwieg und gab ihm innerlich Recht. Gleichzeitig beschlich ihn ein ungutes Gefühl, weil er Frank Semper die Sicht von Kerstin Semlock vermitteln musste und überhaupt noch nicht wusste, wie er das bewerkstelligen soll. Es sind parallele Welten. Die Lebenshorizonte der Gutmenschen in geregelten Verhältnissen, schön adaptiert an die Konventionen, liegen anders als die der anderen. »The good people of the world are washing their cars« sang Cheryl Crowe, doch die anderen gibt es eben auch, warum auch immer sie dahin geraten sind. Andere sind anders. Wie gern blenden wir Unbequemes aus oder wollen nicht wahrhaben, was nicht zu uns passt. BRB geriet in einen Spagat, den er nicht konnte. Das wurde ihm schmerzlich bewusst.

»Doc, da ist was Besonderes an der Redlock-Geschichte. Sonst hätte ich damit nicht angefangen.«

»Ok, erzählen Sie.«

Frank Semper holte etwas weiter aus. »Ich merke schon, dass Ihnen diese Fälle von Kindesmissbrauch nichts sagen, obwohl sie vor dem Landgericht Rostock verhandelt wurden. Eigentlich müsste die Rostocker Rechtsmedizin beteiligt gewesen sein. Jedenfalls ging die Sache damals ordentlich durch die Medien.«

»Mir sagt der Name nichts. Redlock beziehungsweise Retlow dann ohne Buchstabenspiel, da klingelt nichts bei mir.«

»Ich habe Ihre Assoziationsgabe überschätzt.«

Frank Semper erlebte einen kleinen Triumpf. BRB schaute ratlos.

»Nun klemmen Sie mal nicht am Namen, sondern versuchen Sie sich besser an einen großen Missbrauchsprozess zu erinnern.«

»Ok, da waren einige wenige.«

»Richtig groß, wenigstens 20 Verhandlungstage«, setzte Frank Semper nach.

BRB blätterte seine Erinnerungen durch. »Ok, da fällt mir nur Wolter ein. Helmuth Wolter. Das war vor vielleicht sechs Jahren. Da waren wir beteiligt. Der hatte mehrere Jungen missbraucht, darunter auch seinen Sohn.«

»Na, sehen Sie, geht doch.«

»Ja, und?« BRB war noch immer ratlos.

»Doc, hören Sie, im Knast haben Kinderschänder einen ganz schlechten Stand. Helmuth Wolter hat damals irgendwie durchgesetzt, dass er im Knast vom ersten Tag an unter einem anderen Namen angesprochen wurde. In der offiziellen Kartei stand er zwar unter dem richtigem Namen Wolter, aber der tauchte niemals mehr auf, so dass ihn keiner wusste und der Zusammenhang zwischen ihm und dieser scheiß Kinderschänder-Sache verdeckt bleiben sollte. So war jedenfalls seine Idee und das hat er hinbekommen. Ob da sein Anwalt mit rumgefunkt hat oder ob er das alleine gedreht hat, keine Ahnung. Als er kam, sagten alle, das ist Redlock. Schöne Geschichte, oder? Und jetzt kriegen Sie doch wohl den letzten Knoten selbst gelöst. Legen Sie sich mal alles zurecht, so in Gedanken.«

BRB grübelte nach so vielen Hilfestellungen immer noch, bis ihm ein Lächeln über das Gesicht huschte. »Ich habe es. Redlock ist Retlow und Retlow ist Wolter von hinten nach vorn gelesen. Aber ich muss sagen, nicht sehr originell.«

»Gut, Sie sind aber auch nicht gleich darauf gekommen. Für Wolter hat es eine Zeit funktioniert. Dass ihn seine roten Haare dann noch zu Redlock gemacht haben, hatte er nicht vorausgesehen, kam ihm aber sehr gelegen.«

»Semper, Ihre Geschichte muss nicht zwingend stimmen, ich meine den Suizid, der eine Tötung gewesen sein soll.«

Frank Semper blickte erstaunt auf. »Für mich ist sie absolut naheliegend.«

»Naheliegend bedeutet keine Gewissheit. Es kann ebenso sein, dass das mobile Team aus Schlägern mit dieser Version einfach nur beeindrucken will. Von der Körperverletzung bis zur Tötung ist es nochmal ein großer Schritt und dann unter Haftbedingungen mit einem noch größeren Risiko verbunden.«

»Kann sein, Doktor. Dann ist deren Rechnung aber bei mir aufgegangen. Ich zeige mich zutiefst beeindruckt!«

BRB sah Frank Semper an und wusste, was er meinte.

»Damit schieben Sie mir die Karte zu. Sie sind raus und ich soll sehen, was ich daraus mache. Herr Semper, wenn Sie mir das alles erzählen, dann muss Ihnen doch klar sein, dass ich das nicht für mich behalten kann.«

Frank Semper schaute verwundert auf, obwohl ihm das so klar war, wie Dr. Brandenburg es sagte.

»Dann muss Ihnen weiter klar sein, dass zu der schweren Körperverletzung, die an Ihnen begangen wurde, auch ermittelt wird. Ich habe der Kommissarin Semlock natürlich davon erzählt, die Sie ja schon kennengelernt haben und die kann gar nicht anders. Es wird vermutlich so kommen, dass Sie als Zeuge vernommen werden.«

Frank Semper senkte den Kopf und stützte die Ellenbogen auf die Knie. Er wusste das natürlich und gab sich mit einem kaum wahrnehmbaren Nicken dieser Aussicht hin. Vielleicht war es seine noch nicht völlig wieder hergestellte gewohnte, körperliche Verfassung, die keinen Widerstand aufkommen ließ. Beide spürten jetzt eine Zäsur. Da ging etwas zu Ende. Eine Brise verwehte den muffigen Teichgeruch und irgendwie auch einen Teil von dem, was Frank Semper in die letzten Wochen hineingetragen hatte. Ein sehr beeindruckendes Intermezzo schien sich mit diesem Moment zu verabschieden. BRB erinnerte sich an einen Buchtitel von Heinz Kruschel: »Jeder Abschied ist ein kleines Sterben«. Als wenn sich dieser Titel realisieren wollte.

»Frank Semper, Sie haben uns und besonders mich in den letzten Wochen ganz schön beschäftigt.«

Frank Semper lehnte sich zurück und sah ihn an. »Muss mir das jetzt leidtun?«

»Das will ich damit nicht sagen.«

»Was wollen Sie denn damit sagen?«

»Sie haben mich anfangs irritiert, dann in Sorge versetzt, dann überrascht.«

»Die ersten beiden Punkte könnten mir leidtun, tun sie aber nicht. Sicher, ich habe mich ungeschickt verhalten, vielleicht anmaßend, vielleicht übergriffig. Meine Lebenssituation war und ist aber auch besonders und mit Ihrer nicht zu vergleichen.«

»Das ist so«, räumte BRB ein. »Ich bin auch noch nie Lebenssituationen wie ihrer so nahe gewesen.«

»Das kam auch nur, weil ich die Nähe zugelassen habe«, philosophierte Frank Semper weiter. »Wenn ich es nicht gewollt hätte, hätten wir uns nie kennengelernt.«

»Stimmt. Der Anfang war etwas holperig, aber inzwischen bedeutet mir unsere Bekanntschaft etwas und ich mag gar nicht so gern akzeptieren, dass es vorbei ist.«

»Nun tragen Sie mal nicht zu dick auf, Doktor.«

»Nein, nein, ich meine das so.«

»In Ihren Akademikerkreisen haben Leute wie ich in der Regel nichts verloren und nichts zu suchen.«

»Herr Semper, das klingt sehr hart, aber ich verstehe, dass Sie es so sehen und da ist natürlich etwas dran.«

»Nun tragen Sie zu dünn auf. Da ist viel dran. Es ist einfach so. In dieser Gesellschaft existieren unsere Welten nebeneinander. Vielleicht ist es auch gut so.«

»Ich weiß nicht, ob es gut so ist. Jeder hat seine Wurzeln, seinen Werdegang, seine Prägung. Überkommene Konventionen verhindern oft, dass man aus traditionellen Spuren und Wertesystemen ausbricht, obwohl man sich dabei viel vergibt.«

»Was meinen Sie damit?«

»Ich habe viel von Ihnen gelernt, Semper, vermutlich ohne, dass Sie es bemerkt haben oder wissen. Sie sind aus Ihrem tief eingefahrenen Weg heraus und haben einfach ihre Positionslichter sehen lassen. Wir konnten uns Ihrem Drang, sich mitzuteilen, nicht entziehen. Damit haben Sie eine ganze Welt von Klischees zertrümmert. Ihre Art, die Dinge zu reflektieren, Ihr Sprachschatz, Ihr Wortwitz und überhaupt, Sie als Ganzes haben nicht nur mich beeindruckt. Mir fiel es nicht so schwer, mich auf Sie einzulassen. Das können Sie mir zu Gute halten. Der Staatsanwältin muss es dagegen sehr schwergefallen sein. Aber auch die haben Sie geknackt. Zum wiederholten Mal: meinen Respekt.«

Frank Semper sah BRB mit geglätteten Gesichtszügen an, mit einer ausgeglichenen Miene, soweit es sein Zustand ermöglichte. So hatte ihn BRB noch nie wahrgenommen.

»Auch wenn es für mich schlecht gelaufen ist und ich hier als Patient sitze, aber, was Sie da eben gesagt haben, macht mich zufrieden.«

Beide schauten sich an und spürten eine gemeinsame Wellenlänge, die zu keinem Zeitpunkt vorher so tragfähig war, wie in diesem Moment. Da war durchaus etwas Großes, was verdient hätte, erhalten zu bleiben. Doch BRB wollte es gut sein lassen und stand auf.

»Ich wünsche Ihnen eine schnelle Erholung und ich wünsche mir, dass ich Sie wiedersehe. Irgendwann, irgendwo.«

Beide gaben sich die Hand und drückten damit all das aus, was sie bis eben empfunden hatten.

Kapitel 29

Noch einmal in die Literatur

»Frau Bogen, kommen Sie bitte herein. Sind Sie fündig geworden?«

Svea Bogen legte einen Stapel Papier und einige Bücher auf den Tisch von Dr. Brandenburgs Dienstzimmer und setzte sich zu ihm.

»Einen Kaffee?«

»Gern.«

Der Tag war für sie bisher voll ausgefüllt. Am Morgen um sieben Uhr die Krematoriumsleichenschau auf dem Rostocker Neuen Friedhof, danach eine Obduktion in der Strempelstraße, anschließend eine reale körperliche Untersuchung im Auftrag der Rostocker Staatsanwaltschaft im Klinikum Schillingallee, dieses Mal nach tatsächlicher Anzeige einer Körperverletzung bei der Polizei und um 14:00 Uhr ein Alkoholtermin im Rostocker Amtsgericht. Verhandelt wurde ein Verkehrsunfall. Der den Unfall verursachende Fahrer eines Pkw war flüchtig und wurde zwei Stunden später alkoholisiert festgestellt, wie es im amtsdeutsch heißt. Es ging um die Berechnung der Blutalkoholkonzen-tration für den Vorfallszeitpunkt unter Berücksichtigung einer Nachtrunkangabe. Eigentlich wollte sie sich dort noch Zeit nehmen, um den Blick von der Dachterrasse auf die Unterwarnow zu genießen. Manches Mal war sie etwas früher in das Amtsgericht gefahren, um sich dort oben auf die Verhandlung vorzubereiten. Der frische Wind, der dort immer blies, machte es jedoch unmöglich, lose Papierseiten abzulegen. Dennoch versäumte sie es nie, sich dort einige Minuten zu entspannen. Es lohnte sich immer. Heute für 17:00 Uhr war ihr Bericht verabredet, auf den BRB sehr gespannt wartete. Sie hatte Mühe, pünktlich zu sein.

»Tja, wo fange ich am besten an«, sagte Svea Bogen und griff sich ein Lehrbuch Rechtsmedizin im Studentenformat. »Hier finden wir zum Tod im Wasser eine Beschreibung der Lungen und Atemwege. Danach würde man neben dem schaumig-wässrigen Atemwegsinhalt nur selten Pflanzenteile und Sand finden, wobei in einem Lehrbuchkapitel natürlich nicht auf alle erdenklichen, besonderen Auffindungssituationen eingegangen werden kann. In unserem dicken Standardwerk im Facharztformat wird die Bedeutung derartiger Substanzen in den Atemwegen relativiert. Das hätten Untersuchungen an nicht Ertrunkenen ergeben, die dennoch einige Tage im Wasser lagen. Auch dort fand man Partikel aus dem Wasser in den Atemwegen.«

Dr. Brandenburg lehnte sich etwas gelangweilt zurück. »Das klingt nicht nach dem, was ich mir erhofft habe.«

»Das dachte ich mir. Deshalb bin ich in PubMed gegangen. Hier greift die online Suche immerhin auf mehr als 8000 internationale biomedizinische Zeitschriften. Ein gewaltiges Potenzial.« Svea Bogen war die Begeisterung anzumerken, die jedes Mal neu in ihr wuchs, wenn sie sich in den Weiten dieser gewaltigen Literaturdatenbank bewegte.

»Mit welchen Suchwörtern sind sie denn in die Recherche gegangen?«

»Drowning für Ertrinken ist klar und dann habe ich kombiniert mit Aspiration und Sand.«

»Gut, wenn Sie nur Drowning eingegeben haben – wie viele Suchergebnisse wurden gelistet?« »6791.«

»Und wenn Sie Drowing mit Aspiration kombiniert haben?«

»284.«

»Super.« BRB war begeistert. »Das ist doch ein praktika-bles Ergebnis. Die paar Titel werden Sie vermutlich mal eben durchgesehen haben, beim Zähneputzen oder so?«

Svea Bogen lachte. »Da ich meine Arbeit ernst nehme, habe ich die Zahnbürste aus der Hand gelegt, um meine Tastatur nicht zu beklecksen. Also, das Thema Sandaspiration ist nicht so exotisch, wie man vielleicht glauben möchte. Da gibt es eine Arbeit von 1997. Die beschäftigt sich mit der Sandaspiration im Rahmen eines Beinahe-Ertrinkens, also das Überleben einer Einatmung von Wasser und Sand mit den klinischen Problemen. Wie weit hilft zum Beispiel die Bildgebung, um die Aspirate zu erkennen? Wie gesagt, eine klinische Arbeit, aber keine kriminalistischen Aspekte. Dann gibt es eine Arbeit von 2008 im International Journal Legal Medicine. Da geht es um die tödliche Einatmung von Sand, aber mehr nach Verschütten beim Höhlenbau durch Kinder. Also kein Bezug zu unserem Thema. So, dann noch eine alte Arbeit von 1996 aus dem Archiv Kriminologie zum Ertrinken in Salzwasser und im Kontrast das Beste zum Schluss, eine große Arbeit unserer Greifswalder Kollegen, wieder im International Journal. Eine Übersicht der Ertrinkungsfälle aus deren Obduktionsgut der Jahre 1997 bis 2017. Schöne Systematik, viel Mühe, aber nicht der kriminalistische Aspekt, den wir im Sinn haben. Insofern müssen wir wohl mit der Idee allein auftreten. Literatur habe ich zu dieser speziellen Frage leider nicht gefunden.«

»Hmm.« BRB sank schlaff in den Sessel zurück. Seine Erwartungen hatten sich nicht erfüllt. »Schade, Frau Bogen, aber nicht zu ändern. Vielen Dank. Ich meine, in der jetzigen Phase des Ermittlungsverfahrens müssen wir nichts beweisen. Es geht um Hinweise und nicht immer gleich um Beweise. Ich bleibe trotzdem bei meiner Formulierung eines Situationsfehlers, eben als Verdacht. Sehen wir das als These, wie Sie das neulich so schön gesagt haben, die sich noch bestätigen wird oder eben auch nicht. So ist das in der Medizin. Es gibt nur selten hundert Prozent von irgendetwas und schon gar keine Ausschlüsse. Die These selbst hat aber ihre Berechtigung. Die gefällt mir immer noch, auch wenn Sie nichts Griffiges gefunden haben. Soll erst mal einer mit einem Gegenentwurf kommen, der es unsinnig macht, in diese Richtung zu ermitteln. So muss man das auch mal sehen.«

Mit diesen selbstberuhigenden Ausführungen entließ er seine junge Kollegin in den wohlverdienten Feierabend. Es war inzwischen 18:00 Uhr und BRB fiel siedend heiß ein, dass er für den Abend zu Hause noch den Grill vorbereiten musste. Hastig räumte er beiseite, was ihn am nächsten Morgen so nicht empfangen sollte und begab sich in den schon abflauenden Verkehr Richtung Bad Doberan.

Kapitel 30

Rerik

Die »Landratten« hatten die Ermittlungen zu einem Bootsführer strikt abgelehnt.

»Das mach mal selbst«, musste sich Polizeiobermeister Heiner Brand anhören.

»Von Bootsführer zu Bootsführer«, lachten sie.

»Ihr werdet euch schon verstehen«, setzte jemand noch einen oben drauf.

Über das Kennzeichen war er schnell fündig geworden. Wie zu erwarten, eine Adresse in Rerik, ein Hellfried Wolter. Er suchte sich einen Tag mit schönem Wetter für den Besuch aus. Es wurde der gleiche Tag, an dem sich BRB von Frau Bogen das Ergebnis ihrer Literaturrecherche berichten ließ. Sein Streifenboot legte in Wismar ab. Heiner Brand fuhr auf bewährtem Kurs. Nachdem die Maschine warmgelaufen war, beschleunigte er auf 20 Knoten. Er erreichte Rerik am späten Vormittag und machte wieder an der östlichen Steganlage, am Schwimmsteg fest. Manchmal wünschte er sich einen Bootsmann dazu, um bei Manövern zwei weitere Hände zu haben. Er verschloss, was zu verschließen ging und sah nebenher mit einem Blick, dass das Motorboot von Hellfried Wolter abgedeckt an seinem Platz lag. Dann machte er sich auf zu der Adresse, die ihm sein Bürorechner verraten hatte. Es waren etwa 800 Meter, wenn er seinem Navi Glauben schenkte. Heiner Brand winkelte sich folgsam durch einige schmale Straßen an Wohnhäusern im Bungalowstil vorbei. Er stand bald vor einem alten Haus. Er blieb zunächst stehen und musterte das Anwesen. Bemoostes Dach, kein Dachüberstand, alter Kratzputz, irgendwann mal waren die Fenster erneuert worden, die Fensterläden waren aus Holz, der Vorgarten rief nach einem Rasenmäher, der Zaun stand schief, den Briefkasten konnte man nur als rostige Büchse bezeichnen. Kein freilaufender Hund.

»Großer Sanierungsbedarf,« murmelte er vor sich hin, als er sich der Türklingel näherte. Nach dem zweiten Ginggong hörte er eine alte, brüchige Stimme:

»Ja, ich komme ja schon. Alte Frau ist kein D-Zug!«

Eine klein gebliebene, ältere Frau öffnete vorsichtig die Tür, nur einen Spalt breit. »Wasserschutzpolizei«, sagte Heiner Brand und dazu seinen Namen mit Dienstgrad. »Ich möchte gern Herrn Wolter sprechen.«

»Wer sind Sie?«, rief die Frau laut zurück, wie es Schwerhörige tun.

»Wasserschutzpolizei, ist Herr Wolter zu Hause? Hellfried Wolter?«

»Nein, hat er denn was angestellt?«, rief sie überlaut zurück.

»Es geht um sein Boot«, rief er ebenso laut in den Türspalt.

»Ist das kaputt?«

»Nein, ich bin Polizeiobermeister und kein Werkstattmeister!«

»Der Junge ist unterwegs.«

»Wann kommt er denn wieder?«

»Der kommt immer nachmittags wieder.«

»Wo ist er denn unterwegs. Können Sie ihn anrufen?«

»Wer hat gerufen?«

»Ob Sie ihn anrufen können!« Heiner Brand aktivierte sein Stimmvolumen.

»Nein, nein. Soll ich ihm was geben?«

»Nein, Sie können ihm was sagen.«

»Das vergesse ich. Schreiben Sie auf, was Sie von ihm wollen.«

»Darf ich mal reinkommen? Ich kann hier vor der Tür nicht schreiben.«

Sie schloss die Tür, er hörte eine Kette rasseln und dann öffnete sich die Tür weiter, bis sie an einem im Flur abgestellten Korb anschlug.

»Sind Sie auch wirklich von der Polizei?«

»Ja, wirklich.« Er zeigte ihr seinen Dienstausweis.

Dann ließ sie ihn wenige Schritte in den Flur. Er musste sich fast hineinzwängen, weil die Tür nicht vollständig zu öffnen war und zudem sein Body-Mass-Index Platz forderte.

»Was hat er denn angestellt?«

»Er hat nichts angestellt. Ich schreibe ihm bloß auf, dass er vorsichtiger fahren soll. Er ist fast mit meinem Wasserschutzboot zusammengestoßen!«

»Was? Ist was kaputt gegangen?«

»Nein, nur beinahe!« Er winkte ab, sehnte sich nach der Ruhe, die ihn gleich wieder umgeben würde, gab der Frau den Zettel und verabschiedete sich. Draußen schob er sich die Mütze in den Nacken, schüttelte den Kopf und ging frustriert zurück zum Boot. Diesen Einsatz konnte er komplett unter Ulk verbuchen.

Er näherte sich wieder dem Haff. Wenige Spaziergänger und Radfahrer waren unterwegs. Schon von Weitem sah er einen Mann auf dem Steg, der sein Boot betrachtete. Brand ging vor, um sein Streifenboot wieder startklar zu machen.

»Jeilet Boot ham se da. Wie schnelle issn der?«

»So schnell, dass man es nicht darauf ankommen lassen sollte«, gab Heiner Brand lachend zurück.

»Mein Name is Kolosalski, Horst Kolosalski. Ick bin hier uff Wellnitz.«

»Schön, Herr Kolosalski, dann erholen Sie sich mal schön. Unsereins muss arbeiten.«

»Heute nachmittach jehtet weita. Die sind ja nett hier, so uff ihre Art, vastehn se? Ick meine, die müssen ja mit die Behandlung, die ick da uff Wellnitz noch druff jebucht habe janz schön ran. Hab ja och dafür beßahlt. Die sind nich zimperlich, dett kann ick ihnen sagen! Aba, wie wärt denn ma mit ne kleene Spritztour? Ick würd mir ooch erkenntlich zeijen.«

»Die Frage können Sie sich bestimmt selbst beantworten.«

»Allet klar. Nüscht für Unjuht. Ick jeh ooch wieda. Uff den Pontong hier wirste besoffen, so schaukelt der, wenn welche hin und her loofen.«

Heiner Brand hatte inzwischen die Maschine gestartet, die keine Zeit hatte, um so weit abzukühlen, dass er ihr nicht recht schnell Volllast zumuten dürfte.

Da fiel ihm ein, die Neugier dieses Kurgastes für sich zu nutzen.

»Herr Kolosalski, wie lange waren Sie denn schon auf dem Steg, als ich eben kam?«

»Vielleicht fümpf Minutn, oder so.«

»Haben Sie in dieser Zeit gesehen, ob jemand an dem Boot da drüben war?« Er wies auf Wolters Motorboot. Horst Kolosalskis Bedeutungserleben wuchs urplötzlich.

»Is denn sowat? Imma, wenn ick anne Ostsee fahre, hab ick et mit die Pullißei zu tun. Is dit jetze n Vahör?«

»Nein«, beeilte sich Heiner Brand zu antworten. »Nur so. Ich wollte mir das mal anschauen.«

»Soone Dinga fahrn bei uns uffn Müggelsee und uff de Spree und uff de Havel und uffn Wannsee. Kurz und schnell. Da kenn ick mir mit aus! Det isn Gleiter. Looft nur juht, wenna schnell is.«

»Kriegen Sie denn meine Frage noch beantwortet?«

»Nee.«

»Wollen Sie mir nicht antworten oder war das Nein die Antwort auf meine Frage?«

»Ick hab doch jesacht. Nee, da war keena.«

»Na dann, schönen Tag noch.«

Der Rückwärtsgang zog das Boot vom Schwimmsteg weg, dann drehte er und nahm Kurs auf das Ostufer der Halbinsel Wustrow. Kolosalski schaute ihm versonnen nach und erinnerte sich an all das, was ihm im Zusammenhang mit dem Mord an dem Geocacher vor einiger Zeit passiert war. ›Alleene dafür hett ick ne Kur jebraucht‹, sinnierte er vor sich hin, als hinter ihm plötzlich jemand laut rief: »Hier darf keiner hin, auch Sie nicht!«

Horst Kolosalski drehte sich um und sah sich einem Mann mittlerer Größe gegenüber. Schlank, krauses, hellblondes Haar. Der fuchtelte mit einem Schlüsselbund herum und gestikulierte wild.

»Hier darf keiner, der kein Boot hat. Ich melde das sonst!«

Das laute Rufen und Gestikulieren kam ihm seltsam vor, sodass er es vorzog, dem Stegwächter Folge zu leisten. Er hob die Hände, machte beruhigende Bewegungen und trollte sich ohne Gegenrede Richtung Strand.

Hellfried Wolter sah seine Mission für heute erfüllt und trollte sich in die Richtung seines Elternhauses.

Heute war er nicht mit dem Boot unterwegs, sondern mit seinem Fahrrad. Das schob er, weil er sich einen Platten eingefahren hatte. Er war bis Pepelow gekommen.

Das Mountainbike hatte er mal im Sperrmüll gefunden. Wenige Handgriffe genügten und es sah wieder gut aus. In seinen Ohren steckten Kopfhörer. Er wippte im Rhythmus der Musik. Er verfügte über eine große Auswahl. Die eine Musik passte zum Radfahren, eine zum Bootfahren und eine zum Laufen.

So kam er zu Hause an und wurde von seiner Mutter empfangen. »Nun setz dich erstmal, mein Junge, und iss was. Hier, ich habe dir schön Spiegeleier mit Schinken gemacht. Das magst du doch so gerne.«

»Ja, Mama, danke. Was würde ich bloß ohne dich machen? Da war schon wieder einer auf dem Steg, ganz dicht am Boot. Den habe ich weggejagt, dass er nicht wiederkommt.«

»Warst du denn am Boot?«

»Hmmm.«

»Vorhin war die Wasserpolizei hier. Die haben auf den Zettel geschrieben, dass du vorsichtiger fahren sollst.«

»Nee, nee, DIE sollen mal lieber vorsichtig fahren. Neulich auch wieder. Da wollte schon wieder einer in die Kroy. Den hab ich aber voll nass gespritzt und denn is der steckengeblieben. Das war voll lustig.«

»Was du nur immer für Sachen machst. Pass bloß gut auf. Wenn du allein bist, kann ich dich nicht beschützen. Das weißt du doch, oder? Ich hab dem Polizisten auch nicht gesagt, wo du bist und dann hat Mama wieder gespielt, dass sie alt und schusselig ist und schlecht hört.«

Hellfried Wolter amüsierte sich und wippte lachend mit dem Oberkörper gegen den Tisch, von dem er sich wieder und wieder abstieß.

Nach einigen Minuten wurde er ruhiger. Seine Mutter hantierte in der Küche. Der alte Herd war mit Gas befeuert und hatte eine Platte, unter der zusätzlich ein Holz- oder Kohlenfeuer entfacht werden konnte. Immer stand ein Kessel mit Wasser darauf.

Früher waren alle Zimmer mit Kachelöfen bestückt. Heute liefen ungeschickt verlegte Heizungsrohre über der Tapete, dicht an der Scheuerleiste.

Die Wände waren schief und die gemusterten alten Tapeten hatten Mühe, ihre Muster ohne unterbrechende Stufen fortzusetzen. In einer Kammer stand Eingewecktes. Früher hingen dort Schinken. Das Haus der Eltern und schon der Großeltern hatte immer etwas Magisches, etwas Ewiges, etwas immer sein Sollendes und war aus der Zeit gefallen. Einfach so geblieben, als wäre das seine Bestimmung.

Kapitel 31

Der technische Sachverständige

»Können Sie mir den technischen Bericht bitte so abfassen, dass ich ihn verstehe? So wie die Rechtsmediziner, die alle medizinischen Fachbegriffe eindeutschen?«

»Gern doch, das machen wir eigentlich immer so, denn unsere Berichte müssen gegebenenfalls in eine Verhandlung vor Gericht eingeführt werden. Da können wir kein zweites Gutachten in einfacher Sprache erstellen. Ich denke, Sie werden das alles nachvollziehen können.«

»Wie weit sind Sie denn?«

»Fertig.«

»Und warum habe ich dann nichts auf dem Tisch?«

»Weil der Botendienst erst in einer halben Stunde hier ist und weitere wenige Minuten bis zu Ihnen benötigt!«

Staatsanwältin Kernbach stand unter Erfolgsdruck und konnte ihre Ungeduld nicht verbergen. Diplom-Ingenieur Peter Kanter war mit ihrem Verhalten vertraut und konnte ihre Angriffe lässig abwehren. Die Auftraggeberin legte wieder auf und er war nicht genötigt, das Gutachten am Telefon zu erörtern. Seit acht Jahren arbeitete er nun bei der DEKRA in Rostock und hatte ein Arbeitsfeld gefunden, das ihn voll ausfüllte. Häufig vertrat er Gutachten vor Gericht, zum Beispiel Vermeidbarkeitsgutachten nach Verkehrsunfällen, Gutachten zum technischen Zustand von Fahrzeugen, Geschwindigkeitsberechnungen aus Bremsspuren und vieles mehr. Die DEKRA wurde überall tätig, wo technische Gerätschaften in Verbindung mit rechtsrelevanten Vorgängen zu untersuchen waren. Besonders gern mochte er das Thema Tauchen, weil sich dort Arbeit und Hobby verbinden ließen. Die technische Aufarbeitung von Tauchunfällen gehörte dazu und brachte neben der Aufklärung eines zumeist tragischen Unglücksfalles für ihn selbst einen großen Erkenntnisgewinn. Andererseits machte ihn diese Kombination aus privat und dienstlich befangen, sodass er keinen Tauchgang mehr ohne Gedanken an fatale Zwischenfälle unternehmen konnte.

Das Kajak von Torsten Tengler war der DEKRA überstellt worden. Ein Tsunami 140 von Wilderness Systems, eine Firma aus den USA. Das etwa 4,30 Meter lange Boot für eine Person wog 24 kg. Es war aus Polyethylen und dadurch schwer. Mit dem Gewicht erkaufte man sich jedoch Sicherheit in Form von Robustheit und Kippstabilität. All das wusste Peter Kanter schnell nach kurzer Recherche im Netz. Das Boot war weitgehend intakt und wies nur am Süllrand rechts vorn einen Riss auf. Diese Stelle, wo das Material zur Bildung einer Einstiegsluke wie umgekrempelt war, bot eigentlich besondere Stabilität. Der Riss verlief quer und setzte sich auf das rechte vordere Deck über 10 cm fort. Die Ränder lagen aneinander, als wenn der Kunststoff nach der Überbelastung wieder zurückgefedert war. Peter Kanter war klar, dass es eine massive komprimierende Gewalt gegeben haben musste, die jedenfalls ausreichte, um das Boot zum Kentern zu bringen. In Höhe des Risses fanden sich einige Schrammen in gleicher Verlaufsrichtung. Er hatte Mühe, das Alter dieses Befundes zu schätzen. Mit einem aufgesetzten Stereomikroskop untersuchte er die oberflächlichen Schrammen auf die Schürfrichtung und kam wenigstens dabei zu einer klaren Aussage. Es dominierte eine Schürfrichtung von außen nach innen, so dass die Gewalt vermutlich seitlich auftraf und dann die rechte Seite des Bootes nach unten drückte. Die Ränder des Risses waren sehr scharf und glatt konturiert. Hätten sie schon längere Zeit bestanden, hätten sich die Kanten vermutlich durch zahllose, kleinere Bewegungen gegeneinander abgeschliffen. Antragungen von Fremdsubstanzen, insbesondere Lackspuren oder Spuren von Gelcoat, dem Hartlack zur Versiegelung von Bootsrümpfen, fanden sich nicht. Insofern gab er im Gutachten dem am ehesten denkbaren Szenario einer Kollision oder Kompression Ausdruck, weil sich anders kein Vorgang anbot, der die nötige Energie mitbrachte, um den Schaden zu setzen. Den dann noch erhofften Hinweis auf das beteiligte Fahrzeug musste er schuldig bleiben.

Staatsanwältin Kernbach öffnete das Couvert, welches der Botendienst von der DEKRA lieferte und las sich das Gutachten durch. Ihre Mine verriet, dass sie nur zur Hälfte zufrieden war. Der Griff zum Telefon war hart und ungeduldig.

»Frau Semlock, Kernbach hier. Ich habe das Gutachten der DEKRA. Die sagen etwas Wichtiges, wenn auch nicht alles, was ich mir erhofft habe.«

»Ist es nicht immer so?«, entgegnete Kommissarin Semlock mit einem Lächeln, das ihr Gegenüber natürlich nicht sehen konnte. Sonst hätte Frau Kernbach vermutlich mit etwas weicherer Stimme weitergesprochen.

»Es ist nie alles Gute zusammen, aber besser ein Glas halbvoll als halbleer.«

»Verschonen Sie mich mit Volksweisheiten, Frau Semlock«, entgegnete sie hart. »Das Wichtige im Gutachten ist die Feststellung, dass es eine massive mechanische Gewalt gegen das Boot gab. Kollision oder Kompression. Die Spuren sind frisch. Wir müssen davon ausgehen, dass der Schaden dem Zeitfenster zuzuordnen ist, in dem Torsten Tengler verschwand. Da bleibt uns nichts übrig, als weiter von einem Fremdverschulden auszugehen. Insofern bekommt die These von Dr. Brandenburg durch die DEKRA Unterstützung. Mein Gefühl sagt mir, dass wir damit richtig liegen. Leider haben die keine Spuren gefunden, die meinetwegen vom Lack eines Bootes stammen könnten, sodass wir da nicht so schnell weiterkommen, wie ich es erwartet hatte.«

»Also ist das Glas halbvoll.«

»Ja, ja, meinetwegen. Sie wissen doch, dass ich diese Wortschlenkereien nicht mag. Das hat nichts mit Ihnen zu tun. Ich bin unter Druck, hier in der Behörde und von Natur aus ungeduldig. Dürfte Ihnen nicht neu sein.«

Kerstin Semlock spürte zum ersten Mal eine winzige, weiche Seite bei der sonst so herben Kollegin.

»Frau Kernbach, lassen Sie uns einfach öfter miteinander reden. Mir liegen auch manchmal Dinge quer, über die ich mich gern mit jemandem austauschen würde, der nicht zu meinem engen täglichen Umfeld gehört.«

Frau Kernbach stutzte und wich beinahe zurück, weil sie diese Resonanz nicht erwartet hatte. Jetzt zauberte sich auch bei ihr ein Lächeln ins Gesicht, was ebenso ungesehen blieb.

»Gern, Frau Semlock und grüßen Sie bitte Frau Strehlow von mir.«

»Wen?«

»Annika Strehlow, ihre junge Mitarbeiterin. Warum war sie eigentlich neulich nicht mit auf dem Schiff?«

Kerstin Semlocks Verwunderung, die sie sich auf keinen Fall anmerken lassen wollte, schuf sich neuen Raum. Annika Strehlow schätzte sie als Kollegin sehr. Sie war aber eher unscheinbar und passte bisher überhaupt nicht in eine Verbindung zu Franziska Kernbach. Aber, ok, dachte sie sich. Schön.

»Ja, ich richte Ihre Grüße gern aus. Einen schönen Tag noch.«

»Danke, Ihnen auch.«

Kapitel 32

Auf der Suche nach Redlock

BRB eilte vom Parkplatz in das Institut. Die Haustür aus altem, schwerem Holz war Kummer gewohnt und wehrte sich nur noch über ihre Trägheit. Die Eingangstür zu den Sekretariaten ächzte dagegen noch unter seiner Wucht und schlug mit lautem Knall zu, nachdem er sich Einlass verschafft hatte.

»Guten Morgen Moneypenny«, rief er laut in den Raum.

Der Schalldruck des Grußes als Bugwelle und in der Schleppe muffiger Kellergeruch, den er aus dem Treppenhaus hereintrug. Dazwischen die neueste Duftkreation aus dem Hause Wunderbar, die offensichtlich als Gegenmittel von Moneypenny vorbeugend freigelassen worden war. Er bemerkte nicht, dass sie telefonierte. Die Sekretärin, als unverzichtbare gute Seele, seit vielen Jahren im Haus und jedem Angriff gewachsen, gab ihm mit unmissverständlicher Geste zu verstehen, dass ihre Leitung belegt war. Er zog sich sofort zurück und wartete geduldig, bis die üblichen Schlussformeln eines zu Ende gehenden Telefonates durch die angelehnte Tür drangen.

»Karsten was gibt es?!«, fragte sie gestresst.

»Moneypenny, nur eine kurze Frage. Ich muss wissen, ob wir einen Hellmuth Wolter im Februar/März als Leichenschau im Krematorium hatten. Im Obduktions- und Leichenschauregister steht er nicht, da habe ich schon selbst nachgesehen.«

»Ich habe geahnt, dass du mit Arbeit kommst.« Sie hatte sich den Namen aufgeschrieben und suchte ihn in einer übergroß gewordenen Datei.

»Sorry, Mr. Bond. Er ist nicht dabei, auch keine ähnlichen Namen. Worum geht's dir denn?«

»Frank Semper hat mir von einem Sterbefall in der JVA erzählt, in der er eingesessen hat. Der sei offiziell als Suizid dokumentiert worden, er wisse aber, dass es ein Tötungsdelikt war. Wir haben ihn nicht gesehen. Für die Staatsanwaltschaft muss die Sache klar gewesen sein. Keine Leichenschau vor Ort, keine im Saal, keine Obduktion. Bleibt nur das Krematorium. Dort muss ihn jemand von uns angesehen haben.«

»Ok, aber wie kommst du darauf, dass es eine Feuerbestattung war und keine Erdbestattung und wenn Feuer, warum dann in Rostock oder Schwerin?«

»Du hast recht, ich weiß es nicht, aber es ist naheliegend, weil Feuerbestattung in unserer Gegend die dominierende Bestattungsform ist. Aber, ich sollte ermitteln, wo er vor der Inhaftierung gewohnt hat, dann ist die Bestattung vermutlich an seinem Wohnort erfolgt und das muss ja bei unserer Belegung der Haftanstalten nicht zwingend MV sein. Schon gar nicht der Einzugsbereich unserer Krematorien. Ich danke dir! Manchmal hilft schon lautes Nachdenken und das auch noch mit dir, der Tag kann nicht besser werden.«

Sie schaute ihm irritiert nach und nahm sich keine Zeit, diese kleinen Wortspielereien zu bewerten.

Ein Anruf in der Haftanstalt Waldeck bei Rostock brachte nichts, aber in Bützow landete BRB sofort einen Volltreffer.

»Hellmuth Wolter? Meinen Sie Redlock? Unseren legendären Redlock? Der ist nicht mehr, Herr Doktor.«

»Ich weiß, ich weiß, wie ist er denn gestorben?«

»Der hat sich im Februar hier bei uns erhängt. Ein paar Tage nach seinem Geburtstag. Da standen noch Blümchen auf seinem Tisch. Klarer Suizid, keine Zweifel. Das hatte sich schon angedeutet. Der lief hier unter verdrehtem Namen, wissen Sie? Wir haben das mitgemacht, weil er sich ausgerechnet hat, dass die anderen nicht merken, warum er eingefahren ist. In den Medien las man zwar nur Namenskürzel, aber der wollte auf Nummer sicher gehen. Kinderschänder haben bei uns einen schlechten Stand! Doch irgendwann hat es einer gecheckt. Das Rätsel war ja auch nicht schwer zu lösen. Dann ging es los. Die Insassen haben ihn sich vorgenommen. Das Übliche, also der hatte es zuletzt nicht leicht und insofern wundert's nicht, dass er sich erhängt hat. Am Fensterkreuz, sah schlimm aus. Nichts für schwache Nerven.«

»Hören Sie bitte, wo hat denn der Wolter gewohnt, bevor er zu Ihnen kam?«

»Kann ich Ihnen sagen, weil er regelmäßig Besuch von zu Hause bekam. Er stammte aus Rerik. Seine Frau kam immer mit dem Sohn. Der hatte sie aber irgendwie auch nicht alle, komischer Typ. Die muss es mit dem allein auch schwer gehabt haben.«

»Ich danke Ihnen, Sie haben mir sehr geholfen.«

Ein Telefonat hetzte das nächste. Es galt nun, die Bestattungsform zu erfahren. Die Friedhofsverwaltung erinnerte sich zum Glück und gab eine Erdbestattung an, im Familiengrab, auf dem Neuen Friedhof von Rerik. BRBs Wangen glühten. Diese Informationen lieferte er auf dem Tablett und hoffte so, Kerstin Semlock bei der Argumentation gegenüber der Staatsanwaltschaft zu unterstützen. Die nahm das Info-Päckchen gern und rief Staatsanwältin Kernbach an.

»Warum soll ich einen Suizid obduzieren lassen, der vor einem halben Jahr begangen wurde, Frau Semlock?«

»Weil es vielleicht keiner war, Frau Kernbach!«

»Ein Vielleicht reicht mir nicht. Die Situation wurde von der JVA als Suizid beschrieben. Warum sollten wir uns dabei nicht sicher sein?«

»Mehr als einen starken Zweifel kann ich im Moment nicht liefern«, setzte Kerstin Semlock nach.

»Nun, ich brauche aber Anknüpfungstatsachen, Frau Kommissarin! Der Begriff sollte gerade Ihnen nicht fremd sein!«

»Danke für die Belehrung. Ich knüpfe an eine Äußerung von Frank Semper an.«

»Wem gegenüber hat der sich wann, wo und in wessen Auftrag bitte schön geäußert?«

»Mir, als ich ihn im Klinikum besuchte.«

»Im Klinikum? Schenkt er da jetzt auch Sekt aus?«

»Kann man so nicht sagen. Im Gegenteil: Ihm wurde kräftig eingeschenkt.«

»Ihre saloppe Ausdrucksweise sagt mir, dass diese Geschichte bisher keine strafprozessuale Form hat.«

»Die bekommt sie aber aktuell und darum berichte ich aktuell. Er möchte keine Anzeige erstatten, aber es ist zu spät. Er liegt mit einer schweren Körperverletzung auf Station. Sie natürlich müssen ermitteln!«

»Warum waren Sie dort?«

»Das Klinikum hat die Rechtsmedizin um ein Konsil gebeten und die haben mich dann informiert.«

»Dann kommen Sie mal zum Kern.«

»Ehemalige Mitinsassen von Semper haben Wind davon bekommen, dass er zu mir und auch zu Ihnen Kontakt hatte. Die haben ihn eindrucksvoll bearbeitet, um ihr Missfallen auszudrücken.«

»Kontakt zu mir?«

»Die von Ihnen initiierte Festnahme und Ihr zufälliges Zusammentreffen im Ursprung!« Staatsanwältin Kernbachs Stimmung kippte.

Sie wechselte die Hand und hielt ihr Smartphone nun an das rechte Ohr, als ob dadurch etwas anders oder besser werden könnte. Sie schwieg einen Moment. »Was ist ihm passiert?«

Kerstin Semlock zählte die Befunde auf.

»Und weiter?«

»Er meint zu wissen, dass der Suizid dieses gewissen Redlock in der JVA Bützow kein Suizid war, sondern ein Tötungsdelikt, begangen durch die netten Herren, die ihm den Gesichtsschädel frakturiert haben.«

»Wenn er das ernst meint, soll er bitte eine Aussage machen.«

»Wird er von selbst nicht tun, weil er aus der Nähe zu uns eine große Ferne werden lässt, um seine Familie zu schützen. Wir haben jetzt diese Info und mehr geht nur, wenn Sie ihn als Zeugen vernehmen lassen, Frau Kernbach. Da wird er die Aussage wiederholen, bin mir sicher!

»Sechs Monate Erdgrab! Was wollen Sie da noch sehen? Ich werde nur dann eine Exhumierung beantragen, wenn Aussicht auf einen Untersuchungserfolg besteht!«

»Da bin ich ganz optimistisch, Frau Kernbach. Der Sargdeckel ist nicht eingebrochen, auch wenn es nur Kiefernholz sein sollte. Dr. Brandenburg sagte mir, dass die inneren Organe noch erkennbar sind, auch wenn sich natürlich Form, Farbe und Konsistenz verändert haben. Wir könnten zum Beispiel noch alte Herzinfarktnarben sehen oder Massenblutungen, natürlich auch Knochenbrüche. Im speziellen Fall Redlock wäre das Kehlkopfskelett interessant. Es gibt eine Beschreibung über den Sitz des Strangwerkzeuges. Die könnten wir mit den tatsächlichen Befunden abgleichen. Wir können Folgen scharfer Gewalt vermutlich recht gut von fäulnisbedingten Hautdefekten abgrenzen. Ich denke da an Abwehrverletzungen, die vielleicht übersehen wurden. Wir können toxikologische und genetische Zusatzuntersuchungen durchführen.«

Kerstin Semlock spulte ab, was ihr die langjährige Erfahrung aufgab. Staatsanwältin Kernbach hörte widerstandslos zu.

Nach kurzem Schweigen erwiderte sie nur kurz: »Ich überlege mir das,« und legte auf.

Sie fluchte innerlich. Widerwillig nahm sie sich dennoch vor, dem nachzugehen. Andernfalls sah sie sich schon jetzt einem Shitstorm ausgesetzt, sollte diese Sache auf anderem Wege publik werden und sie nichts unternommen haben.

Kapitel 33

Neuer Friedhof Rerik

Früh um fünf Uhr trafen sich auf dem Neuen Friedhof Rerik Vertreter der Staatsanwaltschaft, des Gesundheitsamtes, der Friedhofsverwaltung und der Rechtsmedizin zu einem von allen nicht unbedingt herbeigesehnten Termin. Die Exhumierung des Hellmut Wolter zum Ausschluss einer Straftat. Neben der Landstraße, die von Kröpelin nach Rerik führt, wurden die Besucher im fahlen Morgenlicht empfangen. Das Gelände war mit nur wenigen Grabstellen belegt. Viele Gräber waren im Lauf der Zeit eingeebnet worden. Einige Kriegsgräber erinnerten an die Bombardierung der Halbinsel Wustrow 1943 bzw. der militärischen Anlagen dort. Davor zwei Urnengemeinschaftsanlagen. Hinter einem kleinen Gebäude vereinzelt und auch gruppiert angeordnete neuere und ältere große Grabstellen mit Stein. Von denen waren einige schon lange im Besitz von Familien. Dort kam es selten noch zu Erdbestattungen.

Hellmut Wolters Grabstelle lag neben einer großen Doppelreihe von Pappeln, die bei der Fahrt zum Friedhof schon von Weitem zu sehen war. Die seltenen Besucher des Friedhofes fanden sich aus gutem Grund sehr früh ein und damit weit vor den üblichen Besuchszeiten. Man hatte sich überlegt, die Angehörigen von Hellmuth Wolter nicht über die beabsichtigte Exhumierung zu informieren und sich gegebenenfalls lieber aufgeregten Nachfragen zu stellen. Eine Mitarbeiterin der Friedhofsverwaltung navigierte die Gruppe zur Grabstelle und bat um einige Minuten Geduld, bis der Bagger eintreffen würde. Eine schaurige Vorstellung nach der anderen durchzog die Wartenden, deren Fantasien durch das Rauschen eines leichten Windes durch die Wipfel der Pappeln Nahrung bekam. Man unterhielt sich automatisch irrational leise, als wollte man die Ruhe von Helmuth Wolter nicht stören, obwohl jeder wusste, dass das gleich in einem unbarmherzigen Kontrast geschehen würde.

Wohl dem, der sich mit warmer Kleidung ausgestattet hatte. Es war zwar Sommer, aber der Morgenwind transportierte von See und Haff doch eine kriechende Kühle, die niemand gern an sich heranlassen wollte.

Nach zehn Minuten wurden ein Dieselmotor und ein Rappeln lauter. Ein Minibagger mit geschlossener Kabine näherte sich, bei jeder Unebenheit bedrohlich schwankend. Die Grabstelle war bereits vorsorglich von Pflanzen, Begrenzungssteinen und vom Grabstein beräumt worden. Aus der Kabine des Baggers drang nach dem Aufklappen eines kleinen Fensters ein lautes »Moinsen.« Die Mitarbeiterin der Friedhofsverwaltung versicherte anhand des Belegungsplanes, dass man vor der Grabstelle des Helmuth Wolter stehen würde, geboren am 3. Februar 1978, verstorben am 09. Februar 2020.

Der Baggerfahrer begann mit der Bedienung seiner vielen Hebel, um sich in Position zu bringen. Mit hydraulisch transportierter Kraft nahm er unbarmherzig Schicht für Schicht in die Schaufel und lagerte den Aushub neben der Grabstelle in Reichweite seines Armes, wo Platz genug war und keine Gefahr bestand, andere Grabstellen zu beschädigen oder abzudecken.

Gebannt starrten alle auf die tiefer werdende Grube, bis sich irgendwann nach unendlich gefühltem Warten ein dumpfes Geräusch den Weg nach oben bahnte. Die Schaufel setzte mehrmals kurz auf. Das Geräusch wiederholte sich und kombinierte sich langsam mit einem unangenehmen, muffigen Erdgeruch.

»Das ist der Sargdeckel«, rief der Baggerfahrer erklärend in die Runde. »Und nun?«

»Weiter!«, rief BRB zurück.

»Weiter so is nich, junger Mann. Da muss der Spaten ran, dass wir an den Seiten tiefer kommen und Seile drunter kriegen.«

»Ja, na denn« entgegnete BRB und zuckte mit den Schultern.

Ratlosigkeit und Entsetzen in den Blicken der Umstehenden. Wer sollte jetzt zum Spaten greifen?

»Ich hab Rücken«, sagte der Baggerfahrer und lehnte sich genüsslich zurück, um eine Flasche Wasser anzusetzen. Er hatte seine von ihm erwarteten Sekunden Genugtuung und feierte innerlich, als er in die Gesichter der angereisten Gesellschaft sah. Die Situation löste sich zum Glück recht schnell, weil zwei weitere kräftige Männer vom Bauhof engagiert waren, um das begonnene Werk fortzusetzen. Der

Bagger wurde erst wieder gebraucht, um mit seinem starken Arm in die Schlaufen von zweier Hebebänder zu greifen. Wieder beherrschte das Motorengeräusch die Szenerie. Der Bagger zog an und unter lautem Knarzen löste sich der Sarg vom erdigen Grund, dessen Deckel in etwa zwei Meter tiefe lag (»six feet under«). Beim Heben schrammte er mehrmals am Grubenrand und verkippte dabei jedes Mal so, dass alle die Luft anhielten. Das Ungleichgewicht pendelte sich jedoch immer wieder aus, bis er frei über der Grube hing und nach einem Schwenk seitlich abgesetzt wurde. Die Spatenmänner fegten mit einem Besen den feuchten Sand ab, sodass der schlicht gehaltene Sarg, der intakt geblieben war, vollständig inspiziert werden konnte. Ein Bestattungsunternehmer stand parat und nahm ihn in sein Fahrzeug. Das Unternehmen hatte zwei Stunden gedauert. Die Spannung löste sich allmählich. Man verabschiedete sich und ging langsam zu den Autos. Der Auftrag war klar. Eine Obduktion zum Ausschluss von Fremdverschulden. BRB fuhr vor zur Landstraße, sah kurz zu den Großsteingräbern herüber und nahm sich zum wiederholten Mal vor, ihnen irgendwann, wenn er mal Zeit haben würde, einen Extrabesuch abzustatten.

Kapitel 34

Fernabfrage

»Sie sehen es mir sicher nach, dass ich zur Obduktion Wolters nicht anwesend war? Das heißt, im Geiste war ich dabei. Den Rest wollte ich schonen.«

»Liebe Frau Kernbach, auch wenn ich Ihren Geist im Saal natürlich gespürt habe, so habe ich den Rest von Ihnen, wie Sie sagen, vermisst. Den hätte ich gern zu meiner Unterstützung an meiner Seite gehabt.«

»Sie hatten doch die Reste von dem Wolter. Ich dachte, das genügt Ihnen.«

»Es liegt mir fern, das eine mit dem anderen zu vergleichen. Ich vermute, dass Sie nun aus der Ferne einen vorläufigen Obduktionsbericht von mir haben möchten.«

»Ihr Scharfsinn verblüfft immer wieder.«

»Kurzform oder Langform?«

»Sie kennen mich doch, kurz und prägnant bitte!«

»Gut, Kurzform. Also sage ich ganz kurz 'Tötungsdelikt'.

»Bitte?« Frau Kernbach schrie fast in den Hörer.

BRB wiederholte stoisch: »Tötungsdelikt.«

»Nun erzählen Sie schon. Wie kommen Sie denn darauf?«

»Das war die geforderte Kurzform. Ich lege etwas zu, um mich verständlich zu machen. Also, Rückenlage. Ordentlich sitzende Kleidung: Anzug, Hemd, Krawatte, sehr konventionell. Müsste jetzt alles mal in die Reinigung. War nicht mehr so …«

»Verschonen Sie mich bitte mit umkränzenden Schilderungen und Ausflügen in die Komik! Ich will nur die Fakten«, rief sie dazwischen.

»Verstanden. Also er trug vormals weiße Handschuhe, was mich stutzig machte, weil ich das sonst im Krematorium nicht sehe. Die meisten tragen keine Handschuhe. Nachdem wir die Handschuhe sorgsam entfernt hatten, sprang uns auch sogleich der Grund für dieses modische Accessoire entgegen und das waren ganz offenbar die Fingernägel.«

»Entschuldigung, die waren noch dran?«, fragte Frau Kernbach scheu zurück.

»Sicher doch. Das hatte ich nach der Liegezeit schon erwartet. Ich habe nur nicht erwartet, dass die Nagelkanten der zweiten und dritten Finger beider Hände tief eingerissen beziehungsweise gebrochen waren.«

»Wie erklären Sie sich das? Eine Folge der Liegezeit? Werden die Nägel vielleicht brüchig?«

»Nein, was wir gesehen haben sind am ehesten Folgen von Abwehrhandlungen. Massives Greifen und vielleicht auch Kratzen. Wir haben uns erlaubt, diese Befunde zu fotografieren, zu beschreiben und zu asservieren. Die Fingernagelkanten sollten auf Fremd-DNA untersucht werden! Gegen irgendwen muss er sich gewehrt haben, vielleicht gegen die, die Frank Semper zugerichtet haben sollen.«

»Und Sie meinen, man könnte nach der Zeit im Erdgrab damit noch Erfolg haben?«

»Ich gebe zu, der Untersuchungserfolg ist in diesem Fall fraglich. Ich weiß es nicht. Falls Fremd-DNA unter den Nagelkanten war, könnte sie degradiert sein. Gut möglich. Die Hände waren aber durch die Handschuhe ganz gut geschützt. Wir sollten es unbedingt versuchen. Der Aufwand ist nicht groß! Da wir nie etwas ausschließen können, sind die Risse in den Fingernägeln mit weitaus geringerer Wahrscheinlichkeit nur Folgen von Selbstrettungsversuchen im Rahmen einer suizidalen Handlung.«

»Doktor Brandenburg, was denn nun? Hü und Hott«, gab Frau Kernbach genervt zurück.

»So ist es nunmal«, gab BRB lächelnd zurück. »Wir sollten der Variante zuerst nachgehen, die nach unserer Erfahrung am nächsten liegt und das ist in diesem Fall die Fremdeinwirkung, wobei dann auch von einem Spurenbild am Angreifer auszugehen ist. Nun zu der bisher vermuteten Todesursache. An der Halshaut zeichnete sich tatsächlich noch der Rest einer Strangmarke ab. Dazu passend Verletzungen des Kehlkopfskelettes, wie wir sie häufig nach Strangulationen sehen. Insofern aus diesen Befunden allein keine Situationsfehler ableitbar. Die inneren Organe …«

»Verschonen Sie mich bitte mit weiteren Details«, sprach sie dazwischen. »Jedenfalls kann ich wohl mal gratulieren, Herr Brandenburg. Ihre Beharrlichkeit hat sich gelohnt. Sie haben einen Ermittlungsweg eröffnet, den noch keiner im Sinn hatte. Mich kann ich dagegen nur bedauern, denn nun habe ich noch ein weiteres Ermittlungsverfahren am Hals, was eigenartigerweise in der Nähe unserer Vermisstenfälle und in der Nähe zu dem Fall Tengler liegt. Es scheint sich alles zu verdichten. Mein Schreibtisch ist langsam überfordert!«

»Aus unserer Sicht könnten Sie die exhumierte Leiche übrigens wieder freigeben«, setzte Dr. Brandenburg hinzu. »Wir haben alles asserviert, was wir eventuell noch brauchen.«

»Gut, dann sage ich Ihnen das jetzt gleich mal so am Telefon. Veranlassen sie bitte auch, dass der Verstorbene wieder bestattet wird. Ich danke Ihnen.«

BRB war erstaunt. Welch ein warmer Nachklang in diesem Danke.

Kapitel 35

Bleib bei mir

»Warum hast du mich hierher gelotst?«

»Der Weststrand vom Darß ist einfach das schönste Stück unserer Ostseeküste«, antwortete er.

»Und was hat das mit mir zu tun?«

Er legte seinen Arm um sie und zog sie an sich. »Tamara, du bist das Schönste in meinem Leben. Es ist zwar alles schräg gelaufen, aber das ändert nichts daran.«

Jens Perkow spürte die Wärme dieser Frau, obwohl ein kühler Nordwest blies.

Der Wind hob ihr Haar, das mit seinen Spitzen immer und immer wieder über sein Gesicht zog. Sie ließen es beide zu und Tamaras Blick verlor sich endlich nicht in einer unbestimmten Ferne, sondern heftete sich an den seinen. Ihr Atem wurde schneller und beide verloren sich in einem Kuss, der alles ausdrückte, was sie nicht in Worte fassen wollten. Ein vollkommener Moment. Noch viel schöner als bei ihren Treffen in Berlin, wo die Zeit immer drückte und alles in einen Rahmen passen musste, der nichts mit ihnen zu tun hatte.

Jetzt gab es nichts mehr, was nicht mit ihnen zu tun hatte. Der warme Sommerwind, der Strand, die Windflüchter, die bewaldeten Dünen im Hinterland, die Seemöwen, das bizarre Treibholz, die Gischt der Brandung, der Segler, der mit halbem Wind an der Küste entlang zog. Alles verwob sich zu einem Gefüge, das nur für sie da zu sein schien. Sie gaben sich dem hin, bis es Abend wurde.

»Ich habe Angst, Jens. Es fühlt sich nicht richtig an.«

»Ich weiß, was du meinst. Ich verstehe dich.«

Beide waren auf dem Weg zurück zum Parkplatz »Dreieichen« . Er zog sie wieder an sich.

»Der Gedanke an deinen Mann macht mir auch zu schaffen. Wir können aber nichts mehr für ihn tun. Es ist vorbei, auch wenn die Zeit noch keine Zeit hatte, diese Wunde zu heilen.«

»Jens, ich liebe dich. Das weißt du. Ich muss sicher sein, dass sich nichts mehr zwischen uns stellen kann.«

»Du kannst sicher sein. Ich bin es nun auch.«

»Wie meinst du das?«

Hochsensibilisiert drehte sie sich zu ihm.

»Beruhige dich bitte. Das war ungeschickt von mir formuliert. Keine Sorge, Tamara. Ich habe ihm nichts getan. Ich spüre aber, dass du diesen Gedanken nicht los wirst. Dazu wäre ich nicht fähig. Ich bin damals weggegangen. Das war ein Rückzug. Ein Rückzug passt nicht zu einem aggressiven Hintergrund.«

»Du redest so sachlich und abgeklärt. Aggressiver Hintergrund! Was ist das denn? Ich würde selbst den allerkleinsten aufkommenden Gedanken, du könntest etwas mit dem Tod von Torsten zu tun haben, nicht ertragen. Dann wäre ich weg!«

Sie schlossen den Pick-up von Jens Perkow auf, stießen rückwärts aus der Parklücke und fuhren auf die Landstraße Richtung Ahrenshoop. Ihre letzten Worte hatte er regungslos aufgenommen. Es war das enge Nebeneinander von Nähe und Abstand und er fühlte ebenso wie sie, dass sie sich immer dazwischen bewegen würden.

Kapitel 36

EVA im FK 1

»Wollt'er nun oder wollt'er nicht?«

»Woher wissen Sie, dass ich gestern Abend Besuch hatte, Kollberg?«, entgegnete Kommissarin Semlock mit einem Lachen, obwohl sie auf Kollbergs Wortakrobatik sonst eher gereizt reagierte. Der gestrige Abend war einfach schön, auch wenn er nicht so verlief, wie sie es sich ausgemalt hatte.

»Das habe ich natürlich nicht gewusst, Chefin. Ich würde mir auch niemals herausnehmen, Sie auf so etwas anzusprechen. Ich meine das ganz anders!«

»Kollberg, sagen Sie mal, was ist mit Ihnen nicht richtig!«

»Bitte?«

»Welche Latte am Zaun ist es?«

»Latte? Chefin! Nicht so bitte!« Kollberg vibrierte. »Ich nehme diszipliniert meine morgendliche Medikation. Mehr kann ich nicht tun!«

»Sie nehmen Tabletten?«

»Ja, wussten Sie das nicht? Seit Jahren!«

»Was denn für welche?«

»Weiß ich doch nicht, wie die heißen!«

Kerstin Semlock rückte bedrohlich näher. »Dann sage ich Ihnen, dass es vielleicht die falschen sind, sonst würden Sie mich nicht sowas fragen!«

»Frau Kommissarin, nun mal sachte. Meine Frage spielte zugegeben wieder mit Worten, aber Sie kennen mich ja. Das muss ich manchmal. Ich kann doch gar nicht auf Ihren Besuch angespielt haben, weil ich ja wohl von dem nichts wissen konnte! Außerdem ist EVA schuld!«

»Eva?!«

»Unser elektronischer Vorgangsassistent hat mir dazu die Vorlage gegeben, sodass ich quasi unschuldig bin.«

»Dann gebe ich Ihnen jetzt die einmalige Möglichkeit, sich zu erklären. Versemmeln Sie es nicht!«

Kommissar Kollberg stieg die Wangenröte ins Gesicht. Immer wenn er sich ausdauernd konzentrierte oder kurz vor einem Erkenntnisgewinn stand, begann er zu glühen, wie ein Kind, das seine Emotionen noch nicht kontrollieren kann.

»Ich bin gerade dabei, den Fall Wolter, also den Redlock oder Retlow einzupflegen und dabei bin ich auf einen zweiten Wolter gestoßen. EVA gab mir zwei davon und da fiel mir eben ein: Wollt'er nun oder wollt'er nicht. Verstehen Sie? Rein phonetisch. Wollt'er und Wolter. Hört sich gleich an, bedeutet aber verschiedenes! Während Homographie gleiche Schreibweise und verschiedene Bedeutung bedeutet, bedeutet Homophonie gleiche Aussprache und verschiedene Bedeutung, so wie hier fast eben.«

Kollberg bemerkte, dass er dreimal nacheinander Worte verwendet hatte, die den Sinn von bedeuten haben und verzog angewidert sein Gesicht.

»Kollberg, Sie sind mein Monk.« Kerstin Semlock musterte ihren Mitarbeiter. »Sie sind mein Monk«, wiederholte sie etwas mehr betont, weil er erstaunt, aber nicht unangenehm berührt aufschaute. »Wo ich das nun weiß, kann ich viel besser mit Ihnen umgehen«, setzte sie nach.

»Soll mir eine Ehre sein und eine Verpflichtung, Chefin.«

»Nun aber zurück zu Ihrer Entdeckung. Der Name Wolter stammt nicht gerade aus dem Raritätenkabinett. Was bietet EVA denn da so Besonderes?«

»Gebe ich gern zu, Chefin. Aber mich irritiert die Nähe dieser beiden Wolters, die ich hier habe. Das sind offensichtlich Vater und Sohn unter gleicher Adresse in Rerik. Hellmuth ist verschieden, den haben wir exhumiert und obduziert. Sein Sohn heißt Hellfried Wolter und ist der, der das Streifenboot des Wasserschutzes provoziert hat, als es nach Torsten Tengler suchte. Da muss es keinen Zusammenhang geben. Aber vielleicht schließen sich hier Kreise. Vielleicht hat Hellfried was mit dem Tod von Torsten Tengler zu tun?«

»Mensch Kollberg. Den Hellfried hatte ich überhaupt nicht auf dem Schirm, weil ich bis eben nichts von ihm wusste. Es ging die letzten Tage nur um seinen Vater Hellmuth und den Hinweis von Semper auf dessen Todesumstände. Den Bericht der Wasserpolizei habe ich, ehrlich gesagt, nie wirklich beachtet. Schön, dass Ihnen der Doppelwolter aufgefallen ist.«

»Fühle mich schon wieder geehrt, Chefin! Und es kommt noch besser. Hellfried Wolter hat bislang nicht nur mal eben ein Streifenboot attackiert, sondern hinterließ einige weitere Eintragungen: Beleidigung, Nötigung, Ruhestörung, Körperverletzung und er wird auch als Geschädigter geführt. Er war Zeuge in dem Missbrauchsprozess gegen seinen Vater. Nicht irgendein Zeuge, sondern er war einer von mehreren Geschädigten!«

»Ja, ich erinnere mich, Kollberg, auch wenn es ein paar Jahre her ist. Der Vater hatte seinen Sohn und andere Jungen missbraucht. Großer Prozess. Der Vater wurde verurteilt. Aber worin sehen Sie nun einen Zusammenhang zwischen Hellfried Wolter und Torsten Tengler?« Kommissar Kollberg skrollte weiter durch die geöffneten Dateien.

»Mir fällt nur auf, dass der junge Wolter schon einmal ein Verfahren wegen Körperverletzung und Sachbeschädigung am Hals hatte. Da saß sein Vater aber schon.«

»So? Was hat er denn angestellt? Hat er die Straßen von Rerik unsicher gemacht?«

Kerstin Semlock schaute ihren Kollegen mehr belustigt als interessiert fragend an. Während sie sich einen Kaffee aus dem glucksenden Automaten zog, führte Kommissar Kollberg weiter aus.

»Sie sind dicht dran Chefin, Kompliment, aber nicht ganz. Er hat tatsächlich die Straßen unsicher gemacht, aber die, wo man sich nasse Füße holen kann!«

Er lehnte sich genüsslich zurück und legte seine Beine über Kreuz auf die Tischplatte.

»Sie machen mich nun doch neugierig.«

»Hellfried Wolter ist bekannt dafür, dass er wie wild mit dem Motorboot durch die Gegend fährt. Es sind die Wasserstraßen, die er unsicher macht. Es gab da mal eine Kollision mit einem Segler. Die Bootsführer gingen aufeinander los, steht hier. Wolter soll sich wie ein Verrückter gebärdet haben und sei total ausgetickt.«

»Zeigen Sie mal her.« Sie rückte näher und schaute auf seinen Bildschirm. »Klingt wirklich interessant. Wir sollten ihn mal befragen, ob er Torsten Tengler gesehen hat. Was halten Sie davon? Und sehen Sie! Polizeiobermeister Heiner Brand war schon da. Doch der dürfte ihn nur wegen des kleinen Zwischenfalles vor der Kroy aufgesucht haben. Hier steht seine Adresse.«

»Gute Idee!«

Kommissarin Semlock fuhr ihren Rechner herunter, wusch ihre Kaffeetasse ab, nahm ihre Jacke vom Haken und sah ihren Monk an.

»Mitkommen!«

»Wie? Wohin denn?«

»Nach Rerik. Sie dürfen bei mir einsteigen. Ich fahre!«

Kapitel 37

Dienstreise

Kommissar Kollberg wurde schwindelig. ›Neben dieser Frau‹, dachte er sich und war bemüht, nur aus dem Fenster zu sehen und ein Pokerface aufzusetzen. Da sie ihn lesen konnte, entging ihr das natürlich nicht, was ein mildes Lächeln in ihr Gesicht zauberte. Nachdem Bad Doberan hinter ihnen lag, hob sich die Straße durch den Kellerswald. Vom Reddelicher Berg ein kurzer Blick bis zur Ostsee. Schnell waren sie auf der Umgehungsstraße von Kröpelin und bogen ab auf die L 122 nach Rerik. Die Straße windet sich und folgt brav den hügeligen Zeugen der letzten Eiszeit. Bald kam die Pappelreihe des Reriker Friedhofes in Sicht. Sie rollten nach dem Ortseingangsschild langsam aus. Unten an der Spitzkehre fuhren sie weiter geradeaus, um das Auto am Wustrower Hals auf dem Parkplatz zu lassen.

»Wir stehen jetzt ziemlich entgegengesetzt zur Adresse von Wolter und weit genug von den Stegen entfernt. Er muss uns nicht aussteigen sehen«, kommentierte Kerstin Semlock.

»Wie wollen Sie vorgehen, Chefin? Wer weiß, wo der sich rumtreibt?«

»Das weiß ich auch nicht. Vielleicht gehen wir leer aus. Wird sich finden.«

Kollberg verstand sie nicht. Seine Zwanghaftigkeit verlangte einen Plan. Er wurde nervös.

»Bleiben Sie mal ruhig. Wir schlendern beide erst mal über den Haffplatz und sehen uns um. Lassen Sie uns so gehen, als ob wir zusammengehören.«

Sie hakte sich bei ihm unter und er verstand die Welt nicht. Klare Gedanken hatten keinen Platz mehr. Sie setzte ihre Sonnenbrille und ein Lächeln auf und sah sich mit gespielter Leichtigkeit um. Das übliche Gewusel von Touristen. Kinder spielten, während ihre Eltern nach einem Eis anstanden. Eines fiel hin und weinte. Ein Hund kam und beschnupperte das blutige Knie. Jenes schrie noch mehr, bis Frauchen ihren Liebling an der Leine wegzog. Ein Straßenmusikant sang von griechischem Wein. Eine Gruppe von Touristen mit umgehängten Fotoapparaten drängte sich auf einem großen Steg, um auf die MS RERIK zu gelangen. Am Beginn des Steges stand ein Einweiser, der die baldige Abfahrt des Schiffes ausrief.

»Die letzte Möglichkeit«, rief er laut und winkte, um noch weitere Fahrgäste anzulocken. »Das ist die letzte Fahrt« rief er, wobei sich der Ruf beinahe wie gesungen anhörte.

»Das wollen wir nicht hoffen«, scherzte einer der Touristen.

»Heute im Angebot. Einmal hin und zurück«, rief der Einweiser und erntete das Lachen der Fahrgäste.

Kerstin Semlock und ihr Begleiter schlenderten weiter am Ufer entlang. Jetzt liefen nicht mehr so viele Menschen durcheinander. Es wurde ruhiger. Am Strand machte eine Gruppe junger Leute ihre Kajaks fertig, um auf Tour zu gehen. Beide hielten inne, denn die Erinnerung an den gemeinsamen Kollegen brach sich Bahn. Die aufgesetzte Leichtigkeit von Kerstin Semlock verflog.

»Mist«, sagte sie. »Für Tengler begann es genauso. Warum musste es so schlimm enden?«

Kollberg nickte und schwieg.

»Vielleicht sind diejenigen dabei, die Torsten gefunden haben?«

»Ja, kann sein. Ist jetzt egal. Wir lassen sie in Ruhe.«

Beide gingen langsam weiter. Eine Möwe verfehlte Kollberg nur knapp mit ihrem Klecks, den sie kurz vor ihm auf die Gehwegplatten fallen ließ. Der Rauch von Grillwurst verfolgte sie, unterstützt von einem leichten Westwind, der das Wasser kräuselte.

»Das könnte der Steg sein, an dem Heiner Brand das Boot von Wolter festgestellt hat. Ich habe mir das Kennzeichen aufgeschrieben. Das dort muss es sein, das mit der weißen Abdeckung. Lassen Sie uns mal hingehen.«

Kaum, dass sie es aussprach, blieb sie abrupt stehen und zog ihren Kollegen mit sanfter Gewalt an sich. Sie wurden zu einem Gebinde ihrer Köper und ihrer verschlungenen Arme. Die Köpfe dicht aneinander.

»Chefin!!«, flüsterte er mehr aus Angst als aus Hingabe. »Ich weiß nicht … ich meine … bei allem … «

Er bekam nichts mehr heraus, nahm ihre Wärme und sog den Duft dieser Frau ein. Ein Sinnessturm traf Gebiete, die etwas aus der Übung waren.

»Halten Sie still, Kollberg« flüsterte sie bestimmt zurück.

»Tun Sie einfach so. Da steht einer am Boot. Den habe ich vorhin nicht wahrgenommen. Ich will nicht, dass er sich beobachtet fühlt. So muss er denken, dass wir beide mit uns zu tun haben und nicht mit ihm.«

Beide schmiegten sich aneinander und Kerstin Semlock schielte dabei auf den Steg. Der Sturm, den Kollberg erlebte, wurde jäh unterbrochen. Seine Chefin stieß ihn nach wenigen Momenten der Irritation zurück und lief auf die Person zu, die sich inzwischen umgedreht hatte.

»Kolosalski! Ich glaub es nicht! Was machen Sie denn hier?«

Kollberg wurde zurückgelassen, blieb verwundert wie eine Säule stehen und musste die plötzliche Leere verarbeiten.

Horst Kolosalski erstarrte, als wollte er sich zwei Möglichkeiten überlegen. Es blieb aber nur eine, weil ein Ausweichen nach hinten oder zur Seite zwecklos beziehungsweise unmöglich war. So wandelte er sein Erschrecken in laut ausgerufene Freude.

»Frau Kommissar! Dett is ja wat. Dett wir uns nochma treffen!«

»Sind Sie mal wieder auf Urlaub an der Ostsee? Warum gehen Sie nicht lieber an den Strand? Was gibt es denn hier so Interessantes?«

»Ick bin uff Wellnitz mit Anwendungen. Massage und so, vastehn se? Det janze Programm. Strand is schön und juht. Aba, da sind mir zu ville. Hier is ooch schön. Mehr die Ruhe. Neulich war schon die Wassapullißei hier an dit Boot und da dacht ick, kiekste ma, wat damit is. Wat wolln se denn von dit Boot?«

Kerstin Semlock musste sich ihr Lachen verkneifen. »Wir beobachten jemanden«, sprach sie leise. »Haben Sie vielleicht was entdeckt, was für uns wichtig sein kann?«

Und wieder wuchs Horst Kolosalskis Bedeutungserleben in den azurblauen Himmel.

»Nüscht weita, Frau Kommissar. Keene besondern Vorkommnisse. Allet ruhig. Keene Personenbewejungen, soweit ick det hier im Blick habe.«

»Dann ist es ja gut. Wir wollten auch nur mal sehen, ob das Boot noch da ist und jetzt müssen wir wieder los. Lassen Sie es sich gut gehen.« Sie winkte ihm zu und ließ ihn auf der Steganlage zurück.

Kolosalski war das zu kurz. Seine Bedeutung sollte noch etwas andauern, aber sie platzte wie eine Blase und damit genauso schnell, wie sie sich aufgetan hatte.

»Kollberg, ich erkläre Ihnen das später. Wir schlendern langsam wieder zurück.«

»Chefin, die Adresse von den Wolters liegt aber hier weiter hinten in der Siedlung.«

»Ich weiß, aber da möchte ich nicht hin. Ich habe nichts in der Hand, um da reinzugehen und nur vor der Tür möchte ich mich nicht abfertigen lassen. Wir nehmen noch mal die Stimmung auf und dann düsen wir wieder ab.«

Sie nahm ihn wieder in den Arm und beide nahmen Kurs auf den Haffplatz. Dort angekommen spürten sie Hunger.

»Chefin, ich lade Sie ein, auf ’ne Kleinigkeit. Was meinen Sie?«

Sie sah ihn an, lächelte endlich mal unbeschwert und herzlich und ohne Spott und ohne Abwertung und überhaupt nicht gereizt.

»Ich habe mir heimlich gewünscht, dass Sie das sagen. Einverstanden. Wo gehen wir hin?«

»Captain Flint? Da vorn?«

»Ok, gern.«

Sie traten ein, stießen zunächst auf einen Tresen und gingen dann nach links in den Gastraum. Die Crew des Hauses hat ein uriges Ambiente geschaffen, in dem an so manche Seefahrertradition erinnert wird. Ein Rettungsring, ein Sextant, alte Karten, ein Maschinentelegraf, das obligatorische Steuerrad, Schiffsmodelle und vieles mehr. Durch eine fachwerkartige Holzkonstruktion waren Nischen geschaffen worden. Die beiden setzten sich so, dass sie den Haffplatz im Blick hatten. Die freundliche Bedienung war schnell. Ein Fischtopf und ein Matjessalat standen bald auf dem Tisch. Die Sonne schickte ihre Strahlen fast unangenehm auf ihre Plätze. Beide blinzelten, erfreuten sich aber an der Situation.

»Schön, Sie mal kennenzulernen«, sagte Kerstin Semlock. »Ich hatte immer nur den gleichen Eindruck von Ihnen. Jetzt sind einige andere dazugekommen. Es lohnt sich doch immer, mal genauer hinzuschauen und vor allem genauer hinzuhören.«

Sie erhob ein Glas Wein, er auch, wobei sie versprechen musste, mit der Rückfahrt zu warten, bis auch das letzte Molekül Alkohol abgebaut sei. Das tat sie gern, mit einem verschmitzten Lächeln.

»Sagen Sie mal Kollberg, neulich auf dem Schiff, da sind Sie von Ihren Kollegen ganz schön verulkt worden. Hat mir imponiert, dass Sie da ruhig geblieben sind.«

»Ach, wissen Sie, das kenne ich schon. Ist von denen nicht so gemeint. Die waren halt lustig drauf. Ich kann das nicht so, aber ist schon ok.«

»Und Kollberg, noch eins, die Annika Strehlow, wie ist die eigentlich so?« Kerstin Semlock fragte vor dem Hintergrund des für sie überraschenden Grußes, den Franziska Kernbach an sie bestellt hatte. Sie hoffte natürlich, dass ihr Mitarbeiter sich bei der Frage nichts weiter denken würde und setzte nach. »Gibt es eigentlich private Kontakte unter den Kollegen, so wie es zwischen Torsten Tengler und Dr. Brandenburg war? Ich glaube, ich sollte meine Mannschaft besser kennenlernen.« Mit diesem Nachsatz hoffte sie wieder auf sich zu lenken und dennoch zu erfahren, was sie interessierte.

»Chefin, ich bin nicht der, dessen Nähe gesucht wird. So bin ich auch nicht der, dem viel erzählt wird. Auf dem Schiff habe ich ein sehr schönes Gespräch mit Ihrer Tochter gehabt.« »So?«

»Ja, sie kam zu mir. Ich stand am Heck und wir philosophierten über das Jetzt und das Gewesene. Sie hat Feinsinn.«

Kerstin Semlock hörte geduldig zu und spürte, dass sie nicht weiter fragen sollte. Ihr fiel auf, dass die mitunter stammelig wirkende Unbeholfenheit ihres Mitarbeiters verschwand, je länger er frei aus sich herausredete. Die

Konfrontation mit Vorhalten, Hinweisen oder spöttischen Bemerkungen machte ihn dagegen offenbar unsicher und verlegen.

»Kollberg, wenn ich 90 Grad nach links schaue und sie entsprechend nach rechts, fällt Ihnen etwas auf?«

Ehe Kollberg antworten konnte, rief seine Chefin plötzlich laut ›Captain‹ in Richtung Tresen.

»Einen Moment, bin gleich da«, kam es zurück.

»Darf ich Ihnen noch etwas bringen?« fragte er im Kommen und legte sich elegant ein helles Handtuch über den rechten Unterarm.

»Darüber können wir noch reden«, sagte Kommissarin Semlock. »Ich wollte Ihnen nur sagen, dass ich es hier drinnen sehr gemütlich finde. Die ganze Deko – sehr urig, sehr geschmackvoll, gut zusammengestellt.«

»Danke, das freut mich. Dann empfehlen Sie uns doch weiter.«

»Das werde ich sicher tun. Ich frage mich nur, was dieses Doppelpaddel da hinten in der Ecke soll? Das passt irgendwie gar nicht zu der übrigen Deko.«

Kommissar Kollberg drehte sich langsam in die von seiner Chefin eben gezeigte Richtung. Er verstand natürlich ihre Assoziation. Tatsächlich, ein rotes Doppelpaddel, wie es Torsten Tengler mitgeführt haben soll. Sie fragte den Captain nach Art einer Frau, die gedanklich mitgestaltet und er antwortete belustigt.

»Das Paddel? Nein, keine Sorge, das kommt hier nirgendwo an die Wand. Das hat unser kleiner Spinner vor ein paar Tagen vorbeigebracht. Hat er uns geschenkt. Der bringt öfter was und freut sich immer, wenn er dafür ein Fischbrötchen bekommt. Wir können das nicht gebrauchen, weil es nicht hineinpasst, wie sie selbst bemerkt haben. Ich werde sehen, dass ich es den Kajakern gebe, wenn mal wieder welche Hunger haben.«

»Was meinen Sie denn für einen Spinner?«

»Der steht heute wieder am Steg der MS RERIK und winkt die Gäste heran.Manchmal singt er und hüpft auf der Stelle. Die meisten amüsieren sich. Der tut keinem was. Ich kenne ihn schon lange.«

Kerstin Semlock zog ihre Dienstmarke und zeigte sie dem sichtlich überraschten Captain.

»Keine Sorge, Captain. Es geht nicht um Sie. Es geht mir um das Paddel da und natürlich um den, der es hier abgeladen hat. Wenn Sie ihn schon lange kennen, dann wissen Sie doch sicher seinen Namen?«

»Ja, den kennt hier jeder. Das ist Wolter, Hellfried Wolter.«

Kerstin Semlock und ihrem Kollegen Kollberg stand die Fassungslosigkeit ins Gesicht geschrieben.

»Ich sag es Ihnen, der tut keinem was. Der ist harmlos«, wiederholte der Captain. »Was hat er denn angestellt?«

Kerstin Semlock lächelte ihn an.

»Das ist eine lange Geschichte. Wir hoffen auch, dass er nichts angestellt hat. Es ist nur so, dass so ein Paddel gerade vermisst wird und deshalb möchten wir Sie bitten, das Paddel nicht weiterzugeben. Könnten Sie es uns sogar mitgeben? Ich verspreche, es zurückzugeben, wenn sich alles harmlos aufklärt. Dann kommen wir wieder auf ein lecker Dorschfilet.«

Diesem Angebot konnte er nicht widerstehen.

»Dann zahlen wir und nehmen das Ding einfach mit.«

»Ok, ich bringe die Rechnung.«

Nachdem der Captain außer Hörweite war, sprudelte es aus Kommissar Kollberg heraus.

»Chefin, Sie haben ein gutes Auge und einen guten Riecher. Das ist die heißeste Spur der Woche.«

Kerstin Semlocks Gesicht zeigte Zufriedenheit.

»Sie glauben gar nicht, wie froh mich das gerade macht. Wenn alles gut geht, machen wir den Sack in dieser Sache zu. Das Paddel ist die Spur. Wir müssen es ab jetzt wirklich auch als Spur behandeln und nicht einfach so berühren.«

»Klar«, stimmte Kollberg zu. »Mein Vorschlag deshalb: KT«, korrigierte er den bisherigen Gedanken. »Das Ding können wir nicht einfach so in den Wagen packen. Ist zwar schnell und praktisch, aber nicht besonders klug. Das können wir später keinem Gericht plausibel machen. Ich fordere direkt die Kriminaltechnik an.«

»Sehr gut. So und nicht anders. Und wir warten, bis die Kollegen hier sind. So lange bleibt das Paddel unter unserer Sicht. Dann ist alles ok. Ich kann mir zwar nicht vorstellen, dass wir da noch DNA von Tengler finden, aber wir müssen es versuchen. Das wäre der Hammer.«

Beide sahen sich an und nickten sich zu. Was für ein Tag.

»Captain!«, rief Kerstin Semlock in Richtung Tresen. »Wir haben es uns anders überlegt. Das lecker Dorschfilet kann jetzt schon kommen.«

Kapitel 38

DNA-Labor

Ein Mitarbeiter der Rostocker Kriminaltechnik brachte das sichergestellte Paddel in das Hofgebäude der Rechtsmedizin. Die Akustik im Treppenhaus kündigte jeden Besucher an. Der Trittschall erstarb abrupt vor der Eingangstür zum DNA-Labor. Ein schriller Klingelton schoss wie ein abgeschossener Pfeil durch die Etage. Der Empfang der Spur und des Untersuchungsauftrages folgten einer SOP, einer standard operation procedure. Nichts ging mehr ohne geleitete Dokumente, wie es im Rahmen des QM, des Qualitätsmanagements hieß.

Die Spur wurde im Spurenaufarbeitungsraum vorsichtig aus der Transportverpackung genommen. Ein ultrahelles Schräglicht ließ die kleinsten Details auf der Oberfläche hervortreten. Nach dem Diktieren der Beschaffenheit und der sichtbaren Merkmale wurde der Raum verdunkelt und nach Besprühen mit dem Nebel einer speziellen Flüssigkeit ein UV-Licht eingesetzt, um die Reste von Blutspuren zu erfassen.

Die Biologin der Rechtsmedizin ließ ihren Augen Momente der Gewöhnung und besah sich die Spur. Wie zu erwarten, keinerlei Reaktion. Das Paddel hatte vermutlich im Wasser gelegen, sodass kleinste Blutspritzer, so es sie überhaupt gegeben hat, längst verloren waren. Die Arbeitsleuchten wurden wieder eingeschaltet.

Der nächste Fokus galt den Teilen, die bei regulärer Nutzung besonders fest umgriffen werden. Dabei wurden die Bereiche abgestrichen, wo das Paddel bei zu unterstellender durchschnittlicher Schulterbreite Kontakt mit den Händen des Paddlers hatte. Allen war klar, dass es in erster Linie um den Nachweis der DNA von Kommissar Tengler ging. Dann wäre über die Zeugenaussage des Wirtes vom Captain Flint die Beziehung zu Hellfried Wolter hergestellt. Als nächstes fassten zwei Laborantinnen das zusammengesteckte Doppelpaddel an den Enden. Die Biologin drückte in der Mitte den Federknopf ein, bis sich die Enden gegeneinander verdrehen ließen. Dann zogen die Laborantinnen die Aluminium-Steckhülsen vorsichtig auseinander. Die nun frei liegenden Ränder der Hülsen waren scharf und durchaus geeignet, kleine Hautschuppen ihres früheren Besitzers abzustreifen. Zudem lagen sie aufgrund des Steckmechanismus geschützt. Die Biologin fertigte dort weitere Abstriche an. Der kriminaltechnische Untersuchungsauftrag formulierte allgemein den Nachweis von DNA und im positiven Fall den Vergleich mit DNA aus Gewebe von Torsten Tengler, welches bei der Obduktion vorsorglich entnommen worden war.

Alle arbeiteten sehr konzentriert, denn die zu erwartenden Mengen von zellulärem Material an der Spur waren so klein, dass man sie nicht mit bloßem Auge wahrnehmen konnte. So hatten sich alle Ruhe und Bedachtsamkeit verordnet, dazu peinliche Hygiene, um nicht selbst biologische

Spuren zu legen. Ob bei den Abstrichen DNA-Merkmale von Kommissar Tengler eingefangen wurden, war noch völlig unklar. Geduld und saubere Arbeit waren jetzt das wichtigste. Die junge Assistenzärztin Svea Bogen begleitete alle Untersuchungsschritte, um das Thema als Weiterbildungsinhalt zur späteren Fachärztin aufzunehmen. Spurenaufarbeitung, DNA-Präparation und PCR verliefen räumlich getrennt, um Verunreinigungen auszuschließen.

Das führte zu einem fortwährenden Türenklacken als Ausdruck der Geschäftigkeit. Mit jeder kurzen Türöffnung wurde der spezielle Sound irgendeines Gerätes freigelassen, sodass man vom Aufenthaltsraum erhören konnte, wo sich jemand bewegte. Es würde nun einige Stunden brauchen, bis man mehr wusste. Parallel liefen Abstammungsuntersuchungen für Gesundheitsämter und das genetische Monitoring nach Knochenmarktransplantationen für die Innere Medizin. Labortechnik, die beispielgebend vernetzt auch für andere Bereiche der Universitätsmedizin genutzt wurde. Das Gebäude hatte mit diesem Labor und der Toxikologie einen rein funktionalen und damit schmucklosen Charakter, ganz im Kontrast zum Vorderhaus, dieser alten Villa. Manch alter Fliesensockel und manch altes Paneel verrieten an inzwischen versteckt liegenden Stellen.

Svea Bogen ging wieder in ihr Dienstzimmer und nahm sich vor, erst das Haus zu verlassen, wenn die Ergebnisse der Abstrichuntersuchungen vorlagen. Sie konnte sich diese Zeit nehmen und wollte das auch, weil sie wusste, wie wichtig die Zusammenarbeit und das gegenseitige Verständnis der Arbeitsbereiche Medizin, Biologie und Chemie für den Untersuchungserfolg sind. Sie fühlte sich in diese Integration und wollte ein Teil von ihr sein.

Auch BRB blieb gefangen. Die Zeit wollte ihm nicht schnell genug vergehen. Einige Telefonate, E-Mail-Korrespondenz, Terminplanungen und die Vorbereitung von Vorlesungen halfen, das Warten als Gefühl zu vertreiben. Zur selben Zeit trommelte Kerstin Semlock mit den Fingern nervöse Rhythmen auf ihre Tischplatte im Büro und Franziska Kernbach verinnerlichte über ihre Highend-Kopfhörer das »Shine, shine your light on me« der englisch-irischen Pop-Band VNV Nation. Die nächste Zeile mit den Worten »illuminate me« passte zu der Erleuchtung, die sich alle durch die Untersuchung des Doppelpaddels erhofften. Staatsanwältin Kernbach verpasste fast den Zeitpunkt, der zwischen Staatsanwaltschaft, Polizei und Rechtsmedizin verabredeten Video-Schalte. Nacheinander ploppten die über einen Link eingeladenen Teilnehmer auf und bevölkerten den Bildschirm der Biologin, die sich als Gastgeberin zurechtrückte und wie die Moderatorin der Tagesthemen im Zentrum des Geschehens saß.

»Schön, dass alle pünktlich sind«, begrüßte sie mit einem Lachen die Runde. »Mir kommt wohl zu, das Wort zu ergreifen«, ergänzte sie die Begrüßung und rückte das Mikrofon in die optimale Position.

»Sandra, bitte schnell! Du bist am Drücker. Wir halten das ohne dich nicht länger aus«, säuselte BRB dazwischen.

»Ok, ok. Also: Wir haben DNA. Ganz sicher DNA, die nicht von der Belegschaft des Hauses und auch nicht von einem der Kriminaltechniker stammt. Sie war im Abstrich von den Alu-Hülsen, wo man die Paddel zusammensteckt.«

»Da klingt ein Aber durch, Sandra. Spann uns nicht auf die Folter«, drängelte Kerstein Semlock.

»Gut herausgehört. Das Aber besteht darin, dass wir kein komplettes DNA-Profil haben, wie es unsere Standards für die Gutachtenerstellung vorschreiben. Es sind nur einige Systeme gekommen und das in unterschiedlicher Qualität. Wie in einer verunreinigten Spur zu erwarten, haben sich nur sehr kurzkettige Sequenzen erhalten.«

Franziska Kernbach rief ungeduldig dazwischen. »Ist es nun von ihm oder nicht?! Das muss ich wissen. Ob die DNA-Ketten kurz oder lang sind, mit Verlaub, ist mir egal!«

»Verehrte Frau Staatsanwältin«, antwortete Sandra Wellkamp gereizt. Sie wusste sich als erfahrene Biologin in diesem Thema rhetorisch perfekt zu bewegen. »Ihre Ungeduld ist verständlich, meine Rede sollte es aber auch sein. Ich kann Ihnen keine einfache Ja-Nein-Antwort geben und deshalb meine Einleitung mit Vorbehalten. Das Typisierungsergebnis ist nicht geeignet für ein Gutachten, weil nicht alle Systeme abgelesen werden konnten. Doch jetzt kommt mein erlösendes zweites Aber. Das, was wir haben stimmt mit den Merkmalen von Torsten Tengler überein. Damit liefern wir kein perfektes Beweismittel, aber einen tauglichen Hinweis und nun machen Sie etwas daraus!«

Franziska Kernbach zögerte keine Sekunde. »Das reicht mir«, rief sie in ihr Mikrofon. »Das macht den Hellfried

Wolter hinreichend verdächtig. Bei der Sachlage: Zugriff! Details gehen dann den entsprechenden Kollegen zu. Frau Semlock, wir planen das zusammen! Danke an Frau Wellkamp und noch etwas. Ich möchte, dass die asservierten Fingernagelendstücke des exhumierten Hellmuth Wolter an das Labor vom Landeskriminalamt gehen.«

»Ich verstehe nicht, Frau Kernbach«, intervenierte BRB. »Wir haben die Obduktion durchgeführt. Da wäre es doch naheliegend, …«

»Was in der Sache nahe- oder fernliegt, haben andere Gehaltsklassen entschieden, Herr Brandenburg«, fuhr sie ihm dazwischen. »Das ist ein Vorgang aus der Justizvollzugsanstalt! Und damit Ende!«

Sandra Wellkamp sah, wie die Fenster der Teilnehmenden auf ihrem Bildschirm nacheinander verschwanden und pustete den gefühlten Stress der letzten Stunden, gepaart mit einem schönen Gefühl von Erleichterung und Erfolg, aus sich heraus.

Kapitel 39

Festnahme

Der Sommer zog sich langsam zurück und gab erste kühlere Winde frei. Gerade die Nächte waren nicht mehr so lau. Das Morgen- und Abendlicht über dem Salzhaff bekam ebenfalls eine Färbung, auf die viele Hobbyfotografen bereits warteten. Rerik lag eingebettet wie immer und war gerade erst erwacht.

Zwei Polizisten in Uniform näherten sich am ersten September, gegen 11 Uhr, vorsichtig aus verschiedenen Richtungen, um die Türen im Blick zu haben. Die Observation hatte ergeben, dass Hellfried Wolter im Haus sein musste. Kommissar Kollberg und Kommissarin Semlock klopften an die Haustür.

»Wer ist da?«, schrie es nach einigen Sekunden durch die Tür.

»Kriminalpolizei, öffnen Sie bitte und hören Sie auf mit den Spielchen. Ich weiß, dass Sie mich verstehen.«

Die Tür öffnete sich wieder spaltbreit. Kerstin Semlock blieb hart.

»Nun machen Sie schon!«

Daraufhin gab Frau Wolter die Tür frei, sodass sie aufgedrückt werden konnte. Sie stieß dabei gegen einen mit Algen und Tang behafteten Krabbenkäfig, der im Flur lag. Ein aufdringlicher Fischgeruch sättigte die Luft. Frau Wolter, in einer uralten Kittelschürze, wich zurück in die Küche, als ob sie sich dort sicher fühlen würde. Aus einem Hinterzimmer lugte Hellfried Wolter hervor.

»Was wollen die, Mama?« Sie antwortete nicht.

»Mamaaa«, rief er lauter. »Die dürfen hier nicht rein! Das ist unser!« Sein lautes, zittriges Rufen war von kindlicher Angst produziert.

»Herr Wolter, wo haben Sie die anderen versteckt!?«

»Ich habe nichts Böses gemacht, überhaupt nicht. Die waren böse!«

Dieser kurze Satz brachte Kerstin Semlock das letzte Quäntchen Gewissheit. ›Volltreffer‹, dachte sie, ohne zu überblicken, wie alles zusammenhing, aber mit dem aufkommenden Entsetzen, dass Wenke Nielsen und Mirko Menzel vermutlich auch tot sind.

»Wo sind die denn, wenn die böse waren?! Das müssen Sie sagen, sonst sind Sie auch ganz böse!«

Hellfried Wolter schoss in die Küche, den Beamten entgegen und blieb entsetzt stehen, als er deren gezogene Waffen sah. Er schrie laut gestikulierend nach seiner Mama. Die hatte sich inzwischen auf einen Küchenstuhl sinken lassen, stützte ihre Ellbogen auf die Tischplatte und vergrub ihr Gesicht in den Händen. Hinter ihr an der Wand das Bild eines rotgelockten Mannes, mit einem erstarrten Lächeln. Er stand auf einem Bootssteg und hatte seinen rechten Arm um einen kleinen Jungen gelegt.

»Das bin ich daaa!«, schrie Hellfried Wolter und zeigte auf das Bild. »Das sind wir alle. Mein Papa und ich und Mama sitzt daa«, rief er schon fast weinend.

»Wo sind die anderen?«, wiederholte Kerstin Semlock ihre Frage jetzt auch etwas lauter und eindringlicher.

»Die haben ihre gerechte Strafe! Ich hab sie endlich gekriegt! So lange habe ich gesucht, aber dann konnten die nicht mehr weg. Die hahm alles kaputt gemacht, bis Papa gestorm is. Die sind schuld, dass Papa gestorm is und dafür hab ich sie rangekriegt« rief er in den von einem schwachen Funzellicht erhellten Raum mit einer sich überschlagenden Stimme.

Gänsehaut gab Kerstin Semlock und ihren Kollegen das allen bekannte, kühl kribbelnde und vorwärts kriechende Gefühl.

»Wo sind sie?«

»Da, wo die keiner findet! Weit weg und weit tief!«

Kommissarin Semlock wurde in diesem Moment bewusst, dass sie am Eingang an einem Krabbenkäfig vorbei gegangen waren. Die Gänsehaut bekam Nachschub. Sie zeigte auf den Käfig, der von der Küche aus im Flur zu sehen war.

»Da drin!?«

»Hellfried, sag, dass du sowas nicht gemacht hast!«, schrie ihn seine Mutter wie von Sinnen an. Hellfried schwieg und sah beschämt nach unten, wie ein bei Verbotenem ertapptes Kind. So war es auch. Er war in seinem Wesen ein Kind geblieben. Trotzig und bockig wie ein Kind, dem vieles genommen wurde, vom Vater, von dem hübschen rotgelockten Mann, den sie in der Haft deshalb Redlock nannten.

»Sag, dass du das nicht gemacht hast!« Die Mutter stand auf und schüttelte ihren Jungen.

»Doch, das wollte ich aber«, sagte der nun leise. »Wegen denen is Papa nich mehr da. Die hahm ihn weggemacht. Die Frau war im Gericht und hat so lange gefragt, bis Papa nich mehr konnte! Und der Mann hat alles aufgeschriehm! Ohne die wäre Papa nich dahin gekommen. Die hahm ihn eingesperrt und da hat er das nich mehr ausgehalten so viele Jahre und da musste er sterm.«

Er weinte während der letzten Worte und drückte sich an seine kleine Mutter, die ihn schluchzend und hilflos in die Arme nahm. Die Gruppe der eingedrungenen Kriminalbeamten sah sich in einem Szenario, das sich für alle überraschend schnell erklärte, so schnell, wie sie es bei anderen Festnahmen noch nie erlebt hatten. Die kindlich gebliebene Gedankenwelt des Hellfried Wolter konnte eben auch nur kindlich einfache Konstrukte hervorbringen, die plötzlich offen lagen.

»Hellfried, zeig uns jetzt, wo die sind oder wir sperren die Mama auch noch ein!«

»Naaiin«, schrie er überlaut, sodass die trüben Fensterscheiben zu zittern schienen.

»Die sind da, wo keiner hindarf. Die sind in der Kroy, ganz weit weg hinten und weit tief, wo keiner hinkommt. Für immer bleiben die da! Da darf keiner hin! Der dicke Polizist mit dem Boot, der hat's gemerkt! Und der Mann mit dem Paddelboot auch! Der wollte da rein und der hat nich auf mich gehört! Aber egal, der hat auch seine Strafe gekriegt!«

Während Kommissarin Semlock die Handfesseln hervor holte, gab sie Heiner Brand einen Wink, sodass der schon ahnte, was auf ihn zukommt. Er steckte seine Waffe so wie die anderen Kollegen zurück ins Holster. Es kam Bewegung in die düstere Szene. Man näherte sich vorsichtig der Verschmelzung aus Mutter und Sohn, in der Hoffnung, dass allein das Näherrücken diese Verbindung auflösen würde. Es brauchte Geduld und man gab den beiden noch einige Minuten, auf die es im Weiteren nicht mehr ankam. Ein Team aus Kriminaltechnikern rückte langsam vor, um die Aufarbeitung des gesamten Hauses als potenziellen Tatort in Angriff zu nehmen. Das war allein durch die Feststellung des Krabbenkäfigs im Flur unbedingt geboten, denn der Tatort war trotz der eben erlebten Situation völlig unklar. Hellfried Wolter ließ sich widerstandslos festnehmen und wurde dem Haftrichter vorgeführt. Die wirkliche Rolle der Mutter war noch zu ermitteln. Staatsanwältin Kernbach wurde die Festnahme eines Tatverdächtigen mitgeteilt. Nachdem man ihr den Vorgang im Reriker Haus der Wolters geschildert hatte, war klar, dass sie eine Tauchergruppe der Polizei aktivieren musste, um in der Kroy ganz weit weg hinten und weit tief suchen zu lassen.

Kapitel 40

Anfang und Ende

Heiner Brand war mit dem mittleren Streifenboot gekommen. Das kleine wäre für den Einsatz zu klein gewesen. Die Tauchergruppe der Polizei lud ihr Equipment ins Boot. Das Ziel war klar. So weit hinein in die Kroy wie möglich und dann die nördliche Uferzone abtauchen. Die Maschine lief warm und beschleunigte nach einigen Minuten Boot und Besatzung. Im Salzhaff gab es keine Dünung, allenfalls bei stärkerem Wind eine kurze Welle, die manchmal Schaumkronen bildete. Sie liefen unter nahezu Volllast von Rerik in der ausgetonnten Fahrrinne Richtung Boiensdorfer Werder. Der hohe Baumbestand der Halbinsel Wustrow zog an ihnen vorbei. Bald tat sich steuerbord die Kroy auf. Sie lag ruhig und unschuldig, als ob sie nichts zu verbergen hätte. Die alten Dalben am Eingang zur Bucht blieben backbord liegen. Eine Gruppe Kormorane trocknete die ausgebreiteten Flügel im Wind. Ein Schwanenpaar schwamm dicht am Sand von Kieler Ort. Heiner Brand drosselte die Maschine. Er steuerte vorsichtig in die Mitte der Bucht. Die Wassertiefe betrug dort cirka zwei Meter. Sein Tiefgang betrug mit der Ladung bei 1,40 Meter. Mit dem Boot würde er nicht mehr weit kommen. Die Taucher machten das mitgeführte Schlauchboot klar. Für zwei Mann reichte ein kleines Format mit einer 5-PS-Heckmaschine. Heiner Brand warf den Anker. Sorgsam achtete er auf den Untergrund. Heller Sand, keine Steine, wenig Bewuchs. Das Boot drehte sich vor den Wind, bis es zur Ruhe kam. Heiner Brand begann mit dem Briefing.

»Hört zu, ihr tuckert bis zum Scheitelpunkt der Bucht, so weit wie ihr kommt. Kippt den Motor etwas an und patschelt euch langsam vorwärts. So dicht ans Ufer ran wie möglich. Macht das Boot fest und taucht die Uferzone ab, 300 Meter nach rechts und dann nach links. Das Boot bleibt in der Mitte. Falls was ist, seid ihr immer schnell wieder dran. Wir suchen nach Krabbenfangkörben. Wenn er was versteckt hat, dann jedenfalls im Wasser, in diesen Dingern. Nach dem Szenario bei ihm vorhin zu Hause können wir davon ausgehen. Kann sein, dass er die abgetarnt hat. Vom Heli aus haben die bei der ersten Suche nichts gesehen. Sobald ihr was findet, gebt es durch und knöpert eine Boje ran. Dann kommt ihr zurück und wir machen Übersichtsaufnahmen und besprechen dann erst die Bergung. Wir müssen das Schritt für Schritt machen. Ich weiß auch noch nicht, ab wann die Kriminaltechnik dazu kommen will. Zur Not belassen wir den Fundort dann erstmal so und sehen, mit welcher Technik wir morgen angreifen, um die Kästen raus zu kriegen. Für euch also jetzt nur orten und markieren. Ach ja, wenn's geht, lest die Geokoordinaten vom Fundort aus euren Smartphones. Und noch eins: Falls ihr was findet, könnt ihr gern ein Auge voll nehmen. Da ist dann was drin, was nicht so lecker aussieht.

Also, Jungs, ihr braucht nicht nur gute Lungen, sondern auch gute Nerven. Auf geht's!«

Die Männer bestiegen das Schlauchboot mit angelegter Ausrüstung und begaben sich auf die Entdeckungsfahrt. Die Sonne schien auf die dunklen Neoprenanzüge und ließ sie hoffen, bald ins Wasser zu können. Je weiter sie fuhren, desto ruhiger wurde das Wasser. Mit Ferngläsern suchten sie das Ufer ab. Bis auf den schmächtigen Buschbewuchs konnten sie nichts Auffälliges ausmachen. Ein Fischreiher hielt Wacht und erhob sich mit trägem Flügelschlag. Adlerpaare waren nicht zu sehen. Die beiden Durchbrüche der schmalen, kilometerlangen Abgrenzung zwischen offener See und Kroy hatten sie passiert. Sie wurden jedes Jahr größer und waren bei Sturmhochwasser entstanden. Die Natur formte nach Belieben um. Schließlich landeten sie an vorbezeichneter Stelle an, rammten einen Wiesenpieker in den Ufersand und banden das Boot fest. Dann zogen sie die Fersenbandflossen fest, stellten sich ins Wasser und belüfteten die Jackets, um erst mal schwimmen zu können. Dann gingen sie langsam rückwärts ins tiefere Wasser. Ein richtiger Tauchgang würde das in dem flachen Wasser nicht werden. Im Grunde hätten sie das Suchgebiet zunächst auch ohne Ausrüstung abgehen können. Aber gut, nun konnten sie den Suchbereich auch einige Meter weit in das Wasser hinein erweitern. Sie blieben zusammen, legten sich auf das Wasser und ließen auf ein Zeichen Luft aus den Jackets, bis sie auf den Grund gesunken waren. Dann mäanderten sie cirka 20 Meter breit durch die östlich vom

Boot gelegene Uferzone. Mit der Kühle des Wassers, den ruhigen Flossenschlägen und den Atemgeräuschen kam Entspannung auf. Das änderte sich auch nicht, bis sie wieder am Boot waren und dann in westlicher Richtung ausschwärmten. Auch wenn sie hier nur im Flachwasser tauchten, was körperlich und technisch nicht anspruchsvoll war, bewegten sich beide in Erwartung des angekündigten Objektes sehr konzentriert. Nach knapp 60 Metern tauchte eine große quaderförmige Kontur auf. Die Sichtweite betrug etwa zehn Meter. Sie näherten sich, ohne es verabreden zu müssen, mit einigen kräftigen Flossenschlägen dem Zielobjekt und stoppten respektvoll drei bis vier Meter vor ihm. In dem flachen Wasser zauberten die Sonnenstrahlen einen gelbglänzenden Fächer, der einen großen Krabbenfangkorb beleuchtete, als wäre er auf einer Bühne das Zentrum des Geschehens. Er war mit Tang überdeckt und einigen Holzbrettern, wohl um die Entdeckung zu erschweren. Beide hoben den Tang wie einen Vorhang. Der Anblick darunter ließ die Männer jedoch sofort zurückschrecken. Sie sahen auf die Konturen zweier Menschen, wie unter großer Mühe hineingeschoben, jedenfalls so, wie es ein Mensch aus eigenem Antrieb nie tun würde und nicht könnte, wie miteinander verschmolzen. Mit Pflanzen und Muscheln behaftete, sich an den Nähten zum Teil auflösende, durchlöcherte Kleidung hing an Weichteilen mit beginnender Fettwachsbildung. Die Knochen der Hände und Füße unvollständig, frei liegend. Die Schädelknochen zum Teil frei liegend, Fettwachs auch in den Augenhöhlen, Fraßspuren von Kleintieren. Mit diesem grausigen Eindruck, den sie wohl so schnell nicht wieder los werden würden, befestigten sie die Leine einer roten Boje an dem Fangkorb und schwammen zurück zum Boot. Aufgetaucht schnauften sie sich zunächst diesen schlimmen Anblick von der Seele, bis sie den verabredeten Funkspruch absetzten.

Heiner Brand schreckte von seinem Sudoku hoch und notierte die Zeit der Entdeckung. »Vergesst die Koordinaten nicht!«, gab er den beiden in die Erinnerung. Die Taucher legten wortlos ihre Ausrüstung ab und hatten keinerlei Bedürfnis nach einem kühlen Bad angesichts der Nähe dieses schrecklichen Fundes. Sie schwangen sich in das Schlauchboot und kehrten mit langsamer Fahrt zurück zum Streifenboot von Heiner Brand.

»Nu kommt erstmal rein und erzählt«, wies er sie an. Der Bericht fiel kurz aus und Heiner Brand konnte seine Nackenhaare zählen, weil sich eines nach dem anderen aufstellte.

»Was ist denn das für ein Käfig? In MeckPomm nutzt die kein Fischer, soweit ich weiß.«

»Heiner, das ist ein Riesenklopper. Stahlgerüst mit Maschendraht und mit Sicherheit richtig schwer. Den kriegen wir nicht so einfach aus dem Wasser.«

»Gut gemacht, Jungs.« Heiner Brand klopfte ihnen väterlich auf die Schulter.

Nachdem an Bord alles verstaut und startklar war, nahm das Trio wieder Kurs auf Rerik und setzte dabei einen Funkspruch ab, der den Erfolg der Mission verkündete. Während der zehn Kilometer sprach niemand ein Wort.

Am nächsten Tag ließ es sich BRB nicht nehmen, zusammen mit der Kripo, dem schriftlichen Ersuchen der Staatsanwaltschaft zur Befahrung des Geländes zwecks Leichenbergung, einem Bergungsteam der Feuerwehr, zwei Kriminaltechnikern und gleich einem örtlichen Bestattungsunternehmer zum Auffindungsort der Krabbenkäfige zu fahren. Am Wustrower Hals öffnete sich das Tor. Ein Führungsfahrzeug lotste den Konvoi auf die Halbinsel Wustrow. Es fuhr vor, beinahe wie ein Safety-Car in der Formel 1. In der Ruinenstadt der ehemaligen Flakartillerieschule der Reichswehr folgten sie einem Schwenk nach rechts, um den Küstenweg zu erreichen. Dann ging es über mehrere Kilometer nach Süden, am Klärwerk vorbei, bis die Kroy in Sicht kam. Die Boje war noch am Ort. Ohne sie wäre das Versteck nicht sichtbar gewesen. Der Wind kräuselte das Wasser. Die Lichtreflexe verhinderten den Blick auf den Grund. Die Fahrzeuge wurden so abgestellt, dass man problemlos wieder abfahren konnte. Der weiche Boden und einige kleine Senken waren zu beachten, um nicht aufzusetzen. Das Bergungsteam zog sich um. Mit Wathosen war es kein Problem, zur Boje vorzudringen. Vier Mann gingen hinein, mit langen Enterhaken ausgerüstet. Sie versuchten zunächst, den Käfig an Land zu ziehen. Der war jedoch so mit seinem Stahlgerüst eingeschwemmt, dass es nicht gleich gelang. Erst die Befestigung mehrerer Zugseile und das kräftige Anpacken aller Anwesenden brachte Bewegung in das Ganze. Der Käfig wurde langsam über die Uferböschung herausgezogen. Das Wasser lief glucksend ab und die Reste menschlicher Körper sanken ohne Auftrieb in sich zusammen. Schnell erhob sich ein muffiger Geruch, gegen den nichts auszurichten war. »Erst mal ablaufen lassen und zehn Minuten warten«, riet BRB.

Dadurch ergab sich eine willkommene Pause, die jeder auf seine Art nutzte. So bald würde man hier nicht wieder herkommen. Das war allen bewusst. So sahen sie sich um und vertraten sich die Beine. Die Kroy lag ruhig und unschuldig, als wäre nichts gewesen. Natur kennt kein Gewissen. Ein leichter, warmer Seewind bewegte das Geäst kleiner Sträucher und den schmalen Schilfsaum. In der Ferne der Mast eines Segelbootes. In der Nähe das Gekreisch zweier Möwen. Der Käfig wurde mit Zughaken auf eine derbe Plane gezogen. Niemand wollte ihn selbst beim Tragen berühren. Acht kräftige Männerarme schafften den kurzen Weg bis zum Wagen des Bestatters. Die Plane hatte kleine Taschen gebildet, die sich schon wieder mit muffiger Flüssigkeit gefüllt hatten. Der Bestatter fluchte und versuchte, das Ganze ohne große Kollateralschäden für Mensch und Maschine zu gestalten.

Für den gleichen Nachmittag hatte BRB den Fund in das Rechtsmedizinische Institut beordert, nachdem er sich entschloss, am Auffindungsort nichts weiter zu machen. Alles Weitere im Saal, zusammen mit der KT. Er malte sich schon aus, wie die Obduktionen oder besser die gerichtlichen Leichenschauen ablaufen könnten. Ganz sicher würde er die Staatsanwältin bitten, dabei zu sein.

Frau Kernbach beantragte schon mal den Beschluss des zuständigen Amtsgerichtes zur Durchführung der Obduktionen, obwohl es bei dem Erhaltungszustand der Körper keine vollständige Obduktion mehr geben konnte. Wichtig würde die Sicherung der Identitäten sein. Die Todesursache würde man vermutlich nicht mehr feststellen können. Lungenbefunde, wie sie für ein Ertrinken charakteristisch sind, konnten hier sicher nicht mehr erhoben werden. Mit diesen Aussichten im Sinn fuhren BRB und der gesamte Konvoi über wellige Wiesen- und Waldwege auf der Halbinsel Wustrow wieder zurück nach Rerik. Die weitere Fahrt nach Rostock dauerte fast eine Stunde.

Im Institut angekommen, war das Sektionsteam für den Nachmittag zusammenzustellen. Der Chef legte sich als ersten Obduzenten fest, BRB als den zweiten. Der Sektionstechniker bereitete den Saal bereits vor. Die PJlerin, die Studentin, die ihr Wahltertial des 6. Studienjahres in der Rechtsmedizin absolvierte, assistierte ihm.

Die Stunde rückte näher. Der Krabbenkäfig war längst im Keller des Pathologischen Institutes angekommen. Pathologie und Rechtsmedizin teilten sich in diesem Gebäude seit Jahren den Obduktionstrakt und die Kühlräume. Die Rechtsmedizin unterhielt ein kleines Büro dicht am Eingang. Dort trafen um 14:00 Uhr, vor Obduktionsbeginn, alle zusammen, die an den Ermittlungen beteiligt waren. Staatsanwältin Kernbach kam wie üblich zuletzt, um sogleich einen zügigen Fortgang der Untersuchungen einzufordern. Das passte mal wieder genau und einige verdrehten die Augen, insbesondere, weil sie einen unangenehmen Geruch auf dem Flur monierte.

BRB übernahm die Moderation. »Schlage vor, dass wir den Käfig, so wie er ist, hochholen. Der sollte gerade in den Fahrstuhl passen. Dann brauchen wir die KT im Saal. Übersichtsaufnahmen und dann Schritt für Schritt das Ding aufklappen und dokumentieren, was uns von selbst entgegenkommt. Den Rest ziehen wir dann auf die Tische. Für jeden Leichnam einen, wie üblich. Für alles, was lose daher kommt nehmen wir einen dritten Tisch. Wir haben Platz. Die Patho muss heute nichts im Saal machen.«

Der Sektionstechniker wirkte nicht gerade amüsiert, denn jeder Tisch mehr war auch wieder einer mehr zu reinigen und zu desinfizieren. Gesagt, getan. Im Gänsemarsch begab sich die ganze Entourage in den Obduktionstrakt. Auf dem Weg dorthin bekam jeder einen Kittel, Überschuhe und Handschuhe. Die KT bekam einen mit grünem Tuch abgedeckten Rollwagen, auf dem sie ihr Equipment umherfahren konnte. Die Tische waren durch LED-Deckenleuchten erhellt, die in ihrem Spektrum Tageslicht simulierten. BRB hatte schon das Diktiergerät in der Hand. Sein Chef wartete ungeduldig, da erst einmal die KT am Zuge war. Der Drahtkäfig hatte an einer kurzen Seite eine Klappe, die zunächst geöffnet wurde. Sand, Pflanzenreste und Muscheln drängten heraus. Man entschied sich, doch den gesamten Inhalt in Form zweier wie miteinander verschmolzener Körper in einem Zuge herauszubekommen. Das gelang besser als erwartet. Unter Einsatz von viel Spülwasser und lautem Knirschen von Sand und Kratzen des Käfigs auf dem Edelstahltisch war die »Geburt« bald vollzogen. Die KT fotografierte pausenlos und filmte den Vorgang. Der Käfig konnte vom Tisch gehoben und separat gesäubert werden, um ihn auf den Einzug in die Asservatenkammer der Staatsanwaltschaft vorzubereiten. Vorsichtiger querer Zug an der Schulter der einen Person und am Arm der anderen Person teilte die Masse, sodass die Einzelkonturen nun menschenähnlicher wurden. Beide Körper sanken ihrem Eigengewicht folgend in Rückenlage. Nach weiteren Fotos rollte ein Transportwagen heran, um einen der beiden aufzunehmen und an Tisch zwei zu bringen. Nach einer Stunde hatten sich auf diese Weise zwei obduzierende Teams gebildet und arbeitsfähig gemacht.

»Herr Brandenburg, wollen Sie mir jetzt zumuten, ständig von einem Tisch zum anderen zu stiefeln?«, fragte Frau Kernbach gereizt.

»Ich mute Ihnen zu, Ihren dezidierten Gutachtenauftrag zu verkünden, was sich wohl ganz effektiv gestalten lässt, weil er für beide Verstorbene recht ähnlich ausfallen dürfte. Wären Sie so nett? Schließlich führen Sie doch die Ermittlungen, wie Sie immer betonen!«

»Nicht ganz so spitz, Herr Doktor«, näselte sie zurück, weil ihr inzwischen parfümierte Zellstoffstöpsel aus den Nasenöffnungen ragten, um so viel wie möglich umzuduften, was bei gelegentlichen Atemzügen unvermeidlich ihr Körperinneres erreichte.

»Klärung der Identität, der Todesursache und der Todesart«, näselte sie weiter. »Das wissen Sie doch! Die Auffindungssituation lässt vermuten, dass es sich um einen nichtnatürlichen beziehungsweise gewaltsamen Tod handelt.«

»Das haben Sie scharf erkannt. Man soll zwar nie etwas ausschließen, aber selbst wir würden in diesem Fall davon ausgehen, dass die beiden nicht bei der Beobachtung von Kleinkrebsen verstorben sind. Dazu die Angaben des Herrn Wolter! Wir werden also schauen, ob sich Hinweise auf Fremdeinwirkungen an der Kleidung oder an den sterblichen Überresten finden. Falls nicht, bleibt die Auffindungssituation als deutlicher Hinweis auf eine Straftat.«

»Schon richtig, Doc«, näselte sie weiter. »Die Beweislage gegenüber Herrn Wolter wird allerdings dünn, wenn wir nichts weiter finden als Sand und Krebse. Also machen Sie mal Butter bei die Fische, dass wir hier mit einem Erkenntnisgewinn rausgehen.«

»Den Erkenntnisgewinn haben wir hoffentlich recht schnell allein über die Klärung der Identität. Wo haben Sie denn die Personenbeschreibungen zu den Vermissten Menzel und Nielsen?« Ein Kriminalbeamter legte die Beschreibungen und den Zahnstatus der beiden vor. »Gut, bitte die Zettel nicht hier in den Nassbereich. Dort drüben ist eine Ablage«, wies er den Kollegen an.

Nach dem Entfernen der Kleidung wurde diese gespült, ausgebreitet, beschrieben und fotografiert. Die Kriminaltechniker begannen mit dem Abgleich der Personenbeschreibungen. Die Kleidung wies bei beiden keine Beschädigungen auf, die nicht über die Lage, die Liegezeit im Wasser oder über die Bergung zu erklären waren.

Beide Obduzenten hatten bald die äußere Beschreibung der Verstorbenen komplettiert. Liegezeitbedingte Veränderungen und Tierfraßverletzungen dominierten das Bild. Folgen stumpfer Gewalteinwirkungen waren an der Haut, soweit sie noch erhalten war, nicht zu erkennen. Der erste Achtungsruf kam vom Tisch des ersten Obduzenten. Dort wurde die weibliche Person untersucht. Am höchsten Punkt des schon frei liegenden Schädeldaches zeigte sich ein terrassenförmiger Einbruch von acht Zentimetern Durchmesser. Alle verrenkten sich ihre Hälse, um einen Blick auf den Befund zu erhaschen.

»Studiosa vor«, forderte der Professor. »Beschreiben und interpretieren bitte!«

Die Studentin bekam eine leichte Wangenröte und gab sich dann redliche Mühe, das entsprechende Kapitel aus einem Rechtsmedizin-Lehrbuch anzuwenden.

»Ganz recht, das ist eine Folge massiver stumpfer Gewalt, am ehesten durch Fremdeinwirkung, weil diese Region bei einem einfachen Sturz auf den Boden nicht verletzt werden kann. Wie oft hat massive Gewalt dort eingewirkt?«, fragte der Professor weiter.

»Es sieht nach nur einem kräftigen Schlag aus, vermutlich mit einem schweren Gegenstand«, antwortete sie. »Keine Bruchlinien, die sich kreuzen oder aufeinander zulaufen.«

»Sehr gut! Nun noch zur Frage der Vitalität!«

Die Studentin zögerte einen Moment. »Dazu kann ich nichts sagen.« Sie schaute fragend auf und erklärte weiter. »Blutungen als vitales Zeichen sind nicht sichtbar und nach der Liegezeit unter den bekannten Bedingungen auch nicht mehr zu erwarten.«

»Richtig, Frau Kollegin. Aber, abgerechnet wird zum Schluss. Wir sehen bisher nur von außen auf das Schädeldach. Vielleicht finden sich Blutungsreste in der Schädelhöhle.«

Mit dieser Aussicht auf das Kommende zogen die meisten ihre Köpfe und Hälse wieder zurück. BRB, der am anderen Tisch arbeitete, hoffte auch auf einen derartigen klaren Befund, ging aber bislang leer aus. Nach Öffnung der Schädelhöhle präsentierte der Professor unter dem Bruchzentrum mantelförmige Blutungsreste zwischen dem Knochen und der harten Hirnhaut. »Foto!«, rief er laut in den Saal.

Der Kriminaltechniker eilte zum Tisch und schob sich durch seine Kollegen.

»Das sind Blutungsreste, die da nicht hingehören! Reste eines epiduralen Hämatoms, einer Blutung, die zu Lebzeiten als Folge der stumpfen Gewalt zwischen dem Knochen und der harten Hirnhaut entstand!«

Ein Raunen ging durch die Anwesenden. Damit war klar, dass zumindest die weibliche Person zuerst durch stumpfe Gewalt verletzt wurde und dann verstarb, ob durch Ertrinken oder durch die Verletzung selbst, blieb noch offen. Das Gehirn und alle inneren Organe des Brust- und Bauchraumes waren als Folge der langen Liegezeit so verändert, dass sich keine sicheren Hinweise auf Verletzungen oder auf schwere vorbestehende Erkrankungen fanden. Mit Sicht auf die Befunde bei Torsten Tengler musste hier viel offenbleiben, was der Staatsanwältin missfiel.

»Herr Professor, Herr Doktor, ich bin enttäuscht, muss ich sagen.«

»Ja, Sie hätten mal den kleinen Hellfried Wolter schneller ermitteln sollen. Dann wäre noch mehr für uns übrig gewesen.«

»Danke, der Hinweis hat mir gerade noch gefehlt.« Genervt drehte sie sich Richtung Fenster, was vor der Obduktion sorgfältig verschlossen worden war.

»Frau Kernbach, lassen Sie uns ganz in Ruhe den Zahnstatus abgleichen. Ich vermute, dass wir bezüglich der Identitäten zu einer handfesten Aussage kommen.«

Frau Kernbach beschloss, diese positive Aussicht anzunehmen und ging wieder zu den Tischen. Der Abgleich ergab für beide Verstorbene eine vollständige Übereinstimmung hinsichtlich erhaltener und fehlender Zähne und vor allem hinsichtlich der Behandlungsmerkmale, die von den jeweiligen Zahnarztpraxen zugearbeitet worden waren. »Wenigstens das«, seufzte Frau Kernbach durch die Nasenstöpsel und schlurfte mit den Überschuhen langsam aus dem Saal.

Nach dem Ende der Untersuchungen traf man sich wieder im Besprechungsraum. Einige der Kriminalisten wirkten deutlich gezeichnet. Die PJlerin war gelöst. Die KT war so beschäftigt, dass sie keine Zeit für Missempfindungen hatte. BRB war es zufrieden.

»Wir sollten zusammenfassen«, ergriff er wieder das Wort. »Die Identitäten sind geklärt. Danach handelt es sich bei den Verstorbenen um die vermisste Frau Wenke Nielsen und den vermissten Mirko Menzel. Damit wäre ein zähes

Kapitel abgehakt. Die Todesursache ist bei ihm nicht feststellbar. Bei ihr haben wir eine Kopfverletzung, die zum einen selbst zum Tode geführt oder aber Ertrinken eingeleitet haben kann. Beides ist möglich. Die Lungen als sogenannte Erfolgsorgane beim Ertrinken sind nicht mehr so darstellbar, dass man Zeichen des Ertrinkens nachweisen kann. Es gehen also Diskussionsräume auf. Die genauen Todesumstände können wir im Ergebnis der Obduktion allein nicht klären. Beide können außerhalb des Wassers, aber auch im Wasser verstorben sein. Der Auffindungsort ist ganz augenscheinlich nicht der Tatort. Frau Kernbach, da tun sich noch Ermittlungswege auf.«

»Sie müssen mich nicht an meine Aufgaben erinnern, Herr Doktor. Vielmehr erinnere ich Sie an das Rückrechnungsgutachten zu dem verstorbenen Tengler, was Tatort und Auffindungsort angeht! Wir können den Gutachtenauftrag gern um diese beiden Fälle erweitern! Abgesehen davon: Wie Wolter an die beiden Opfer kam, ist mir völlig unklar. Er muss ihnen ja irgendwo aufgelauert haben, denn sie verschwanden unspektakulär auf ihren üblichen, täglichen Bewegungsrouten, wobei er sie natürlich in Rerik und Umgebung beobachtet haben kann. Wir werden sehen, was er noch dazu sagt, wenn er überhaupt etwas sagt. Das Kajak von Kommissar Tengler zeigt Schäden. Wir wissen, dass Wolter immer mal mit diesem Boot herumkurvte, sodass er Tengler vermutlich rammte, als der in die Kroy paddeln wollte. Womöglich kam es dann zu einem Handgemenge zwischen beiden, wobei Wolter den nach meinem Eindruck körperlich überlegenen Torsten Tengler unter Wasser gedrückt haben könnte, sodass es zur Einatmung von aufgewirbeltem Sand kam. Wolter hatte die Kroy praktisch gesperrt, nachdem er Menzel und Nielsen dort versteckt hatte. Heiner Brand kann froh sein, dass die erste Begegnung mit Wolter nicht anders verlief. Die Beschuldigtenvernehmung des Wolter wird schwierig. Die muss ich sehr gut vorbereiten. Da sollte ein Psychiater oder ein Psychologe dabei sein, der mit derartigen Entwicklungsrückständen Erfahrung hat. Sonst wird das nichts. Außerdem geht es dann für den Tatverdächtigen um die Schuldfähigkeit. Natürlich ein Fall für die Forensische Psychiatrie! Ich beneide die Gutachter nicht und ich beneide das Gericht nicht, falls es überhaupt zu einer Verhandlung kommt. Es scheint so etwas wie eine Schuldverschiebung oder Schuldumkehr zu sein. Wie tragisch für Torsten Tengler, der mit der Sache Wolter nie etwas zu tun hatte und wie tragisch für die beiden anderen, die dem Irrsinn von Hellfried zum Opfer fielen, der die tatsächliche Zusammensetzung eines Gerichtes offenbar nicht erfassen konnte. Hellfried muss über seine Prozessbeteiligung damals die beiden als Angestellte im Gedächtnis behalten haben. Doktor, können Sie vielleicht eine Verbindung zur Forensischen Psychiatrie herstellen? Sie sitzen doch im Gerichtssaal immer nebeneinander und kennen sich, oder?«

»Ja, sicher, mache ich. Kein Problem.«

»Wer für diese ungewöhnliche Begutachtung bereit sein sollte, möchte mich bitte anrufen!«, setzte Staatsanwältin Kernbach streng nach.

Epilog

So ging eine für das beschauliche Städtchen Rerik und die Gegend um das Salzhaff unglaubliche Geschichte ihrem Ende zu. Doch wie ging es weiter?

Hellfried Wolter wurde forensisch-psychiatrisch begutachtet. Die Vorbereitung des Gerichtsverfahrens zog sich in die Länge. Immer und immer wieder schien das eine oder das andere noch nicht ausermittelt zu sein. Nach möglichen Helfern wurde gefahndet und nach der Herkunft des Krabbenfangkorbes.

Hellfried Wolter gab an, dass er so einen schon immer haben wollte, als er auf seinen Fahrradtouren entlang der Haffküste auf einen alten, verrosteten Käfig stieß, der zwischen Pepelow und Boiensdorfer Werder am Ufer in einen Busch eingewachsen war. Er liegt dort noch immer, wie für die Ewigkeit, als ob er etwas ganz Wichtiges bewahren will.

Auch gegen die Mutter wurde ein Ermittlungsverfahren eingeleitet und später von dem gegen ihren Sohn abgetrennt. Über all das weiter zu berichten, hieße, ein eigenes, großes Kapitel zu schreiben.

Die Familien der Opfer in Blengow kommen bis heute nicht zur Ruhe. Was geschah, lag außerhalb jeder Vorstellung. Sie nahmen sich, ebenso wie Tamara Tengler, vor, am Gerichtsprozess als Nebenkläger teilzunehmen.

Frank Semper und Lisa konnten ihre junge Familie halten. Er suchte fortan nur noch ihre Nähe und nie mehr die Nähe zu dem, was war.

Die ihn am Ostseepark »abgemahnt« hatten, wurden ermittelt, nicht weil Frank Semper ihre Identitäten preisgab, sondern weil über die Haftanstalt und den Rückblick auf Entlassungen schnell klar wurde, um wen es sich handeln musste. Die Ermittlungen zum Tode von Helmuth Wolter zogen sich ebenfalls in die Länge. Die Untersuchungen der Fingernagelkanten im Landeskriminalamt Rampe blieben ohne Hinweis auf Fremd-DNA.

Tamara Tengler und Jens Perkow wurden nie ein Paar. Es stand etwas zwischen beiden, das nie verging.

Staatsanwältin Kernbach entwickelte über die Zeit etwas mehr Milde und etwas mehr Respekt gegenüber den vielen Berufsgruppen, die an der Aufarbeitung eines Falles beteiligt sind. Das bekam ihr in der Behörde gut. Das machte alles leichter und sie bekam nie das Gefühl, dafür etwas von sich aufzugeben. Natürlich kann ihre Art nicht auf ihre Kolleginnen und Kollegen der Staatsanwaltschaft Rostock hochgerechnet werden. Sie eignete sich einfach für diese bizarre Geschichte.

Kommissarin Semlock blieb sich treu. Den nächsten Fall würde sie genauso entschlossen anfassen. Sie wahrte ihren Stil und ihren Umgang und alle wollten es so.

Ihre Tochter Katharina begann in Berlin die Weiterbildung zur Fachärztin für Rechtsmedizin. Sehr früh erkannte sie die Bedeutung der DNA-Analytik für die Untersuchung biologischer Spuren und unterstützte die Bemühungen der Arbeitsgruppe »Universitäre Forensische Genetik« der Deutschen Gesellschaft für Rechtsmedizin, die Schließung des Forensischen DNA-Labors der Charite zu verhindern. Sie wurde eine enge Freundin von Svea Bogen, die in Rostock Fachärztin wurde. Auf so mancher Tagung traten beide als Autorinnen von Vorträgen und Postern auf.

Annika Strehlow entwickelte sich als junge Kommissarin zur rechten Hand von Kerstin Semlock. Sie gehörte bald so selbstverständlich in die erste Reihe, wie Torsten Tengler bis zu seinem tragischen Tod. Sie wurde immer öfter zusammen mit Franziska Kernbach gesehen. Kommissar Kollberg blieb der Tiefsinnige, manchmal Zwanghafte und eher Zurückhaltende. Doch er hatte seinen Platz und das war gut so.

Heiner Brand tuckerte mit seinem Streifenboot weiter die Küsten entlang. Alles wie immer. Nur in der Nähe der Kroy schob er den Gashebel, ohne dass er es merkte, ein klein wenig nach vorn, um nach wenigen Minuten erschreckt festzustellen, dass er zu schnell ist.

BRB musste die Gutachten zur »Rückrechnung« vom Auffindungsort auf den Tatort nie erstellen. Es wäre ihm auch schwergefallen. Zu viele Variablen ließen kein wirklich belastbares Szenario zu. Er ging irgendwann in Rente und begann, Bücher zu schreiben. Fiktive Geschichten, verwoben mit viel von ihm selbst.

Das Salzhaff und die Kroy liegen wie immer träge in der Sonne. Am Haffplatz und am Strand tummeln sich die Touristen und immer auch mal ein Kolosalski dazwischen. Was wäre die Welt ohne sie? Hie und da schickt ein Boot seine Wellen zur Seite. Segler streben der Ostsee zu. Surfer und Kiter probieren ihre neuesten Errungenschaften aus und heben sich neuerdings mit Wings statt auf Foils und mit Segeln aus dem Wasser, um noch schneller zu sein. Was sie auch alle unternehmen und wie viele sie auch sind, ihre Spuren vergehen und das Wasser schließt sich hinter jedem, als ob nie etwas war und nie etwas sein könnte.

Danksagung

Mein Dank gilt als erstes Andrea Struck, Lektorin beim Hinstorff Verlag, für die konstruktive Zusammenarbeit.

Großer Dank an Volker Werner, der als Polizist mit gutem Rat zur Seite stand.

Weiter ist der unermüdlichen Korrekturleserin Anna zu danken, die bewundernswert ausdauernd arbeitete.

Dank und Gruß an die Schriftstellerin Diana Salow nach Schwerin sowie an meine Kinder und Enkel in Schwerin und Pinnow für ihr Interesse.

Bei den Recherchen bekam ich viele freundliche Auskünfte von der Kurverwaltung Rerik, vom Heimatmuseum Rerik, von Captain Flints Fisch(im)biss am Reriker Haffplatz, vom Förderverein Kröpeliner Mühle e.V., vom Kino- und Kulturverein Bad Doberan e.V., vom Institut für Rechtsmedizin der Universität Greifswald, von der Wasserschutzpolizeistation Wismar, von der Entwicklungscompagnie Wustrow ECW, von der Crew um Olaf Schütt von der Rostocker 7 und der Erzeugergemeinschaft der deutschen Krabbenfischer EzDK.

UNSER AUTOR

Ulrich Hammer, 1955 in Brandenburg/Havel geboren, studierte Medizin in Rostock und arbeitete viele Jahre als Facharzt für Rechtsmedizin, seit 2014 auch mit Lehrbefugnis in seinem Fach. Sein erster Roman „Grundloses Moor" erschien 2020 im Hinstorff Verlag.

Kapitel 1

Der Hack

»Yeah«, hallte es plötzlich durch den Raum, »ich bin drin! Die Säcke, die … Ich hab sie! Dafür krieg ich das Bundesverdienstkreuz!«

Der Aufschrei war aus dem gemeinschaftlich genutzten Wohnzimmer mehrerer Informatikstudenten gekommen. Dort saß Torsten Bentlin zwischen der Zimmerecke und dem Kopfende eines reichlich gebrauchten Sofas, das in seinem Leben schon einiges erlebt zu haben schien. Auf dem Schoß des jungen Mannes stand ein Laptop der Sonderklasse, den er aber günstig bei eBay erstanden hatte. Seine Finger flogen über die Tasten, um den so lang ersehnten Zugang so schnell wie möglich wieder zu schließen. Mit einem zweiten »Yeah«, nicht mehr so impulsiv und laut, sank er erschöpft in die Zimmerecke, schloss die Augen und atmete zweimal tief durch.

Sein Gefühlsausbruch hatte sich über Bande den Weg durch den Flur in die Gemeinschaftsküche gebahnt, in der seine drei Mitbewohner beim Kaffee zusammensaßen.

»Was is' los, Torte!?«, rief einer zurück.

»Ich bin drin!«

»Ich dachte, du bist alleine.«

Lautes pubertäres Gelächter der anderen.

Torsten stand mit dem Laptop in der Hand in der Küchentür, nunmehr aufgeregt flüsternd: »Ich hab den Zugang! Diese Geocaching Profile in Berlin, die GCP. Ich sage euch, das ist ein superfetter Happen. Das ist das große Ding. Die machen Sachen, die sind so dark wie das Netz.«

»Wie bist du reingekommen?«

»Na ja, neulich war ich mal nicht alleine. Hab jemanden kennengelernt. Eine Mail geschrieben, Trojaner, Keylogger gesetzt und dann über VPN. Kein Problem.«

Die anderen schüttelten den Kopf. »Du hättest mit dem Hacken in der zehnten Klasse aufhören sollen, du Spinner! Du bist genauso dark wie die, wenn du bei denen rumrührst.«

»Hört auf!«, gab er hastig zurück. »Da ist richtig was zu holen. Und ich weiß auch schon wie.« Als er das sagte, schweiften seine Gedanken bereits von der Szenerie der Küche ab. Sein Blick verlor sich an der graubraunen Decke des Raumes, die wie die ganze Wohnung schon vor Jahren mit frischer Farbe hätte gestrichen werden müssen. Er ritt mit seiner Vision wie auf einem fliegenden Drachen in eine paradiesische Ferne.

Seine Mitbewohner wollten sich von diesem Virus jedoch keineswegs infizieren lassen und wehrten eine weitere Vertiefung des Themas ab, indem sie ihre Unterhaltung wieder aufnahmen.

...

Liebe Leserin, lieber Leser, wir freuen uns über Ihre Bewertung im Internet!

Die Deutsche Nationalbibliothek verzeichnet diese Publikation in der Deutschen Nationalbibliografie; detaillierte bibliografische Daten sind im Internet über http://dnb.de abrufbar.

1. Auflage 2022
Herstellung: Hinstorff Verlag GmbH
Lektorat: Andrea Struck
Titelbild: Ulrich Hammer
Druck: GGP Media GmbH, Pößneck
Printed in Germany
ISBN 978-3-356-02397-8

e-BOOK